U0505798

中华经典诗文之美

徐中玉——主编

陈勤建　常峻　黄景春——编著

神话与故事

上海人民出版社

出版说明

　　习近平总书记指出，中华文化积淀着中华民族最深沉的精神追求，代表着中华民族独特的精神标识；传承中华文化，要"以古人之规矩，开自己之生面"，重点做好创造性转化和创新性发展。为坚定文化自信，传承中华文脉，汲取古圣先贤的不朽智慧，激活民族文化的蓬勃生命力，上海人民出版社推出"中华经典诗文之美"系列丛书，以期通过出版工程的创造性转化，实现中华优秀传统文化的薪火相传、推陈出新。

　　丛书由著名学者、语文教育家徐中玉先生领衔主编，共13册，包括《诗经与楚辞》(陶型传编著)，《先秦两汉散文》(刘永翔、吕咏梅编著)，《汉魏六朝诗文赋》(程怡编著)，《唐宋诗》(徐中玉编著)，《唐宋词》(高建中编著)，《唐宋散文》(侯毓信编著)，《元散曲》(谭帆、邵明珍编著)，《元明清诗文》(朱惠国编著)，《近代诗文》(黄明、黄珅编著)，《古代短篇小说》(陈大康编著)，《笔记小品》(胡晓明、张炼红编著)，《诗文评品》(陈引驰、韩可胜编著)和《神话与故事》(陈勤建、常峻、黄景春编著)。所选篇目兼顾经典性与人文性，注重时代性与现实性，综合思想性与艺术性，引导读者从原典入手，使其在立身处世、修身养性、伦理亲情、民生疾苦、治国安邦等世界观、人生观、价值观方面有所思考和获益。

丛书设置"作者介绍"、"注释"、"说明"、"集评"栏目。"作者介绍"简要介绍作者生平及其著述，并大致勾勒其人生轨迹。"注释"解析疑难，解释重难点字词及部分读音，同时择要阐明历史典故、地理沿革、职官制度等知识背景，力求精当、准确、规范、晓畅。"说明"点明写作背景，阐释文章主题，赏析文章审美特色。"集评"一栏列选历代名家评点，以帮助读者更好理解和鉴赏。

丛书选录篇目出处，或于末尾注明所依底本，或于前言中由编选者作统一说明。选文所依底本均为慎重比照各版本后择优确定。原文中的古今字、通假字予以保留，不作改动；异体字在转换为简体字时，则依照现行国家标准予以调整。

丛书所选篇目的编次依据，或以文体之别，或以题材之异，或依作者朝代生平之先后，或依成书先后。成书年代或作者生平有异议者，则暂取一说。

"凡作传世之文者，必先有可以传世之心。"中华文明生生不息至今，是一代又一代仁人志士艰苦拼搏的成果；中华文明未来的繁荣兴盛，需要全体中华儿女的担当。"中华经典诗文之美"系列丛书的出版，将引导读者在对跨越时空、超越国度、富有永恒魅力、具有当代价值的传世诗文的百读不厌、常读常新中，树立民族自信心与自豪感，培养起守护、传承与弘扬中华优秀传统文化的传世之心，在实现"两个一百年"奋斗目标和中华民族伟大复兴中国梦的道路上，凝聚起全民的文化力量，和这个时代一同前行。

上海人民出版社

2017 年 6 月

导读

　　《神话与故事》选编中国神话及其衍化而成的包括各类文学体裁所讲述的中国故事，既是书面经典文化的精华，也显示了扎根于广阔民间文化土壤的根芽。诸如神话、传说、寓言、民歌、传奇、变文、话本等文学体裁，统以"神话与故事"概言之。

　　中国经典神话与故事承继着中国文化的精神血脉，蕴涵着中华文明的生存智慧，滋养着中国文化的气韵风度，是弥足珍贵的文化宝库。考察中国文化精神不能偏于一隅，或是从所谓"大传统"的精英文化出发，或是从所谓"小传统"的民间大众文化出发，而是要超越雅俗，从整体上来考察理解中国文学以及中国文化精神。这本书选取古代经典书面杰作，但在注释方面强调其民间口头文学的来源，揭示其生成衍化的经过。

　　神话是民族文化孕育的摇篮，文学、哲学、艺术以及民族的文化精神、价值观念等都包含在神话之中。传承中国文化精神离不开神话，了解中国文化的源头，也只有向斑斓富丽的神话追索。

　　20世纪以来，对神话的研究吸引着许多大家。20世纪初，蒋观云在《新民丛报》上发表《神话历史养成之人物》（1903）一文，最先引入

"神话"概念，指出"一国之神话与一国之历史，皆于人心上有莫大之影响"，揭示神话与民族文化的关系，以及神话在文学史上的源头地位。鲁迅的《破恶声论》也是较早论述中国神话的文献：

"夫神话之作，本于古民，睹天物之奇觚，则逞神思而施以人化，想出古异，诚诡可观，虽信之失当，而嘲之则大惑也。太古之民，神思如是，为后人者，当若何惊异瑰大之；矧欧西艺文，多蒙其泽，思想文术，赖是而庄严美妙者，不知几何。倘欲究西国人文，治此则其首事，盖不知神话，即莫由解其艺文，暗艺文者，于内部文明何获焉。"

鲁迅在所著《中国小说史略》（1923）中对神话解释为："昔者初民，见天地万物，变异不常，其诸现象，又出于人力所能以上，则自造众说以解释之：凡所解释，今谓之神话。"在《山海经》、《穆天子传》、《逸周书》、《燕丹子》、《楚辞·天问》等古籍中都保存较多的神话传说。

20世纪初对神话富有兴趣并专门研究的还有茅盾、周作人、梁启超、江绍原、林惠祥、顾颉刚、闻一多、谢六逸等人，都认识到神话之于民族文化的渊源关系。正如鲁迅所申明的："故神话不特为宗教之萌芽，美术所由起；且实为文章之渊源。"

中国神话及以其为渊源的中国故事，包括传说、寓言、传奇、变文、民歌等等，都承载着中华民族独特的文化记忆和审美风范，养成了独特的思想理念和道德规范。

神话、故事中蕴涵着宝贵的中华文化价值观念，激扬着生机勃发的生命智慧。自强不息的精神，天人合一的信念，开放包容的气度，坚韧乐观的勇气，勤劳拼搏的创举，在《盘古开天》、《女娲补天》、《夸父逐日》、《鲧禹治水》、《羿射十日》等神话故事中都有着鲜明的体现。为维护人类生存而大无畏的开拓拼搏的创造伟力经由这些神话故事代代传承，成为我们民族生生不息的力量源泉。

鲁迅曾呼吁："我们有并不失掉自信力的中国人在。我们从古以来，就有埋头苦干的人，有拼命硬干的人，有为民请命的人，有舍身求法的人，……虽是等于为帝王将相作家谱的所谓'正史'，也往往掩不住他们的光耀，这就是中国的脊梁。"(《中国人失掉自信力了吗》)他对《大禹治水》情有独钟，早在1912年写的《〈越铎〉出世辞》中说道："于越故称无敌于天下，海岳精液，善生俊异，后先络绎，展其殊才；其民复存大禹卓苦勤劳之风，同勾践坚确慷慨之志，力作治生，绰然足以自理。"刚毅奋发向上的精神力量和智慧传续后代。《屈原》等故事彰显的也是为民请命的无畏精神勇气。

生命幻化，生生不息，体现无穷的创造力。《精卫填海》、《嫦娥奔月》、《西王母》、《壶公》等，有的体现物我互化、绵延不绝的原始生命观，有的描画瑰奇的神仙世界，都包涵着对无限生命力的探索和执着。

所选故事中也彰显了重情重义的亲情观和执着热烈的爱情观念。《董永》、《东海孝妇》等刻画了"孝亲"的天伦之情，《田昆仑》、《牛女》则属于"天鹅处女型"故事，表现仙凡婚恋的情节，独具中国风情。《叶限》是唐朝笔记小说《酉阳杂俎》里记载的一个故事，是中国版的"灰姑娘"，比法国版的早了800多年，比格林兄弟版的早了近千年。其中蕴含的家庭伦理道德、善恶有报的观念，无论东方人还是西方人，都心同此理。

至于表现文学作品中经久不衰的爱情主题，《梁山伯与祝英台》堪称绝唱，缠绵悱恻的情感、执着的相思相恋、"化蝶"的传奇想象谱写了一曲爱情赞歌。唐传奇中的《柳毅传》、《李娃传》、《霍小玉传》等都塑造了深情、专一、无私奉献的女性形象。汉乐府民歌表现的爱情故事生动形象，《有所思》在短短的诗行里塑造了女子热恋、失恋、眷恋的心理三部曲，感情跌宕有致，刻画细微精妙。《上邪》更是一首用生命铸就的爱情誓词："上邪，我欲与君相知，长命无绝衰。山无陵，江水为竭。冬雷震震，夏雨雪。天地合，乃敢与君绝。"热烈奔放、情真志坚的女子形象跃然纸上。

近来，中共中央办公厅、国务院办公厅发表了《关于实施中华优秀传统文化传承发展工程的意见》，指出："文化是民族的血脉，是人民的精神家园，"十分重视传承发扬中国优秀传统文化。本书选编的中国神话故事，也可以说是这浩大工程的基础工作，有助于中学生、大学生等青少年了解中国的文学以及中国的传统文化精神，浸染中国文化的理念、智慧、气度、神韵，让中国传统文化文学的根芽，生长在现代中国少年的心中，绽放丰硕的花朵，承担起传承建设现代中国民族精神文化的神圣职责。

陈勤建　常　峻

2017 年 6 月

目录

神话与故事

神　话

盘古

天地浑沌[1]如鸡子，盘古生其中。万八千岁，天地开辟，阳清为天，阴浊为地[2]。盘古在其中，一日九变[3]，神于天，圣于地。天日高一丈，地日厚一丈，盘古日长[4]一丈。如此万八千岁，天数极高，地数极深，盘古极长。后乃有三皇。

(《三五历记》)

说明

宇宙万物由何而来？这在世界各民族神话中有不同的解释。"盘古开天辟地"是我国上古人民对这个问题的解释。盘古是南方某氏族的图腾，其状如狗。《述异记》云："南海中有盘古国，今人皆以盘古为姓，则盘古亦自有种落。"所谓"盘古国"，即盘古族，后来衍生出许多苗裔。作为苗裔之一的瑶族，至今仍有崇奉盘古的习俗。《粤西琐谈》云："盘古本为苗人之祖，原为盘瓠之转。"在西南少数民族中至今仍受崇奉的"盘瓠"，与古代的盘古实为同一神祇。

盘古不仅开天辟地，他还"垂死化身"，即死时身体的各部分幻化出日月星辰、山川江河、草木禽兽，使世界变得生机勃勃，丰富多彩。

---

[1] 浑沌：清浊不分的样子。

[2] 阳清为天，阴浊为地：我国古人认为，阴阳两类元素是构成宇宙的基本物质。天地初分时，属于"阳"的这类元素因清且轻而上升成为天空，属于"阴"的这类元素因浊且重而下降为地。

[3] 九变：九，表示多数，非实指。

[4] 长（zhǎng）：增长。

女娲

　　俗说天地开辟，未有人民，女娲抟黄土作人，剧务[1]，力不暇供，乃引绳絚[2]于泥中，举以为人。

（《风俗通》）

说明

　　女娲抟黄土作人，这是我国先民对自身来历的解说。对人自身从何而来的思考，导致神创造人这样的神话产生。希腊神话说，普罗米修斯用粘土，仿照自己的形态造出人类；希伯来神话说，上帝耶和华用尘土造人。我国布依族神话说，神用树木造成了人。对比之下，女娲以黄土为质料造人，具有我国中原地区鲜明的地域性和民族性。

　　这位人类始祖，在苍天缺、九州裂、人们遭受苦难之时，还有"炼五色石以补苍天"的壮举，即家喻户晓的"女娲补天"。

---

[1]　剧务：劳务繁重之意。
[2]　絚（gěng）：粗绳。

伏羲

古者包牺氏之王天下也，仰则观象于天，俯则观法[1]于地，观鸟兽之文，与地之宜[2]，近取诸身，远取诸物，于是始作八卦，以通神明之德，以类[3]万物之情。

（《易·系辞下传》）

说明

在古代神话中，伏羲与女娲是兄妹，他们为创造人类而结合成为夫妻，所以，两人同为人类始祖。伏羲仰观天象，俯察地理，始作八卦，因而又被称为"人文始祖"。

伏羲的形象是人首蛇身。在汉砖画像中，他与同为人首蛇身的女娲，下身是绞缠在一起的。伏羲"始制嫁娶"，创制夫妇嫁娶之礼。我们从中又可以看到人类婚姻发展由无序到有序的进步，也可以看到人类社会由母系到父系的过渡。

---

[1] 法：地象，地的形状。

[2] 宜：美好。

[3] 类：概括。

炎帝

炎帝作[1]，钻燧生火，以熟荤臊，民食之，无兹胃[2]之病，而天下化之。

（《管子·轻重》）

说明

这则神话反映了远古先民对火的掌握和运用。高尔基说："文化史是开始于人们掌握了火。"希腊神话中是普罗米修斯上天盗火，我国神话中是炎帝钻木取火。有了火，人类吃上熟食，减轻了肠胃的消化负担，减少了各种消化道疾病，延长了人们的寿命。不仅如此，人们还利用火烧荒，驱逐野兽，取暖，大大开拓了人类的生活领域，增强了改造、适应自然的能力。

"炎帝作火，死而为灶。"（《论衡·祭意》）今日我国人民在腊月廿三祭灶君，正月初一迎灶君，灶君的最早原型就是炎帝。

[1] 作：兴起。
[2] 胃：胃。

神农

古者民茹草饮水，采树木之果，食赢蛖[1]之肉，时多疾病毒伤之害。于是，神农乃教民播种五谷，相[2]土地，宜燥湿、肥硗[3]、高下，尝百草之滋味、水泉之甘苦，令民知所辟就[4]。当此之时，一日而遇七十毒。

（《淮南子·修务训》）

说明

这则神话讲述了神农氏开创农业的事情。随着历史的前进，人口日益增长，各氏族的生活区域相对缩小，人们赖以生存的禽兽鱼鳖及植物果实也相对减少，"难以养民"。另一方面，人的肌体必须吸收各种营养成分才能满足需要，单吃少数几种食物容易引起"疾病毒伤之害"。这样，人们就必须栽培新的植物以获取多种营养，——农业就应运而生了。神农是农业的始祖，他的出现标志着人类社会已由原始采集渔猎时期进入到农耕时期了。

《搜神记》中说："神农……尽知其（百草）平、毒、寒、温之性。"神农通过尝百草，全面了解各种植物的特性，发明了草药来医治百姓疾病，因而他又被奉为药物之神。

---

[1] 赢蛖：赢（luǒ），蜾赢，一种寄生蜂。蛖（máng），虫名。
[2] 相（xiàng）：察看，分辨。
[3] 硗（qiāo）：贫瘠。
[4] 辟就：辟同"避"。就，趋向。

精卫填海

发鸠之山，其上多柘木。有鸟焉，其状如乌，文首白喙[1]赤足，名曰精卫，其鸣自詨[2]。是炎帝之少女，名曰女娃。女娃游于东海，溺[3]而不返，故为精卫，常衔西山之木石以堙[4]于东海。

（《山海经·北山次经》）

说明

炎帝的小女儿女娃，游东海溺水而死，魂化为精卫鸟。精卫常衔西山木石填塞东海，以期将其填平，使之不能再溺死别人。这则悲剧性神话表现了精卫顽强的意志，彰显了古人对大自然坚韧不拔的斗争精神。

---

[1]　文首白喙：花脑袋，白嘴巴。
[2]　其鸣自詨（xiāo）：它的叫声是在呼唤自己的名字。
[3]　溺：淹死。
[4]　堙（yīn）：填塞。

夸父

夸父与日逐走[1]，入日[2]。渴欲得饮，饮于河、渭[3]，河、渭不足，北饮大泽[4]，未至，道渴而死。弃其杖，化为邓林[5]。

（《山海经·海外北经》）

说明

夸父追日是我国古代著名的神话。夸父为什么追日呢?《山海经》说"夸父不量力，欲追日景"。刘城淮在《中国上古神话》中认为，它可能是人们与干旱斗争的神话。袁珂则认为这则神话表现了夸父敢于与太阳竞赛逐走的英勇气概。

---

[1]　逐走：逐，古意与"竞"同。相互竞赛，追逐而走。
[2]　入日：进入太阳的光轮。
[3]　河、渭：黄河与渭水。
[4]　大泽：古泽名，在雁门山之北。有人考证认为是新疆罗布泊。
[5]　邓林：桃林。

羿射九日

尧之时，十日并出，焦禾稼，杀草木，而民无所食。猰㺄、凿齿、九婴、大风、封豨、修蛇[1]，皆为民害。尧乃使羿诛凿齿于畴华[2]之野，杀九婴于凶水[3]之上，缴[4]大风于青丘[5]之泽，上射九日而下杀猰㺄，断修蛇于洞庭，擒封豨于桑林[6]。……于是天下广狭、险易、远近，始有道里[7]。

（《淮南子·本经》）

说明

这则羿射九日除百害的神话，反映了上古人民与各种敌害的斗争。羿是人类力量的化身，是战胜各种危害人们生存的邪恶势力的英雄。"羿除天下之害，死而为宗布。"（《淮南子·氾论训》）人们崇敬羿，尊为宗布，即抗击灾害、捍卫人民的大神。

---

[1] 猰㺄、凿齿、九婴、大风、封豨、修蛇：神话中的怪兽。
[2] 畴华：南方泽名。
[3] 凶水：旧注以为，北狄之地有凶水。
[4] 缴（zhuó）：以绳系矢而射谓之缴。
[5] 青丘：东方泽名。
[6] 桑林：桑山之林，传说为成汤祷雨的地方。
[7] 道里：道路，里程。

嫦娥

嫦娥，羿妻也，窃西王母不死药服之，奔月。将往，枚占[1]于有黄[2]，有黄占之，曰："吉。翩翩归妹[3]，独将西行，逢天晦芒[4]，毋惊毋恐，后且大昌。"嫦娥遂托身于月，是为蟾蜍。

（《全上古三代秦汉三国六朝文》辑《灵宪》）

说明

嫦娥奔月是一则优美的神话，在我国文学作品中，嫦娥几乎成了月亮的代名词。

嫦娥为什么奔月？有人认为这与羿与嫦娥夫妻矛盾激化有关。羿射河伯，与洛神宓妃暧昧，嫦娥愤恚而去。也有人根据女娲、西王母等神话，认为嫦娥奔月属于女神崇拜和生殖崇拜。还有人认为嫦娥与后羿同为太阳鸟信仰的部落。当羿叛而"射日"——杀害同一部族时，嫦娥愤而出走。奔月行为属鸟信仰巫术的体现，也为后世神仙思想奠定了基础。

---

[1] 枚占：枚，筹。枚占，即以筹而占。
[2] 有黄：古巫师之名。
[3] 归妹：卦名（䷵），兑下震上。
[4] 晦芒：天晦其光芒，昏暗不见。指月尽之时。

西王母

玉山，是西王母所居也。西王母，其状如人，豹尾虎齿而善啸，蓬发戴胜¹，是司天之厉²及五残³。

（《山海经·西次三经》）

说明

西王母是我国民间至今仍有崇信的王母娘娘的原型。据《山海经》记载，西王母所在之地处于我国西部昆仑山一带，其形貌是蓬头散发，虎齿豹尾，善于呼啸，主司天下灾疠及残杀。西王母还役使三青鸟（神鸟）为己取食。有人推测，她是由虎、豹一类图腾崇拜部落的首领，三青鸟可能是归附于她的三个以鸟为图腾的部落。

西王母拥有不死药，羿曾向她求药，嫦娥窃而服之，遂有奔月神话。在仙话里，西王母是女仙之祖，传说周穆王、汉武帝都曾向她学过仙。汉代的西王母已不再是半人半兽的女神，而是"视之可年三十许，修短得中，天姿掩蔼，容颜绝世"（《汉武帝内传》）的华贵女仙。

至于西王母转化成王母娘娘，做了玉皇大帝之后，则是唐代以后在民间的流变。

---

[1] 胜：玉胜，古时妇女首饰。
[2] 厉：同"疠"，疫疠。
[3] 五残：五刑残杀之气。

黄帝

黄帝者，少典¹之子，姓公孙，名曰轩辕²。生而神灵，弱而能言³，幼而徇齐⁴，长而敦敏，成⁵而聪明。轩辕之时，神农氏世衰⁶。诸侯相侵伐，暴虐百姓，而神农氏弗能征。于是轩辕乃习用干戈，以征不享⁷，诸侯咸来宾从。而蚩尤⁸最为暴，莫能伐。炎帝欲侵陵诸侯，诸侯咸归轩辕。轩辕乃修德振兵⁹，治五气¹⁰，艺五种¹¹，抚万民¹²，度四方，教熊罴貔貅貙虎¹³，以与炎帝战于阪泉之野。三战，然后得其志。蚩尤作乱，不用帝命。于是黄帝乃征师诸侯，与蚩尤战于涿鹿之野，遂禽¹⁴杀蚩尤。而诸侯咸尊轩辕为天子，代神农氏，是为黄帝。

(《史记·五帝本纪》)

---

[1]　少典：相传为古河南一带的部族首领，黄帝之父。
[2]　轩辕：相传黄帝居轩辕之丘，因以得名。
[3]　弱：幼弱时。
[4]　徇：疾。齐，速。意为疾速。
[5]　成：谓年二十冠，成人。
[6]　世衰：意为（神农氏）子孙道德衰落。
[7]　不享：不朝享者。
[8]　蚩尤：传说中的南方部族的首领。
[9]　振：同"整"。
[10]　五气：五行之气。
[11]　艺：树立，种植之意。
[12]　抚：安抚。
[13]　貔：白狐。
[14]　禽：同"擒"。

说明

　　黄帝，传说时代的部族领袖，先后战胜炎帝、蚩尤而统一天下。为中华民族之始祖。

刑天

刑天[1]与帝[2]争神，帝断其首，葬之常羊之山[3]，乃以乳为目，以脐为口，操干戚[4]以舞。

（《山海经·海外西经》）

说明

"刑天与帝争神"的神话是人类社会早期的社会集团冲突的反映。刑天在与天帝争夺天下主神地位的战斗中，被天帝砍掉了首级，然而他并没有停止战斗，而是"以乳为目，以脐为口"，继续斗争。刑天惊天地泣鬼神的英雄气概和不怕牺牲、永不屈服的坚韧的斗争精神历来为人们所称赞。晋代诗人陶渊明有诗曰："刑天舞干戚，猛志固常在。"（《读山海经》）这是对刑天战斗意志的高度评价。

---

[1]　刑天：刑原作"形"，后据陶潜诗"刑天舞干戚"改。天，指人首级。"刑天"盖断首之意。
[2]　帝：天帝，有人认为是黄帝。
[3]　常羊之山：神话中山名，即常羊山。
[4]　干戚：干，盾；戚，斧。

蚩尤

大荒之中，有系昆之山，有共工之台，射者不敢北向。有人衣[1]青衣，名曰黄帝女魃[2]。蚩尤作兵[3]伐黄帝，黄帝乃令应龙[4]攻之冀州之野。应龙畜水。蚩尤请风伯雨师，纵大风雨。黄帝乃下天女曰魃，雨止，遂杀蚩尤。魃不得复上，所居不雨。

（《山海经·大荒北经》）

说明

黄帝与蚩尤之间的战争，反映的是中原各部族与东部九黎（或南方苗蛮）各部发生冲突的情况。相传蚩尤有兄弟八十一人，皆铜头、铁额，食沙石，又能够制造兵器，可见是一个庞大而善战的部落集团。在战争初期，蚩尤多次打败黄帝，后来黄帝请应龙蓄水，蚩尤则请风伯、雨师大纵风雨。黄帝让自己的女儿旱魃从天上下来，风雨乃停止，蚩尤战败，被黄帝所杀。魃再也不能返回天庭，只好居于"赤水之北"。神话奇异而瑰丽，却反映了古老的部族战争，和中原各部族终于征服东方（或南方）各部族的历史事实。

---

[1]　衣（yì）：动词，穿衣。
[2]　黄帝女魃：黄帝的女儿旱魃。《说文》曰："魃，旱鬼也。"
[3]　作兵：制造武器。兵，武器。
[4]　应龙：古神话中的一种生有翅膀的神龙。

神话与故事

共工

　　昔者共工与颛顼争为帝，怒而触不周之山 [1]，天柱折，地维绝 [2]。天倾西北，故日月星辰移焉；地不满东南，故水潦尘埃 [3] 归焉。

（《淮南子·天文训》）

说明

　　共工是传说中的水神，但同时又可能是一些以水为图腾的部族共同奉祀的神灵。共工与颛顼（或火神祝融）争帝，同样反映了远古部族之间的冲突。共工战败之后仍余威不减，怒触不周山的结果是"天柱折，地维绝"，"天倾西北"，"地不满东南"。

---

[1]　不周之山：我国神话中的山名，相传在西北，为撑天之柱。
[2]　天柱折，地维绝：古人认为，天由柱子支撑，地由绳子引拉，这样才能确保天不掉下来，地不落下去。维，绳子。绝，断。
[3]　水潦尘埃：流水和尘土。

鲧禹治水

洪水滔天，鲧窃帝之息壤[1]以堙[2]洪水，不待帝命。帝令祝融[3]杀鲧于羽郊[4]。鲧复[5]生禹。帝乃命禹卒布土[6]以定九州[7]。

（《山海经·海内经》）

说明

鲧禹治水的神话至今仍在我国民间流传。连续降雨造成大地之上洪水滔天、人为鱼鳖的悲惨局面，为拯救人民于危难，鲧毅然决然开始了治水的斗争，然而，以堵塞的办法治水失败了。鲧的儿子禹继承父亲的事业，以疏导为主治理洪水，历时十三年，三过家门而不入，终于疏通了江、河、淮、济四渎，取得了治洪的最后胜利。神话中所反映的这段历史，却充满了神奇的色彩。鲧窃取天帝的息壤堙塞洪水，被天帝所杀，其尸三年不化，腹中孕育出禹。禹继父业，"决江河而通四夷九州也"

---

[1]　息壤：能够生长不息的土壤。
[2]　堙（yīn）：填塞。
[3]　祝融：中国古代神话中的火神，治南方。
[4]　羽郊：羽山之郊。羽山，神话中的地名，在北方荒凉阴暗的地方。
[5]　复：通"腹"。
[6]　布土：分布息壤。布，分散，分布。土，指息壤。
[7]　九州：古时将天下划分为九州，即冀州、兖州、青州、徐州、扬州、荆州、豫州、梁州、雍州，后来代指中国。

（《庄子·天下》）。禹在治水的过程中，"尽力沟洫，导川夷岩，黄龙曳尾于前，玄龟负青泥于后"（《拾遗记》）。从中我们可以看到历史的神话化痕迹。

东王公

　　东荒山中有大石室，东王公居焉。长一丈，头发皓白，人形鸟面而虎尾，载[1]一黑熊，左右顾望。恒与一玉女[2]投壶，每投千二百矫[3]。设有入不出者，天为之嘘嘘[4]；矫出而脱悮[5]不接者，天为之笑。

（《神异经·东荒经》）

说明

　　东王公作为西王母的配偶之神，是汉代才出现的，大约是为了与西王母相对应而创造出来的神仙，因而与上古神话有所不同。东王公在民间流变过程中，与黄帝逐渐合而为一，成了天上的统治者玉皇大帝。其发展线索是：黄帝——东王公——玉皇大帝。与此同时，西王母也转化成了王母娘娘。在中国民众的心目中，玉皇大帝和王母娘娘是冥冥九天之中诸神的最高首领，许多民间传说、故事、仙话都与他们有关。

---

[1]　载：通"戴"。
[2]　玉女：仙女。
[3]　矫：投矢跃出壶外。
[4]　嘘（yī）嘘：叹惜、惋惜之意。
[5]　悮：通"误"。

盘瓠

高辛氏[1]有老妇人居于王宫，得耳疾历时，医为挑治，出顶虫[2]，大如茧。妇人去后，置以瓠蓠[3]，覆之以盘。俄尔顶虫乃化为犬，其文五色，因名盘瓠，遂畜之。

时戎吴[4]强盛，数侵边境，遣将征讨，不能擒胜。乃募天下有能得戎吴将军首者，购金千斤，封邑万户，又赐以少女。后盘瓠衔得一头，将造王阙。王诊视之，即是戎吴。"为之奈何？"群臣皆曰："盘瓠是畜，不可官秩，又不可妻，虽有功，无施也。"少女闻之，启王曰："大王既以我许天下矣，盘瓠衔首而来，为国除害，此天命使然，岂狗之智力哉！王者重言，伯[5]者重信，不可以女子微躯，而负明约于天下，国之祸也。"王惧而从之，令少女从盘瓠。

盘瓠将女上南山，草木茂盛，无人行迹。于是女解去衣裳，为仆鉴之结[6]，著独力之衣[7]，随盘瓠升山入谷，止于石室之中。王悲思之，遣往视觅，天辄风雨，岭震云晦，往者莫至。盖经三年，产六男六女。盘瓠死后，自相配偶，因为夫妇。织绩木皮，染以草实，好五色衣服，裁制皆有尾形。后母归，以语王，王遣使迎诸男女，天不复雨。衣服褊裢[8]，

---

[1] 高辛氏：即帝喾。

[2] 顶虫：不详为何虫。

[3] 瓠蓠：葫芦瓢一类的器具。瓠，葫芦。

[4] 戎吴：《后汉书·南蛮传》云为犬戎。

[5] 伯：通"霸"。

[6] 仆鉴之结：一种发式。结，通"髻"。

[7] 独力之衣：一种服饰。

[8] 褊裢：又作"斑斓"、"斑烂"。

言语侏僮[1]，饮食蹲踞，好山恶都。王顺其意，赐以名山广泽，号曰蛮夷。

说明

　　盘瓠乃帝喾之妇耳内挑治出来的一条"顶虫"，据畬族民间传唱的《狗皇歌》，此虫状如蚕，置于瓠蒌之下化为犬，因而得名盘瓠。它运用自己的才智衔戎吴之首而归，遂得与帝之少女相婚配。后来两人共生得六男六女，又自相配偶，繁衍出西南蛮夷各部人民。不管是盘瓠（出自帝妇耳内）与帝之少女的结合，还是盘瓠的六男六女自相配偶，都带有明显的血亲婚配（兄妹婚）的特征。这是每个民族童年时期都必经的发展阶段，通过神话的折射，把这种婚姻形式反映了出来。

---

[1]　　侏僮：《后汉书·南蛮传》作"离"，李贤注："蛮夷语声也。"

神荼郁垒

沧海之中，有度朔之山，上有大桃木 [1]，其屈蟠三千里，其枝间东北曰鬼门，万鬼所出入也。上有二神人，一曰神荼，一曰郁垒 [2]，主阅领 [3] 万鬼。恶害之鬼，执以苇索，而以食 [4] 虎。

(《论衡·订鬼》引古本《山海经》)

说明

神荼、郁垒是两位主管万鬼的兄弟之神。他们居于度朔山（或桃都山）的大桃树上，有恶鬼妄自为害，就被他们缚以苇索，投食于虎。《搜神记》引《黄帝书》云："度朔山，山上有大桃树，二人依树而住。于树东北有大穴，众鬼皆出入此穴。荼（即神荼）与郁垒主统领简择万鬼。鬼有妄祸人者，则缚以苇索，执以饲鬼。于是黄帝作礼驱之，立桃人于门户，画荼与郁垒与虎以象之。"今俗，每岁除夕、春节贴门画、春联，原型实为于门户间饰桃人，垂苇索，画虎于门，后代又演化为刻桃符，画门神。

---

[1]　桃木：桃树。木，树。
[2]　神荼、郁垒：古音读 shēn shū、yù lǜ，现在也可读 shén tú、yù lěi。古代神话中的两个神。
[3]　阅领：查阅率领。
[4]　食（sì）：饲也。

寓　言

愚公移山

太行、王屋二山，方[1]七百里，高万仞[2]。本在冀州之南，河阳之北。

北山愚公者，年且[3]九十，面山而居。惩[4]山北之塞，出入之迂也，聚室而谋[5]曰："吾与汝毕力平险，指通豫南，达于汉阴[6]，可乎？"杂然相许[7]。其妻献疑曰："以君之力，曾[8]不能损魁父之丘[9]，如太行、王屋何？且焉置土石？"杂曰："投诸渤海之尾，隐土[10]之北。"遂率子孙荷担者三夫，叩石垦壤，箕畚[11]运于渤海之尾。邻人京城氏之孀妻[12]，有遗男[13]，始龀[14]，跳往助之。寒暑易节，始一反焉。

河曲智叟笑而止之曰："甚矣，汝之不惠[15]！以残年余力，曾不能毁山之一毛，其如土石何？"北山愚公长息曰："汝心之固，固不可彻，曾不若孀妻弱子！虽我之死，有子存焉；子又生孙，孙又生子；子又有子，

---

[1]　方：方圆，纵横。

[2]　仞（rèn）：古代以七尺（或说八尺）为一仞。

[3]　且：将近。

[4]　惩：苦于。

[5]　聚室而谋：集合全家来商量。

[6]　汉阴：汉水的南面。古代以山之北水之南为阴，山之南水之北为阳。

[7]　杂然相许：纷纷表示赞成。

[8]　曾：还。

[9]　魁父之丘：即魁父山，在河南陈留县境内。丘，小山。

[10]　隐土：神话传说中东北方的一个地名。

[11]　箕畚：用竹篾、柳条等制成的运土工具。这里用作状语，用箕畚。

[12]　京城氏之孀妻：京城氏家的寡妇。京城，复姓。

[13]　遗男：遗腹子，父亲死后才出生的儿子。

[14]　始龀（chèn）：刚刚开始换牙。龀，换乳牙。

[15]　惠：同"慧"。

子又有孙；子子孙孙无穷匮[1]也，而山不加增，何苦而不平？"河曲智叟亡[2]以应。

操蛇之神[3]闻之，惧其不已也，告之于帝。帝感其诚，命夸娥氏[4]二子负二山，一厝[5]朔东，一厝雍南。自此，冀之南，汉之阴，无陇断[6]焉。

（《列子·汤问》）

说明

这篇寓言通过愚公"率子孙荷担者三夫，叩石垦壤"，搬走太行、王屋二山的故事，彰显了古代劳动人民改造自然的伟大理想和人定胜天的信念和决心。它给我们的启示是，面对困难只要坚定决心和信念，坚持不懈地奋斗下去，最后一定能够赢得胜利。

---

[1]　穷匮：穷尽。匮，尽。
[2]　亡：同"无"。
[3]　操蛇之神：山神，古神话中的山神都手握着蛇。操，拿着。
[4]　夸娥氏：神话中的大力神。
[5]　厝：同"措"，安置。
[6]　陇断：山脉阻隔。陇，通"垄"，高地。

神话与故事

杞人忧天

杞国[1]有人，忧天地崩坠，身亡所寄[2]，废寝食者。

又有忧彼之所忧者[3]，因往晓[4]之，曰："天，积气耳，亡处亡气。若[5]屈伸呼吸，终日在天中行止，奈何忧崩坠乎？"

其人曰："天果积气，日月星宿不当坠也？"

晓之者曰："日月星宿，亦积气中之有光耀者，只使坠，亦不能有所中伤[6]。"

其人曰："奈地坏何？"

晓者曰："地，积块耳。充塞四虚[7]，亡处亡块。若躇步跐蹈[8]，终日在地上行止，奈何忧其坏？"

其人舍然[9]大喜，晓之者亦舍然大喜。

（《列子·天瑞》）

---

[1] 杞国：春秋时期国名，在今河南杞县。
[2] 身亡所寄：身体没有寄托的地方。亡，同"无"。
[3] 忧彼之所忧者：为他的忧愁而忧愁的人。
[4] 晓：开导，晓谕。
[5] 若：你。
[6] 中（zhòng）伤：损伤。
[7] 四虚：四方。古人认为地是方的。
[8] 躇（chǔ）步跐（cǐ）蹈：践踏的意思。躇，踏；跐，踩。
[9] 舍然：释然，放心的样子。舍，通"释"。

说明

　　这则含有讽刺意味的寓言，大多嘲讽那些为本来不用担忧的事而去担忧发愁的人。但是，作者写忧天者与忧人者两种人，且并不以这两种人为然，其本意是要提倡"顺乎自然，无为而治"的道家哲学思想。

一鸣惊人

　　荆庄王[1]立三年，不听而好讔[2]。成公贾入谏。王曰："不谷[3]禁谏者，今子谏，何故？"对曰："臣非敢谏也，愿与君主讔也。"王曰："胡不设不谷矣[4]？"对曰："有鸟止于南方之阜[5]，三年不动、不飞、不鸣，是何鸟也？"王射[6]之曰："有鸟止于南方之阜，其三年不动，将以定志意也；其不飞，将以长羽翼也；其不鸣，将以览民则也。是鸟虽无飞，飞将冲天；虽无鸣，鸣将骇人。贾出矣，不谷知之矣。"明日朝，所进者五人，所退者十人。群臣大悦，荆国之众相贺也。

（《吕氏春秋·重言》）

说明

　　这则寓言原意是说，讲究方法，善于启发，便可以调动人的积极性，迸发出巨大的潜在力量。后来，"一鸣惊人"这个成语用来说明一个人蓄势待发，通过"定志意"、"长羽翼"、"览民则"，一下子就干出了惊人的事情。

---

[1]　荆庄王：即楚庄王，春秋五霸之一。
[2]　讔（yǐn）：用譬喻等方法曲折地说明事物或道理。有些类似于后代的谜语。
[3]　不谷：犹言"不善"。古代诸侯谦称。
[4]　胡不设不谷矣：为什么不给我设一个隐语呢？胡，为什么。
[5]　阜（fù）：土山。
[6]　射：猜测。

叶公好龙

　　叶公子高[1]好龙，钩以写龙，凿以写龙[2]，屋室雕文以写龙。于是天龙闻而下之，窥头于牖[3]，施尾于堂[4]。叶公见之，弃而还走，失其魂魄，五色无主[5]。

　　是叶公非好龙也，好乎似龙而非龙者也。

（刘向《新序·杂事五》）

说明

　　这则寓言原是孔子的弟子用以讽刺鲁哀公"君非好士，好乎似士而非士"的，后人常用于嘲讽那些对某事物表面上喜欢，实际上害怕的人。但它更经常地被用来讽刺那些言行不一，表里不一的人。

---

[1]　叶公子高：春秋时楚国贵族，名叫沈诸梁，字子高，封于叶（今河南叶县），故称叶公。
[2]　钩以写龙，凿以写龙：钩，带钩；凿，通"爵"，酒杯。以，在；写，画。
[3]　牖（yǒu）：窗户。
[4]　施（yì）尾于堂：尾巴拖到厅堂。施，拖。
[5]　五色无主：面部表情无法控制。五色，指青、黄、赤、白、黑，这里指人的面部表情。

狐假虎威

虎求¹百兽而食之，得狐。狐曰："子无敢食我也！天帝使我长百兽²。今子食我，是逆天帝命也！子以我为不信³，吾为子先行，子随我后，观百兽之见我而敢不走乎？"虎以为然⁴，故遂与之行。兽见之皆走。虎不知兽畏己而走也，以为畏狐也。

（《战国策·楚策》）

说明

这则寓言原是魏国使者江乙讲给楚宣王的一个故事，但这个故事在同时代的其他文献中也有记载，因而，"狐假虎威"可能是当时流行的民间故事。从文学形象上看，这则寓言表现了狐狸的机智和老虎的糊涂。"狐假虎威"后来作为一个成语，用来讽刺那些假借他人威势为非作歹、欺凌弱者的人，与民间俗语"狗仗人势"成了同义语。

---

[1] 求：寻找。
[2] 长（zhǎng）百兽：做群兽的首领。长，动词，做首领。
[3] 不信：不诚实。
[4] 虎以为然：虎认为狐的说法是对的。然，对。

伯乐相马

夫骥之齿至矣[1]，服盐车而上大行[2]。蹄申膝折[3]，尾湛胕溃[4]，漉汁洒地[5]，白汁交流。中阪迁延[6]，负辕不能上。

伯乐遭之，下车攀而哭之，解纻衣以幂之[7]。

骥于是俛而喷[8]，仰而鸣，声达于天，若出金石声者，何也？彼见伯乐之知己也。

（《战国策·楚策四》）

说明

这篇寓言通过千里马拉盐车的苦恼及得到伯乐赏识的感奋，说明了这匹千里马怀才不遇的痛苦和伯乐善于识马的可贵。常言道，千里马常有，而伯乐不常有。如果没有伯乐，即使是千里马，也只能落得个"服盐车而上大行"，"负辕而不能上"的结局，最后也只能变成驽马一匹。后来，"伯乐"成了知才善用者的代名词。

[1] 夫骥之齿至矣：千里马上了年纪。骥，良马，千里马；齿，牛马皆以齿计算年龄，概因其幼者每岁生一齿的缘故。
[2] 服盐车而上大行（háng）：拉着盐车在大路上行走。服，驾驭；大行，大路。
[3] 蹄申膝折：蹄申，蹄子伸得很长。膝折，膝部弯曲。申，同"伸"。
[4] 尾湛（jiān）胕溃：尾湛，尾巴浸在屎尿里。胕溃，皮肤溃烂。湛，浸；胕，同"肤"。
[5] 漉汁洒地：口鼻里白沫流出，洒在地上。漉汁，这里指马口鼻中流出来的白沫。
[6] 中阪（bǎn）迁延：中阪，山坡半腰。阪，山坡。迁延，迟缓。
[7] 解纻（zhù）衣以幂之：脱下用苎麻织成的衣服覆盖在马身上。纻，麻布；幂，盖。
[8] 俛而喷：俛，"俯"的异体字；喷，喷气。

神话与故事

鹬蚌相争

蚌方出曝¹，而鹬²啄其肉。蚌合而拑³其喙。

鹬曰：“今日不雨，明日不雨，即有死蚌。”

蚌亦谓鹬曰：“今日不出，明日不出，即有死鹬。”

两者不肯相舍⁴，渔者得而并禽⁵之。

（《战国策·燕策二》）

说明

这是战国时苏代劝赵惠王不要伐燕引用的寓言故事，其中以鹬蚌喻燕赵，以渔夫喻强秦。“鹬蚌相争，渔夫得利”，常用来说明两方争斗，相持不下，给第三者以可乘之机，轻松地取得好处。

---

[1]　曝：晒太阳。

[2]　鹬（yù）：一种水鸟。

[3]　拑：同“钳”，夹住。

[4]　舍：舍弃。

[5]　并禽：并，一块，一起；禽，同“擒”。

鹬蚌相争

蚌方出曝[1]，而鹬[2]啄其肉。蚌合而拑[3]其喙。

鹬曰：“今日不雨，明日不雨，即有死蚌。”

蚌亦谓鹬曰：“今日不出，明日不出，即有死鹬。”

两者不肯相舍[4]，渔者得而并禽[5]之。

（《战国策·燕策二》）

说明

这是战国时苏代劝赵惠王不要伐燕引用的寓言故事，其中以鹬蚌喻燕赵，以渔夫喻强秦。“鹬蚌相争，渔夫得利”，常用来说明两方争斗，相持不下，给第三者以可乘之机，轻松地取得好处。

---

[1]　曝：晒太阳。

[2]　鹬（yù）：一种水鸟。

[3]　拑：同“钳”，夹住。

[4]　舍：舍弃。

[5]　并禽：并，一块，一起；禽，同“擒”。

和氏之璧

楚人和氏得玉璞楚山中¹，奉²而献之厉王。厉王使玉人相之³。玉人曰：“石也。”王以和为诳⁴，而刖其左足。

及厉王薨⁵，武王即位。和又奉其璞而献之武王。武王使玉人相之。又曰：“石也。”王又以和为诳，而刖其右足。

武王薨，文王即位。和乃抱其璞而哭于楚山之下，三日三夜，泣⁶尽而继之以血。

王闻之，使人问其故，曰：“天下之刖者多矣，子奚哭之悲也⁷？”和曰：“吾非悲刖也，悲夫宝石而题⁸之以石，贞士⁹而名之以诳，此吾所以悲也。”

王乃使玉人理¹⁰其璞而得宝焉，遂命¹¹曰“和氏之璧”。

（《韩非子·和氏》）

---

[1] 和氏：卞和。玉璞：没加工过的玉石。楚山：本名荆山，但因楚国称“荆”，两字常互用。
[2] 奉：捧。
[3] 玉人：玉匠。相（xiàng）：鉴别。
[4] 诳：欺骗。
[5] 薨（hōng）：古代诸侯死叫薨。
[6] 泣：眼泪。
[7] 子奚哭之悲也：你怎么哭得这么悲伤呢？奚，怎么。
[8] 题：品评。
[9] 贞士：正直忠诚的人。
[10] 理：加工玉石。
[11] 命：命名。

神话与故事

说明

　　韩非子讲这个寓言故事，原意是以和氏之遭遇来比喻自己的政治主张不能为国君采纳，反而遭到排斥。为此，他痛惜不已，感慨万千。从这则寓言故事中，我们还可以体会到这样的寓意：识玉诚然可贵，识人更为重要。

自相矛盾

　　楚人有鬻楯与矛者[1]，誉之曰："吾楯之坚，物莫能陷也[2]。"又誉其矛曰："吾矛之利，于物无不陷也。"或曰："以子之矛陷子之楯，何如？"其人弗能应也。夫不可陷之楯与无不陷之矛，不可同世而立[3]。

（《韩非子·难一》）

说明

　　韩非子引用这则寓言，是为了揭露儒家文士"以文乱法"的思维矛盾，但从中所得到的启发却是，说话做事要实事求是，切不可陷入自相矛盾的窘境。

---

[1]　鬻（yù）：卖。楯：同"盾"。
[2]　陷：刺穿。
[3]　不可同世而立：不可能同时存在。

守株待兔

宋人有耕田者，田中有株[1]，兔走，触株折颈而死[2]。因释[3]其耒而守株，冀复得兔[4]。兔不可复得，而身为宋国笑。

（《韩非子·五蠹》）

说明

韩非子引用此寓言，原是讽刺儒生抱残守缺，梦想尧舜复生理治当今之世的。后来人们用这个寓言比喻只凭过去经验办事，刻板守旧不知变通的人，也用于讽刺那些妄想不劳而获、坐享其成的人。

---

[1]　株：树桩。
[2]　折颈而死：折断脖子死了。折，断。
[3]　释：放下。
[4]　冀复得兔：希望再次得到（撞死的）兔子。

揠苗助长

宋人有闵其苗之不长而揠之者[1]，茫茫然[2]归，谓其人[3]曰："今日病[4]矣！余助苗长矣！"其子趋而往视之，苗则槁[5]矣。

(《孟子·公孙丑上》)

说明

孟子在这里所引用的寓言故事，揭示了一个十分深刻的道理：事物的发展自有其规律，不尊重客观规律，虽然出于好心，并且做出了努力，结果还是要失败的。

成语"拔苗助长"就是从这则寓言中来的。

---

[1]　闵：忧虑，担心。揠（yà）：拔。
[2]　茫茫然：疲劳的样子。
[3]　其人：指他家里的人。
[4]　病：疲惫不堪。
[5]　槁：枯萎。

塞翁失马

近塞[1]上之人，有善术[2]者，马无故亡而入胡[3]，人皆吊[4]之。其父曰：“此何遽[5]不能为福乎？”

居数月，其马将[6]胡骏马而归，人皆贺之。

其父曰：“此何遽不能为祸乎？”

家富良马，其子好骑，堕而折其髀[7]。人皆吊之。其父曰：“此何遽不能为福乎？”

居一年，胡人大入塞，丁壮者控弦而战，近塞之人，死者十九[8]。此独以跛之故，父子相保。

故福之为祸，祸之为福，化不可极，深不可测也。

（《淮南子·人间训》）

说明

俗话所说“塞翁失马，安知非福”即出此寓言。世界的一切事物都

---

[1] 塞：边界。
[2] 术：术数。
[3] 胡：古时对北方和西面各少数民族的泛称。
[4] 吊：慰问遭受不幸的人。
[5] 遽：遂，就。
[6] 将：带领。
[7] 髀：大腿。
[8] 十九：十分之九。

是不断发展变化的，坏事可以引出好的结果，好事也可以引出坏的结果。老子说："祸兮，福之所倚；福兮，祸之所伏。"福与祸的相互转化是辩证的，不是绝对不变的。

　　这则寓言表明，我国古代人民对事物辩证发展的道理早就有深刻的认识。

传　说

江妃二女

江妃二女[1]者，不知何所人也。出游于江汉之湄[2]，逢郑交甫。见而悦之，不知其神人也。谓其仆曰："我欲下，请其佩[3]。"仆曰："此间之人，皆习于辞，不得，恐罹[4]悔焉。"交甫不听，遂下，与之言曰："二女劳矣！"二女曰："客子有劳，妾何劳之有！"交甫曰："橘是柚也[5]，我盛之以笥[6]。令附汉水，将流而下。我遵其傍，采其芝而茹之[7]。以知吾为不逊也，愿请子之佩。"二女曰："橘是柚也，我盛之以筥[8]。今附汉水，将流而下。我遵其傍，采其芝而茹之。"遂手解佩，与交甫。交甫悦，受而怀之，中当心。趋去数十步，视佩，空怀无佩；顾二女子，忽然不见。诗曰："汉有游女，不可求思。"此之谓也。

（《列仙传》卷上）

说明

郑交甫与江汉二女的故事最早见于《韩诗外传》。《初学记》卷七引

---

[1]　江妃二女：即舜帝之妃娥皇、女英。相传舜南巡崩于苍梧，二女陨于湘江，为水神。
[2]　江汉之湄：江，长江；汉，汉水。湄，水滨。江汉之湄指长江汉水交汇处，其处地近洞庭，故二女游于此。
[3]　佩：结于衣带上的饰物。
[4]　罹：遭受。
[5]　橘是柚也：橘、柚、橙相似，皆为芸香科果类。
[6]　笥（sì）：盛食品或衣服的竹器。
[7]　芝：菌类；茹：吃，食。
[8]　筥：音jǔ，圆形竹器。

《韩诗外传》曰："郑交甫过汉皋，遇二女，妖服珮两珠。交甫与之言曰：'愿请子之珮。'二女解珮与交甫，而怀之。去十步，探之则亡矣，回顾二女亦不见。"汉以后的志怪小说多有记载，且情节愈加曲折，细节也更生动。这大概是在民间流传过程中不断被民众加工、创造的结果。

东方朔

东方朔字曼倩，父张夷，字少平，妻田氏女。夷年二百岁，颜如童子。朔母田氏寡居，梦太白星临[1]其上，因有娠。田氏叹曰："无夫而娠，人将弃我。"乃移向代郡[2]东方里为居。五月旦生朔，因以所居里为氏，朔为名。朔生三日而田氏死，时景帝三年[3]也。邻母拾而养之，年三岁天下秘谶[4]，一览暗诵于口。常指画天下[5]空中独语。

邻母忽失朔，累月方归，母笞之。后复去，经年乃归。母忽见，大惊曰："汝行经年一归，何以慰我耶？"朔曰："儿至紫泥海[6]，有紫水污衣，仍过虞渊湔浣[7]。朝发中返，何云经年乎？"母问之："汝悉是何处行？"朔曰："儿湔衣竟，暂息都崇堂[8]。王公饴儿以丹粟霞浆，儿食之太饱闷几死。乃饮玄天黄露半合，即醒。既而还，路遇一苍虎，息于路傍。儿骑虎还，打捶过痛，虎啮儿脚伤。"母悲嗟，乃裂青布裳裹之。朔复去家万里，见一枯树，脱向来布裳挂于树，布化为龙，因名其地为布龙泽。

朔以元封中游鸿濛之泽[9]，忽见王母采桑于白海之滨[10]。俄有黄眉翁，

---

[1] 临：降临、临幸。
[2] 代郡：在今河北蔚县西南。
[3] 景帝三年：即公元前154年。
[4] 秘谶（chèn）：秘藏的谶书。谶，秦汉之间巫师、方士编造的预示吉凶的隐语。
[5] 天下：《太平广记》作"天上"。
[6] 紫泥海：传说中的地名。
[7] 虞渊：传说日落之地。湔浣：灌洗。
[8] 都崇堂：《太平广记》作《冥都崇台》，《太平御览》675引作《宜都崇台》。
[9] 鸿濛之泽：传说中的地名，为日出之地。
[10] 白海之滨：传说中的地名。

指阿母以告朔曰："昔为吾妻，托形为太白之精。今汝此星精也。吾却食吞气，已九千余岁。目中瞳子，色皆青光，能见幽隐之物。三千岁一反骨洗髓，二千岁一刻肉伐毛，自吾生已三洗髓五伐毛矣。"

（《洞冥记》）

说明

东方朔乃汉武帝朝的大臣，以机智善辩、滑稽幽默闻名。早在西汉时，关于他的传说、仙话就大量流传在民间，到后代诸朝，流变迭出，神奇色彩更加浓烈。《汉武故事》云："东方朔生三日，而父母俱亡。或得之而不知其始，以见时东方始明，因以为姓。既长，常望空中独语。后游'鸿蒙之泽'，有老母采桑，自言朔母。一黄眉翁至，指朔曰：'此吾儿。吾却食服气，三千年一洗髓，三千年一伐毛，吾生已三洗髓，三伐毛矣。'"

由于东方朔以滑稽善辩出名，后来相声艺人将他奉为祖师爷。

望夫石

武昌阳新县[1]北山有望夫石，状若人立者。传云昔有贞妇，其夫从役，远赴国难，妇携弱子，饯送[2]此山，立望而形化为石。

（《列异传》）

说明

历代征战拆散了多少个家庭，割开多少恩爱夫妻。咏思妇戍卒的诗词反映了这一历史，望夫石的传说也反映了这些历史事实。

不仅湖北阳新县有望夫石，其他地方也有。对望夫石所表达的真挚爱情，唐代诗人颇喜咏赞，李白、王建、刘禹锡、刘方平等诗人都有以望夫石（山）为题的诗篇。

---

[1]　武昌阳新县：即武昌郡阳新县，在今湖北境内。
[2]　饯送：饯行，送别。

宋定伯

南阳[1]宋定伯年少时，夜行逢鬼。问之，鬼言："我是鬼。"鬼问："汝复谁？"定伯诳之，言："我亦鬼。"鬼问："欲至何所？"答曰："欲至宛市。"鬼言："我亦欲至宛市。"遂行数里。鬼言："步行太迟[2]，可共递[3]相担，何如？"定伯曰："大善。"鬼便先担定伯数里。鬼言："卿太重，不是鬼也。"定伯言："我新鬼，故身重耳。"定伯因复担鬼，鬼略无重。如是再三。定伯复言："我新鬼，不知有何所恶忌[4]？"鬼答言："唯不喜人唾。"于是共行，道遇水，定伯令鬼渡，听之了然无水音。定伯自渡，漕漼[5]作声。鬼复言："何以有声？"定伯曰："新死不习渡水故尔，勿怪吾也。"

行欲至宛市，定伯便担鬼着肩上，急执之。鬼大呼，声咋咋然，索下，不复听之。径至宛市中，下着地，化为一羊，便卖之。恐其变化，唾之。得钱千五百，乃去。当时有言："定伯卖鬼，得钱千五。"

（《列异传》）

---

[1]　南阳：郡名，战国时秦设置南阳郡，在今河南省西南，湖北省北部。郡治在宛，即今南阳市。
[2]　太迟：太慢。也作"太极"，太累。
[3]　共递：递，轮流。也作"共迭"。
[4]　恶忌：畏惧。
[5]　漕漼（cáo cuǐ）：蹚水的声音。

神话与故事

说明

　　宋定伯捉鬼的故事，不论是流布地域之广，还是流传时间之久，都是很罕见的。故事发生的地点在南阳，但后来随着《列异传》、《搜神记》的传播，全国各地都在讲说。在豫南地区，至今仍流传着各种斗鬼、捉鬼、斩鬼的故事，虽然主人公未必是宋定伯，但他们身上仍有宋定伯的特征，即见鬼不惊，根据鬼的习性加以利用，瞄准鬼的弱点加以克制。

八月槎

旧说云：天海与海通，近世有人居海渚[1]者，年年八月有浮槎来，甚大，往返不失期。人有奇志，立飞阁于查上[2]，多斋粮，乘槎而去。十余日中，犹观星月日辰，自后芒芒忽忽[3]，亦不觉昼夜。去十余日，奄[4]至一处，有城郭状，屋舍甚严。遥望宫中多织妇，见一丈夫牵牛，渚次[5]饮之。牵牛人乃惊问曰："何由至此？"此人具说来意，并问此是何处，答曰："君还至蜀郡，访严君平[6]则知之。"竟不上岸，因还如期。后至蜀，问君平，曰："某年月日，有客星犯牵牛宿。"计年月，正是此人到天河时也。

（《博物志》）

说明

在古代中国人的观念中，天是圆的，地是方的，大体呈正方形的陆地漂浮在海洋之中，而海又跟"天河"是相通的。这个"八月浮槎"的传说就是在这种宇宙观的基础上产生的。

---

[1]　渚：水中小洲，此处指海岛。
[2]　飞阁：高阁。查：通"槎"，木筏。
[3]　芒芒忽忽：也作"茫茫忽忽"。
[4]　奄：忽然。
[5]　渚次：小洲的旁边。
[6]　严君平：名遵，蜀郡人，西汉隐士。

另外，我们从这个传说中又可以窥见人与天上星宿相对应的古老观念。它认为，天上每颗星都有相应的一个人与之相应，某个人的星宿明亮，则该人地位就高，某人星宿暗弱，则该人地位卑下。如果夜空中有流星陨落，则地上就有人长逝而去。

这个传说中还出现了牛郎织女等人物，可见在汉末关于牛郎织女的传说已从原始的星辰崇拜转化为优美的民间故事了。

董永

汉董永，千乘[1]人。少偏孤[2]，与父居，肆力田亩[3]，鹿车载自随[4]。父亡，无以葬，乃自卖为奴，以供丧事。主人知其贤，与钱一万遣之。永行三年丧毕，欲还主人，供其奴职。道逢一妇人，曰："愿为子妻。"遂与之俱。主人谓永曰："以钱与君矣。"永曰："蒙君之惠，父丧收藏。永虽小人，必欲服勤致力，以报厚德。"主曰："妇人何能？"永曰："能织。"主曰："必尔者，但令君妇为我织缣[5]百匹。"于是永妻为主人家织，十日而毕。女出门，谓永曰："我，天之织女也。缘君至孝，天帝令我助君偿债耳。"语毕，凌空而去，不知所在。

（《搜神记》卷一）

说明

人与仙女之恋很多，董永传说是至今仍在流传、并有剧目演出、为人们所喜闻乐道的优美传说之一。董永事原出刘向《孝子图》，唐句道兴《搜神记》和无名氏《孝子传》都转述其事，而唐写本《董永变文》（《敦煌变文集》卷一）敷衍其事，多有变化。到清代，《清平山堂话本》有

---

[1] 千乘（shèng）：郡名，西汉设置，其治所在今河北省高青县高苑镇北。
[2] 偏孤：双亲失去一方。此处指失母。
[3] 肆力田亩：竭力耕种田地。肆力：竭力，尽力。
[4] 鹿车载自随：以鹿车载父自随。鹿车，一种小车。
[5] 缣：双丝细绢。

《董永遇仙记》话本，大加演饰。元、明、清有关董永的戏文很多，至今仍有黄梅戏《天仙配》等。因此，在民间，董永不仅是二十四孝子之一，而且是传说中的人物，深为我国民众所喜爱，可以跟牛郎相提并论。

华佗

沛国¹华佗，字元化，一名旉。琅邪刘勋为河内太守²，有女年几二十，苦脚左膝里有疮³，痒而不痛。疮愈，数十日复发。如此七八年。迎佗使视，佗曰："是易治之。当得稻糠黄色犬一头、好马二匹。"以绳系犬颈，使走马牵犬，马极⁴辄易。计马走三十余里，犬不能行，复令步人拖曳。计向五十里，乃以药饮女，女即安卧，不知人。因取大刀，断犬腹近后脚之前，以所断之处向疮口，令去二三寸停之。须臾，有若蛇者从疮中出，便以铁椎横贯蛇头。蛇在皮中动摇良久，须臾不动，乃牵出，长三尺许，纯是蛇，但有眼处，而无瞳子，又逆鳞耳。以膏散著疮中，七日愈。

佗尝行道，见一人病咽，嗜食不得下。家人车载，欲往就医。佗闻其呻吟声，驻车往视，语之曰："向来道边，有卖饼家蒜齑大酢⁵，从取三升饮之，病自当去。"即如佗言，立吐蛇一枚。

(《搜神记》卷三)

说明

华佗为我国古代名医，这个传说讲述的是华佗为人们治愈疑难杂症

---

[1] 沛国：沛郡，汉置，郡治在今安徽省濉溪县西北。
[2] 琅邪：秦设置琅邪郡，在今山东省南部。河内：汉代郡名，在今河南省黄河以北地方。
[3] 苦脚左膝里有疮：左膝下边的胫部里边长有怪疮，十分痛苦。脚，胫部。
[4] 极：疲倦。
[5] 蒜齑大酢：齑，细末儿。蒜齑，调味用的蒜瓣碎末儿。大酢：醋。

的故事，其中不乏对他的医术的神化。这个传说虽然有些荒诞不经，但它反映了古代人民渴望神医能够治疗各种病痛的愿望。

关于华佗治病的神异传说有很多，华佗本人在民间也逐渐被神化，成了包医百病、妙手回春的古代名医的代名词，因此，他被历代郎中奉为祖师爷，享受香火跪拜和千年祭祀。

东海孝妇

汉时，东海[1]孝妇养姑甚谨。姑曰："妇养我勤苦，我已老，何惜余年，久累年少。"遂自缢死。其女告官云："妇杀我母。"官收系[2]之，拷掠毒治。孝妇不堪苦楚，自诬服[3]之。时于公[4]为狱吏，曰："此妇养姑十余年，以孝闻彻，必不杀也。"太守不听。于公争不得理，抱具狱词[5]哭于府而去。自后郡中枯旱，三年不雨。后太守至，于公曰："孝妇不当死，前太守枉杀之，咎[6]当在此。"太守即时身祭孝妇冢，因表其墓。天立雨，岁大熟。

长老传云：孝妇名周青。青将死，车载十丈竹竿，以悬五旛[7]，立誓于众曰："青若有罪，愿杀，血当顺下；青若枉死，血当逆流。"既行刑已，其血青黄，缘旛竹而上极标[8]，又缘旛而下云。

（《搜神记》卷十一）

说明

东海孝妇的传说，汉代已流传甚广。更究其源，可追溯至齐国寡妇

[1] 东海：郡名，秦时设置，治所在今山东郯城北。
[2] 收系：这里是关押的意思。系，捆绑。
[3] 诬服：无罪而被迫认罪。
[4] 于公：《汉书·于定国传》曰："于定国字曼倩，东海郯人。其父于公为县狱吏、郡决曹。决狱平罗文法者，于公所决皆不恨。郡中为之生立祠，号曰于公祠。"
[5] 狱词：判罪的文牒。
[6] 咎：罪责，过错。
[7] 旛：又作"幡"字，垂直悬挂的狭长旗帜。
[8] 标：旗帜。

神话与故事

故事。《淮南子·览冥》曰："庶女叫天，雷电下击景公，台陨，支体伤折，海水大出。"高诱注其事，略云齐寡妇孝敬婆母，母之女贪财杀母，更诬寡妇。妇不能自白冤结，呼天抢地，天为之雷鸣，海水为之溢出。后来历朝相传不断，并多有敷衍。如《晋书·列女传》记有类似周青冤案的事情，但已是"陕妇人，不知姓字，年十九……事叔妇甚谨"云云。到元代，王实甫、梁进之、王仲元、关汉卿等剧作家都有本东海孝妇故事的杂剧，前三人的剧本皆轶，唯关汉卿《窦娥冤》至今仍保存完好。

李寄

　　东越闽中有庸岭[1]，高数十里。其西北隙中有大蛇，长七八丈，大十余围。土俗常病，东冶都尉及属城长吏多有死者[2]。祭以牛羊，故不得福[3]。或与人梦，或下谕巫祝，欲得啖童女年十二三者。都尉令长[4]，并共患之。然气厉不息[5]。共请求人家生婢[6]子，兼有罪家女养之。至八月朝[7]，祭送蛇穴口。蛇出，吞啮之。累年如此，已用九女。

　　尔时预复募索，未得其女。将乐县[8]李诞，家有六女，无男。其小女名寄，应募欲行，父母不听，寄曰："父母无相，惟生六女，无有一男，虽有如无。女无缇萦[9]济父母之功，既不能供养，徒费衣食，生无所益，不如早死。卖寄之身，可得少钱，以供父母，岂不善耶？"父母慈怜，终不听去。

　　寄自潜行，不可禁止。寄乃告请好剑及咋[10]蛇犬。至八月朝，便诣庙

[1]　东越闽中：古地区名，在今福建北部、浙江南部一带。庸岭：又名乌岭，在今福建邵武县西北。
[2]　东冶：古地名，在今福州市。都尉，掌管地方军政事务的官员。属城长吏，管理城市的长官。
[3]　故：依然。
[4]　都尉令长：泛指地方官吏。令，县令；长，县长。
[5]　气厉：疾疠灾疫。
[6]　家生婢：奴婢所生之女。
[7]　月朝：月旦，每月初一。
[8]　将乐县：三国时吴设将乐县，在今福建西部。
[9]　缇萦：复姓淳于，西汉医学家淳于意少女。淳于意获罪下狱，缇萦随父至长安，上书汉文帝，自愿入宫为婢，以赎父罪。
[10]　咋：咬。咋蛇犬，即咬蛇的狗。

　　　　　　　　　　　　　　　　　　　　神话与故事

中坐，怀剑将犬。先将数石米餈[1]，用蜜麨[2]灌之，以置穴口。蛇便出，头大如囷[3]，目如二尺镜。闻餈香气，先啗食之。寄便放犬，犬就啮咋，寄从后斫得数创。疮痛急，蛇因踊出，至庭而死。寄入视穴，得其九女髑髅，悉举出，咤言曰："汝曹怯弱，为蛇所食，甚可哀愍！"于是寄女缓步而归。

越王[4]闻之，聘寄女为后，拜其父为将乐令，母及姊皆有赏赐。自是东冶无复妖邪之物。其歌谣至今存焉。

（《搜神记》卷十九）

说明

我国古代文化，包括民间文化在内，都有歧视妇女的倾向。各种民间传说也大都把女子描绘成低能弱智的尤物。然而，李寄的传说一扫这种封建意识，甚至在李寄身上找不到一点闺阁弱质，而是孝亲、斗恶、勇敢、机智的少女英雄的形象，读之令人精神振奋。

---

[1]　餈（cí）：糯米饼。
[2]　麨（chǎo）：炒米粉。
[3]　囷（qūn）：粮囤。
[4]　越王，即东越王。汉武帝建元六年，闽越王郢之弟余善杀郢降汉，汉乃立余善为东越王。

黄初平

　　黄初平者，丹溪[1]人也。年十五，家使牧羊。有道士见其良谨，便将至金华山[2]石室中，四十余年不复念家。其兄初起，行山寻索初平，历年不得。后见市中有一道士，初起召问之，曰："吾有弟名初平，因令牧羊，失之四十余年，莫知死生所在，愿道君为占之。"道士曰："金华山中有一牧羊儿，姓黄字初平，是卿弟非疑。"

　　初起闻之，即随道士去求弟，遂得相见。悲喜语毕，问初平："羊何在？"曰："近在山东耳。"初起往视之，不见，但见白石而还，谓初平曰："山东无羊也。"初平曰："羊在耳，兄但自不见之。"初平与初起俱往看之，初平乃叱曰："羊起！"于是白石皆变为羊，数万头。初起曰："弟独得仙道如此，吾可学乎？"初平曰："唯好道便可得之耳。"

　　初起便弃妻子，留住就初平学，共服松脂、茯苓[3]。至五百岁，能坐在立亡，行于日中无影[4]，而有童子之色。后乃俱还乡里，亲族死于略尽，乃复还去。初平改字为赤松子，初起改字为鲁班。其后服此药得仙者数十人。

（《神仙传》卷二）

[1]　丹溪：水名，在今浙江义乌县，称兰溪。
[2]　金华山：在今浙江金华市北，一名常山，又名长山。
[3]　茯苓：菌类，寄生于松根，块状，可入药。神仙家服食松脂、茯苓以为仙药。
[4]　日中无影：神仙家修炼的最高境界。神仙家认为通过练气、服丹（药）、辟谷、吐纳等手段达到"正立无影，疾呼无声"的境界，即可无翼而飞，长寿千岁而不老。

说明

　　黄初平，又称"皇初平"，相传就是神农时的雨师赤松子，服食水玉，后得仙而去。今天在香港备受崇敬的黄大仙，相传就是黄初平。

壶公

壶公者，不知其姓名也。今世所有《召军符》、《召鬼神治病玉府符》，凡二十余卷，皆出自公，故总名《壶公符》[1]。时汝南有费长房者[2]，为市掾[3]。忽见公从远方来，入市卖药，人莫识之。卖药口不二价，治病皆愈。语买人曰："服此药必吐某物，某日当愈。"事无不效。其钱日收数万，便施与市中贫乏饥冻者，唯留三五十。常悬一空壶于屋上，日入之后，公跳入壶中。人莫能见，唯长房楼上见之，知非常人也。长房乃日日自扫公座前地，及供馔物[4]，公受而不辞。如此积久，长房尤不懈，亦不敢有所求。

公知长房笃信，谓房曰："至暮无人时更来。"长房如其言即往。公语房曰："见我跳入壶中时，卿便可效我跳，自当得入。"长房依言，果不觉已入。入后不复是壶，唯见仙宫世界，楼观重门阁道，公左右侍者数十人。公语房曰："我，仙人也。昔处天曹，以公事不勤见责，因谪人间耳。卿可教，故得见我。"长房下座顿首曰："肉人无知[5]，积罪却厚，幸谬见哀悯，犹如剖棺布气，生枯起朽[6]。但恐臭秽顽弊，不任驱使，若见哀怜，百生之厚幸也。"公曰："审尔大佳。勿语人也。"

公后诣长房于楼上，曰："我有少酒，相就饮之，酒在楼下。"长房

---

[1] 《壶公符》：《抱朴子·内篇·遐览》有云："壶公符二十卷。"道教以为符箓始于老子。
[2] 汝南：郡名，汉初设置，始治上蔡，东汉移治平舆。费长房：东汉人，《后汉书·方术列传》有传，乃一神仙家，能鞭笞百鬼，且善变幻捉妖。后失其符，为众鬼所杀。
[3] 市掾：市吏。
[4] 馔物：食品，吃的东西。
[5] 肉人：凡俗之人，对仙人而言。
[6] 剖棺布气，生枯起朽：死而复苏，使枯骨生肉，朽尸再活。比喻恩义深重。

神话与故事

使人取之，不能举盎[1]，至数十人，莫能得上。乃白公，公乃下，以一指提上，与房共饮之。酒器如拳许大，饮之至暮不竭。告长房曰："我某日当去，卿能去乎？"房曰："欲去之心，不可复言。欲使亲眷不觉知去，当有何计？"公曰："易耳。"乃取一青竹杖与房，戒之曰："卿以竹归家，便可称病，以此竹杖置卿所卧处，默然便来。"房如公言。去后，家人见房已死，尸在床，乃向竹杖耳，乃哭泣葬之。

房诣公，恍惚不知何所。公乃留房于群虎中。虎磨牙张口，欲噬房，房不惧。明日又内于[2]石室中，头上有一方石，广数丈，以茅绹[3]悬之，又诸蛇来啮绳，绳即欲断，而长房自若。公至，抚之曰："子可教矣。"又令长房啗屎兼蛆，长寸许，异常臭恶。房难之，公乃叹谢遣之，曰："子不得仙道也，赐子为地上主[4]者，可得寿数百岁。"为传封符一卷，付之曰："带此可主诸鬼神，常称使者，可以治病消灾。"房忧不得到家，公以一竹杖与之，曰："但骑此，得到家耳。"

房骑竹杖辞去，忽如睡，觉已到家。家人谓是鬼，具述前事。乃发棺视之，唯一竹杖，方信之。房所骑竹杖，弃葛陂[5]中，视之乃青龙耳。初去至归谓一日，推问家人，已一年矣。

房乃行符，收鬼治病，无不愈者。每与人同坐共语，常呵责嗔怒，问其故，曰："嗔鬼耳。"时汝南有鬼怪，岁辄数来郡中，来时从骑如太守，入府打鼓，周行内外，尔乃还去，甚以为患。房因诣府厅事，正值此鬼来到府门前，府君驰入，独留房。鬼知之，不敢前，房大叫呼曰：

---

[1]　盎：一种腹大口小的古代盛器。

[2]　内于：置于之内。内，同"纳"。

[3]　茅绹：茅草搓成的绳子。

[4]　地上主：地行仙。《抱朴子·论仙》："上士举形升虚，谓之天仙；中士游于名山，谓之地仙；下士先死后蜕，谓之尸解仙。"

[5]　葛陂：池名，在今河南新蔡县西北。

"便捉前鬼来!"乃下车伏庭前,叩头乞曰:"改过。"房呵之曰:"汝死老鬼,不念温良,无故导从,唐突官府,自知合死否?急复真形!"鬼须臾成大鳖,如车轮,头长丈余。房又令复人形。房以一札符付之,令送与葛陂君[1],鬼叩头流涕,持札去。使人追视之,乃见符札立陂边,鬼以头绕树而死。

房后到东海,东海大旱三年,谓请雨者曰:"东海神君前来淫葛陂夫人,吾系之,辞状不测,脱然忘之,遂致久旱。吾今当赦之,令其行雨。"即便有大雨。房有神术,能缩地脉,千里存在,目前宛然,放之复舒如旧也。

(《神仙传》卷五)

说明

　　壶公、费长房的仙话,古籍载录甚多,民间流传极广。壶公白天入市卖药,夜晚跃入壶中。壶中天地如何?"唯见仙宫世界,楼观重门阁道,公左右侍者数十人。"原来小小壶中,竟别有洞天,壶公俨然洞中主人。这幅景象比陶渊明的桃花源"土地空旷,屋舍俨然。有良田美池桑竹之属。阡陌交通,鸡犬相闻。……黄发垂髫,并怡然自乐"这种自给自足、自食其力的生活更吸引人。费长房笃信壶公之术,从而学之。据《续齐谐记》云,重阳节的登高、饮菊酒、佩茱萸习俗也与费长房有关。

---

[1]　葛陂君:葛陂水神。

麻姑

汉孝桓帝[1]时，神仙王远[2]，字方平，降于蔡经家[3]。将至一时顷，闻金鼓箫管人马之声，及至，举家皆见。王方平戴远游冠，着朱衣、虎头鞶囊[4]，五色之绶，带剑。少须黄色[5]，中形人也。乘羽车，驾五龙，龙各异色。麾节幡旗，前后导从，威仪奕奕，如大将军，鼓吹皆乘麟。从天而下，悬集于庭。从官皆长丈余，不从道行。既至，从官皆隐，不知所在，唯见方平，与经父母兄弟相见。

独坐久之，即令人相访麻姑，经家亦不知麻姑何人也。言曰："王方平敬报姑，余久不在人间，今集[6]在此，想姑能暂来语乎？"有顷[7]，使者还，不见其使，但闻其语云："麻姑再拜，不见忽已五百余年，尊卑有叙，修敬无阶，烦信来承在彼，登山颠倒[8]。而先受命，当按行蓬莱，今便暂往，如是当还。还便亲觐，愿未即去。"如此两时间，麻姑至矣。来时亦先闻人马箫鼓声，既至，从官半于方平。麻姑至，蔡经亦举家见之。是好女子，年十八九许，于顶中作髻，余发垂至腰。其衣有文章而非锦绮，光彩耀目，不可名状。入拜方平，方平为之起立。坐定，召进行厨，

---

[1] 汉孝桓帝：即刘志，公元146年至167年在位。
[2] 王远：《神仙传》卷二《王远传》载，远，字方平，东海人，东汉中散大夫，弃官入山修道，桓帝连征不出，后仙去。
[3] 蔡经：《神仙传·王远传》云，经，吴小民，王远过其家，以其骨相当仙，授以要言，经遂得道。
[4] 鞶囊：古时官员用以盛印绶之革囊。虎头鞶囊，饰有虎头图样的鞶囊。
[5] 黄色：《集仙录》作"黄白色"。
[6] 集：聚集。
[7] 有顷：过了一会儿。
[8] 颠倒：形容迎客急促，忙乱中穿错衣裳。

皆金盘玉杯，肴膳多是诸花果，而香气达于内外。擘脯行之[1]，如貃炙[2]，云是麟脯也。麻姑自说云："接侍以来，已见东海三为桑田，向到蓬莱，水又浅于往者会时略半也，岂将复还为陵陆乎？"方平笑曰："圣人皆言海中复扬尘也。"

姑欲见蔡经母及妇侄。时弟妇新产数十日，麻姑望见乃知之，曰："噫！且止勿前。"即求少许米，得米便撒之掷地，谓以米祛其秽也，视其米，皆成真珠矣。方平笑曰："姑故年少，吾老矣，了不喜复作此狡狯[3]变化也。"方平语经家人曰："吾欲赐汝辈酒。此酒乃出天厨，其味醇醲，非世人所宜饮，饮之或能烂肠。今当以水和之，汝辈勿怪也。"乃以一升酒，合水一斗搅之，赐经家饮一升许。良久酒尽，方平语左右曰："不足远取也。"以千钱与余杭姥[4]相闻，求其沽酒。须臾信[5]还，得一油囊酒，五斗许。信传余杭姥答言："恐地上酒不中尊饮耳。"

又麻姑鸟爪，蔡经见之，心中念言："背大痒时，得此爪以爬背当佳。"方平已知经心中所念，即使人牵经鞭之。谓曰："麻姑神人也，汝何思谓爪可以爬背耶？"但见鞭着经背，亦不见有人持鞭者。方平告经曰："吾鞭不可妄得也。"

是日，又以一符传授蔡经邻人陈尉[6]，能檄召鬼魔，救人治疾。蔡经亦得解蜕之道，如蜕蝉耳。经常从王君游山海，或暂归家。王君亦有书与陈尉，多是篆文，或真书[7]，字廓落而大，陈尉世世宝之。

---

[1]　擘脯（bò fǔ）行之：擘，剖。脯，熟肉。行，上菜。
[2]　貃炙：貃，我国古代北方少数民族。貃炙，《释名·释饮食》云："貃炙，全体炙之，各自以刀割，出于胡貃之为也。"
[3]　狡狯：游戏，戏耍。
[4]　余杭姥：传说中的仙人。余杭，地名，今属浙江。
[5]　信：使者。
[6]　陈尉：《王远传》云："经比舍有姓陈者，失其名，尝罢县尉。"
[7]　真书：楷书。

宴毕，方平、麻姑命驾升天而去，箫鼓道从如初焉。

（《神仙传》卷七）

说明

"麻姑献寿"是民俗年画重要题材之一。麻姑何以成为献寿女仙？原因之一是麻姑曾自云："已见东海三为桑田。"沧海桑田的变迁，每次都要历时千千万万年，她却已见过三次，该有何等高寿？然而，她的长相仍像一位十八九岁的姑娘。原因之二，传说三月三王母娘娘生日，蟠桃会上各路仙人齐集，麻姑乃在绛珠河畔酿灵芝酒献给王母，欢宴歌舞。

在这个仙话中，有一个很有意味的细节，就是蔡经看见麻姑鸟爪，顿生凡俗之心，暗想："背大痒时，得此爪以爬背当佳。"仙人王远立即获知蔡经的这个不良念头，使仙吏鞭笞蔡经（在有的古籍中，是麻姑本人获悉蔡经的这个念头，令仙吏鞭之）。此等灵魂深处的信息，仙人怎样获得的？

晋代葛洪的《神仙传》首次记载了麻姑仙话，此后的典籍记录很多。今天，传说中与麻姑有关的山水风物分布全国各地。

外国道人

太元十二年[1]，有道人[2]外国来，能吞刀吐火，吐珠玉金银。自说其所
受术，即白衣[3]，非沙门也。尝行，见一人檐檐，上有小笼子，可受升余。
语檐人云："吾步行疲极，欲暂寄君檐上。"檐人甚怪之，虑是狂人，便
语云："自可尔耳，君欲何许自厝耶[4]？"其答云："若见许，政[5]欲入笼
子中。"笼不便，檐人逾怪其奇："君能入笼中，便是神人也。"下檐入笼
中，笼不更大，其亦不更小，檐之亦不觉重于先。

既行数十里，树下住食，檐人呼共食，云："我自有食。"不肯出，
止住笼中，出饮食器物罗列，肴膳丰腆亦办[6]，反呼檐人食。未半，语檐
人："我欲与妇共食。"即复口出一女子，年二十许，衣裳容貌甚美，二
人便共食。食欲竟，其夫便卧。妇语檐人："我有外夫，欲来共食，夫觉
君勿道之。"妇便口中出一年少丈夫，共食。笼中便有三人，宽急之事，
亦复不异。有顷，其夫动，如欲觉，其妇便以外夫内[7]口中。夫起，语檐
人曰："可去。"即以妇内口中，次及食器物。

此人既至国中，有一家大富，货财巨万，而性悭怪[8]，不行仁义。语
檐人："吾试为君破奴悭囊。"即至其家。有好马，甚珍之，系在柱下。

---

[1]　太元：东晋孝武帝司马曜年号，公元 376 年至 396 年。
[2]　道人：道术之士。魏晋时期泛指僧道，南北朝称指沙门。此处指沙门，即僧。
[3]　白衣：佛家称在家俗人，与僧相对。
[4]　厝：同"措"，放置。
[5]　政：通"正"。
[6]　办：操办，准备。
[7]　内：同"纳"。
[8]　悭怪（lìn）：音啬，吝惜。怪，音啬。

忽失去，寻索不知处。明日，见马在五升罂[1]中，终不可破取，不知何方得取之。便语言："君作百人厨，以周穷乏，马得出耳。"主人即狼狈作之，毕，马还在柱下。明旦，其父母老在堂上，忽复不见，举家惶怖，不知所在。开妆器[2]，忽见父母泽壶[3]中，不知何由得出。复往请之，其云："当更作千人饮食，以饴百姓穷者，乃当得出。"既作，其父母自在床上。

（《灵鬼志》）

说明

佛教传入中国之初，正值汉代盛行黄老与神仙方术。民间对佛学一知半解，反将它与神仙方术的东西混淆在一起。他们将最早来华的西域译经僧，均传为"神僧"。个个都具有奇异超绝的神秘能力，以"钱中生莲"，"断舌复续"，"口内吞针"等方术自重。此文即是其中流传的一个故事。

隋唐年间，西域文化的广泛传播，使这类传教佛话故事在民间大量涌现，连有学问的士大夫也笃信不疑。一些人将它们记录下来，为我们今人留下了宝贵的民间文学遗产。在《牟子理惑论》、《弘明集》、《太平广记》等书籍中均有不少类似传说故事的记载。

---

[1] 罂（yīng）：瓦器。
[2] 妆器：盛放梳妆用品的器物。
[3] 泽壶：装润发及润面油膏的壶。泽，润饰。

韶舞

荥阳[1]人姓何，忘其名，有名闻士[2]也。荆州辟为别驾，不就，隐遁养志。常[3]至田舍，人收获在场上。忽有一人，长丈余，黄练[4]单衣，角巾[5]，来诣之，翩翩举起两手，并舞而来，语何云："君曾见《韶舞》[6]不?此是《韶舞》。"且舞且去。

何寻逐，径向一山，山有穴，才容一人。其人即入穴，何亦随之入。初甚急，前辄闲旷，便失人，见有良田数十顷。何遂垦作，以为世业。子孙至今赖之。

（《搜神后记》卷一）

说明

这则传说表现了我国古代人民对乌托邦式的理想社会的渴望。早在《诗经》时代，《硕鼠》中就有"适彼乐土"，"适彼乐国"的咏唱，已初见这种社会理想的胚胎。陶渊明的《韵舞》、《桃花源》、《长沙醴陵穴》等篇，则着意描绘了世外乐园的美好生活。

---

[1]　荥阳：地名，在河南省西北。
[2]　有名闻士：有名人士，远近闻名的人士。
[3]　常：通"尝"。
[4]　黄练：黄色熟绢，常用来做衣服。
[5]　角巾：有角的头巾，为古时隐者服饰。
[6]　《韶舞》：韶乐之舞，古代乐舞的一种。韶，舜乐名。《论语·八佾》云："韶尽美矣，又尽善也。"

白水素女

晋安侯官人谢端[1]，少丧父母，无有亲属，为邻人所养。至年十七八，恭谨自守，不履非法。始出居，未有妻，邻人共愍念之，规[2]为娶妇，未得。端夜卧早起，躬耕力作，不舍昼夜。

后于邑下得一大螺，如三升壶，以为异物，取以归，贮瓮中。畜之十数日。端每早至野，还见其户中有饭饮汤火，如有人为者。端谓邻人为之惠也。数日如此，便往谢邻人，邻人曰："吾初[3]不为是，何见谢也？"端又以邻人不喻其意。然数[4]尔如此，后更实问，邻人笑曰："卿已自取妇，密著室中炊爨，而言吾为之炊耶？"端默然心疑，不知其故。

后以鸡鸣出去，平早潜归，于篱外窃窥其家中，见一少女从瓮中出，至灶下燃火。端便入门，径至瓮所视螺，但见壳。乃到灯下问之曰："新妇从何所来，而相为炊？"女大惶惑，欲还瓮中，不能得去，答曰："我天汉中白水素女[5]也。天帝哀卿少孤，恭慎自守，故使我权为守舍炊烹。十年之中，使卿居富，得妇，自当还去。而卿无故窃相窥掩，吾形已见，不宜复留，当相委去。虽然，尔后自当少差[6]。勤于田作，渔采治生。留此壳去，以贮米谷，常可不乏。"端请留，终不肯。时天忽风雨，翕然[7]而去。

---

[1]　晋安：郡名，晋初设置，治所侯官（今福建福州市）。
[2]　规：计议，谋划。
[3]　初：本来。
[4]　数（shuò）：多次。
[5]　白水素女：银河仙女。白水，盖指银河。
[6]　少差：境况稍好。
[7]　翕然：收敛聚集的样子。

端为立神座，时节祭祀。居常饶足，不致大富耳。于是乡人以女妻之，后仕至令长[1]云。今道中素女祠是也。

（《搜神后记》卷五）

说明

白水素女的传说是现今仍流传的民间故事田螺姑娘的前身。在这个传说中，天帝哀悯辛苦耕作的谢端，派遣白水素女来他家，帮他料理家务而不图丝毫回报，这跟七仙女与董永的传说一样，故事情节优美，富有传奇色彩。

在"田螺姑娘"故事中，勤于耕作的青年孤身一人，早起晚归肆力田亩。每次干完农活回家总发现灶中饮食正热，便致谢邻人恩惠，而邻人全然不知其事。后来青年窥见田螺化女的秘密，便请求田螺姑娘嫁给他，二人遂结为夫妻，直至白头偕老。除了结尾部分更符合人们的愿望外，其他情节几乎都是本着白水素女的模式。

---

[1]　令长：县令、县长。汉代万户以上县设县令，万户以下县设县长。

神话与故事

王质

信安县石室山[1]，晋时王质伐木至，见童子数人棋而歌，质因听之。童子以一物与质，如枣核，质含之，不觉饥。俄顷，童子谓曰："何不去？"质起，视斧柯[2]烂尽。既归，无复时人。

（任昉《述异记》卷上）

说明

民间传说中的时间观念是"天上一日，地上一年"。王质进入仙境，观棋俄顷，斧柯已烂尽，回归故里"无复时人"。这类传说至今仍在民间大量流传。古籍中记载有类似情节及石室山、烂柯山仙境，只出现在浙江、广东、四川等省，其实，这类传说的流传地区远非这些地方，而是全国各地都有。唐代诗人孟郊有《烂柯石》诗云："仙界一日内，人间千载穷。双棋未偏局，万物皆为空。樵客返归路，斧柯烂从风。唯余石桥在，犹自凌丹虹。"

---

[1]　信安县：晋设置，在今浙江衢州。石室山，又名石桥山、烂柯山，在衢县南。
[2]　柯：斧柄。

黄鹤楼

荀瑰字叔伟，潜栖却粒[1]。尝东游，憩江夏黄鹤楼[2]上。望西南有物，飘然降至云汉，俄顷已至，乃驾鹤之宾也。鹤止户侧，仙者就席，羽衣虹裳，宾主欢对。已而辞去，跨鹤腾空，眇然[3]而灭。

（任昉《述异记》卷上）

说明

与黄鹤楼相关的一簇仙话，多少年来一直在各地流传。仙人降临黄鹤楼，与辟谷求道的荀瑰欢宴，然后跨鹤而去，这是令人神往的事情，因而，历代文人乐于引以为典，志怪小说、神仙志书也屡有记载。金人王朋寿《增广类林杂说·神仙下篇》所记与众说大异其趣，略云：江夏辛氏酤酒为业，一道人饮酒经年不付酒资。一日，用橘皮于酒肆墙上画鹤一只，酒客击节放歌，黄鹤则和拍而舞。众人争来酒肆饮酒观鹤，辛氏大获其利。数年后，道人复来，吹笛袅袅有声，黄鹤即破壁而出。道人跨鹤仙去，辛氏乃以所赚之资建楼纪念，此即黄鹤楼。这个仙话是劝人奉道向善的。

---

[1] 却粒：即辟谷，修道者不食五谷。
[2] 江夏：郡名，汉设置，初治安陆（今湖北云梦），刘宋始移治夏口（今武汉市武昌）。黄鹤楼，故址在武昌蛇山西北部，今正对武汉长江大桥南头。
[3] 眇然：渺然，遥远而渺小的样子。

神话与故事

紫荆树

京兆[1]田真兄弟三人，共议分财，生赀[2]皆平均，惟堂前一株紫荆树，花叶美茂，共议欲破三片。明日就截之，其树即枯死，状如火然。

真往见之大惊，谓诸弟曰："树本同株，闻将分斫[3]，所以颠顿。况人兄弟孔怀，而可离异，是人不如木也。"因悲不自胜，不复解树，树应声荣茂。兄弟相感，合财宝，遂为孝门。真仕至太中大夫[4]。陆机诗云："三荆欢同株。"

（《述异记》）

说明

孝悌是中国传统文化的重要内容，民间也流传大量孝敬父母和兄弟悌睦的故事。这则故事讲述兄弟分家而庭前紫荆树一夜间凋萎枯死，三兄弟有感于此，遂合财一处，不议分家，紫荆树也立时又青翠如故。后来，紫荆花用来比喻兄弟团结和睦，昆仲同枝并茂。

---

[1]　京兆：京城及附近地区。兆，古代设于四郊的祭坛，指代郊区。
[2]　生赀：赖以生活的资财。赀，财货。
[3]　分斫：有的版本作"分析"。
[4]　太中大夫：掌管议论的官员。

屈原

屈原五月五日投汨罗水[1]，楚人哀之。至此日，以竹筒子贮米，投水以祭之。汉建武中[2]，长沙区曲白日忽见一士人，自云三闾大夫[3]，谓曲曰："闻君常见祭，甚善。但常年所遗，并为蛟龙所窃；今若有惠，当以楝叶[4]塞其上，以采丝缠之，此二物蛟龙所惮。"曲依其言。今五月五日作粽，并带楝叶、五花丝，皆汨罗之遗风也。

（《神鬼录》）

说明

本篇属于历史人物传说。屈原忠于楚王，忧国之心爱民之情强烈，却为奸佞诋毁，被流放云梦之泽，愤而投江自尽。人们为纪念屈原，每逢五月五日屈原罹难日，举行龙舟竞赛以打捞他的尸体，包粽子投掷汨罗江中以食蛟龙鱼虾，避免他的尸首为鱼虾所啮。

其实，端午节在屈原以前就存在，是南方人民在酷热的夏季到来之时，为防御暑毒潦热、蛇虫侵害而举行各种巫术性活动的日子，有些活动至今仍在流传，如赛龙舟、饮雄黄酒、插艾、佩香囊等。然而，屈原的传说丰富了端午节的内涵，增添了节日的爱国主义色彩。

[1]　汨罗水：即汨罗江，由汨水、罗水相合，西入洞庭湖。
[2]　建武：东汉刘秀年号，公元25年至57年。
[3]　三闾大夫：楚国官名，屈原于楚怀王时任三闾大夫。
[4]　楝叶：楝树叶。楝，即苦楝，楝科落叶乔木。古人以为楝叶可以避邪。

神话与故事

曲阿神

曲阿当大埭[1]下有庙，晋孝武世，有一逸劫[2]，官司十人追之。劫逐至庙，跪请求救，许上一猪，因不觉忽在床下。追者至，觅不见。群吏悉入门，又无出处，因请曰："若得劫者，当上大牛。"少时劫形见[3]，吏即缚将去。劫因云："神灵已见过度[4]，去何有牛猪之异，而乖前福！"言未绝口，觉神像面色有异。即出门，有大虎张口而来，迳夺取劫，衔以去。

（《神鬼录》）

说明

对曲阿神来说，有奶就是娘。不管谁去祷求，只要有牺牲祭祀，就给予保佑，全然不顾他是劫匪还是官吏。谁的祭礼丰厚，谁的祷求就优先考虑，不管你是杀人越货还是救苦救难。没有是非标准，只用祭品衡量。难怪过去的强盗贼寇也到神庙去烧香许愿，求神灵保佑他们作案成功，发财顺利！然而，曲阿神之类不过是封建官僚的偶像。封建官吏大都贪赃枉法，认钱不认理，认贿不认法，谁送钱多、行贿重谁胜诉。

---

[1] 大埭（dài）：大土坝。埭，土坝。
[2] 逸劫：逃跑的劫匪。
[3] 见：同"现"，出现，显现。
[4] 度：度脱，使脱难。

首阳山天女

后魏明帝正光二年[1]夏六月，首阳山[2]中，有晚虹下饮于溪泉，有樵人阳万于岭下见之。良久，化为女子，年如十六七。异之，问不言。乃告蒲津[3]戍将宇文显，取之以闻。明帝召入宫，见其容貌姝美，掩于六宫，问之，云："我天女也，暂降人间。"帝欲逼幸，其色甚难；复令左右拥抱，作异声如钟磬，复化为虹，经天而去。后帝寻崩[4]。

(《穷怪录》)

说明

对天空中色彩绚丽的长虹，人们视之为神灵，怀着复杂的感情编织虹的传说。在《搜神后记》中就记录有虹丈夫的故事，而在本篇这个传说中，虹化为绝色美女降临人间。它既有人间少女的美丽和纯洁——"年如十六七"、"容貌姝美，掩于六宫"，又有精灵的奇异和神能——"帝欲逼幸，其色甚难"，"左右拥抱，作异声如钟磬，复化为虹，经天而去。后帝寻崩"。形象生动地展现了人民对美丽神奇彩虹的崇敬，对专事掠美帝王的嘲弄与唾弃。

[1] 后魏：北魏。明帝，公元515年至528年在位。
[2] 首阳山：即雷首首山，亦名首山，在山西永济县蒲州东南。
[3] 蒲津：黄河古津渡，在今蒲州。
[4] 寻崩：不久死去。寻，不久。崩，古代把天子的死看得很重，用山陵崩塌来比喻，由此引申为皇帝、皇后死去。

叶限

南人相传，秦汉前有洞主吴氏，土人呼为吴洞。娶两妻，一妻卒，有女名叶限。少惠善淘金，父爱之。末岁父卒，为后母所苦，常令樵险汲深。时尝得一鳞二寸余，赪鬐金目，遂潜养于盆水，日日长，易数器，大不能受，乃投于后池中。女所得余食，辄沉以食之。女至池，鱼必露首枕岸，他人至不复出。其母知之，每伺之，鱼未尝见也，因诈女曰："尔无劳手，吾为尔新其襦[1]。"乃易其弊衣。后令汲于他泉，计里数百也。母徐衣其女衣，袖利刃行向池呼鱼，鱼即出首，因斫杀之。鱼已长丈余，膳其肉，味倍常鱼，藏其骨于郁栖之下。逾日，女至向池，不复见鱼矣，乃哭于野。忽有人被[2]发粗衣，自天而降，慰女曰："尔无哭，尔母杀尔鱼矣！骨在粪下，尔归，可取鱼骨藏于室，所须第[3]祈之，当随尔也。"女用其言，金玑衣食随欲而具。及洞节母往，令女守庭果。女伺母行远，亦往，衣翠纺上衣，蹑金履。母所生女认之，谓母曰："此甚似姊也。"母亦疑之，女觉遽反，遂遗一只履为洞人所得。母归，但见女抱庭树眠，亦不之虑。其洞邻海岛，岛中有国名陀汗，兵强，王[4]数十岛，水界数千里。洞人遂货[5]其履于陀汗国，国主得之，命其左右履之，足小者履减一寸。乃令一国妇人履之，竟无一称者。其轻如毛，履石无声。

---

[1]　新其襦：换新衣。

[2]　被：同"披"。

[3]　第：但。

[4]　王（wàng）：统治。

[5]　货：卖。

陀汗王意其洞人以非道[1]得之，遂禁锢而拷掠之，竟不知所从来，乃以是履弃之于道旁，即遍历人家捕之，若有女履者，捕之以告。陀汗王怪之，乃搜其室，得叶限，令履之而信。叶限因衣翠纺衣，蹑履而进，色若天人也。始具事于王，载鱼骨与叶限俱还国。其母及女即为飞石击死，洞人哀之，埋于石坑，命曰懊女冢。洞人以为媒祀，求女必应。陀汗王至国，以叶限为上妇。一年，王贪求，祈于鱼骨，宝玉无限。逾年，不复应。王乃葬鱼骨于海岸，用珠百斛藏之，以金为际，至徵卒叛时，将发以赡[2]军。一夕，为海潮所沦。成式旧家人李士元所说。士元本邕州[3]洞中人，多记得南中怪事。

（《支诺皋》）

说明

　　选自唐代段成式《酉阳杂俎》续集《支诺皋》。本篇即中国古时的"灰姑娘故事"。

---

[1]　非道：不正当的方法。
[2]　赡：供给钱物。
[3]　邕州：今广西。

旁㐌

新罗国有第一贵族金哥，其远祖名旁㐌，有弟一人，甚有家财。其兄旁㐌因分居，乞衣食。国人有与其隙地一亩，乃求蚕谷种于弟，弟蒸而与之，㐌不知也。至蚕时，有一蚕生焉，日长寸余，居旬大如牛，食数树叶不足。其弟知之，伺间杀其蚕。经日，四方百里内蚕，飞集其家，国人谓之巨蚕，意[1]其蚕之王也，四邻共缲[2]之，不供。谷唯一茎植焉，其穗长尺余，旁㐌常守之，忽为鸟所折，衔去，旁㐌逐之。上山五六里，鸟入一石罅[3]，日没径黑，旁㐌因止石侧。至夜半月明，见群小儿赤衣共戏。一小儿云："尔要何物？"曰："要酒。"小儿露一金锥子击石，酒及樽悉具。一曰："要食。"又击之，饼饵羹炙罗于石上。良久，饮食而散，以金锥插于石罅。旁㐌大喜，取其锥而还，所欲随击而办，因是富侔[4]国力。常以珠玑赡其弟，弟方始悔其前所欺蚕谷事，仍谓旁㐌试以蚕、谷欺我，我或如兄得金锥也。旁㐌知其愚，论之不及，乃如其言。弟蚕之，止得一蚕如常蚕；谷种之，复一茎植焉。将熟，亦为鸟所衔，其弟大悦，随之入山，至鸟入处，遇群鬼，怒曰："是窃予金锥者。"乃执之，谓曰："尔欲为我筑糠三版乎？欲尔鼻长一丈乎？"其弟请筑糠三版。三日饥困，不成，求哀于鬼，乃拔其鼻，鼻如象而归，国人怪而聚观之，惭恚而卒。其后子孙戏击锥求狼粪，因雷震，锥失所在。

（《支诺皋》）

---

[1] 意：认为。

[2] 缲（sāo）：同"缫"。把蚕茧浸在滚水里抽丝。

[3] 罅（xià）：裂缝。

[4] 侔（móu）：齐，相等。

说明

选自唐代段成式《酉阳杂俎》续集《支诺皋》。本篇是所谓"两兄弟"型故事，是我国关于"两兄弟"故事的最早记载，想象丰富，情节完整，而以诙谐幽默的方式鞭挞坏人更为新颖别致。旁㲊兄弟的故事与阿拉伯故事集《一千零一夜》中《阿里巴巴与四十大盗》故事相似。

传　奇

柳毅传

仪凤[1]中，有儒生柳毅者，应举下第，将还湘滨。念乡人有客于泾阳[2]者，遂往告别。至六七里，鸟起马惊，疾逸道左；又六七里，乃止。见有妇人，牧羊于道畔。毅怪视之，乃殊色也。然而蛾脸不舒，巾袖无光，凝听翔立[3]，若有所伺。毅诘之曰："子何苦而自辱如是？"妇始楚[4]而谢，终泣而对曰："贱妾不幸，今日见辱问于长者。然而恨贯肌骨，亦何能愧避，幸一闻焉。妾，洞庭龙君小女也。父母配嫁泾川[5]次子，而夫婿乐逸，为婢仆所惑，日以厌薄。既而将诉于舅姑[6]，舅姑爱其子，不能御[7]。迨诉频切，又得罪舅姑。舅姑毁黜以至此。"言讫，嘘唏流涕，悲不自胜。又曰："洞庭于兹，相远不知其几多也？长天茫茫，信耗莫通，心目断尽，无所知哀。闻君将还吴，密[8]通洞庭。或以尺书，寄托侍者[9]，未卜将以为可乎？"毅曰："吾义夫也。闻子之说，气血俱动，恨无毛羽，不能奋飞。是何可否之谓乎！然而洞庭，深水也。吾行尘间，宁可致意耶？唯恐道途显晦，不相通达，致负诚托，又乖[10]恳愿。子有何术可导我

---

[1] 仪凤：唐高宗年号。
[2] 泾阳：唐县名，苻秦置，故治在今陕西泾阳县东南，泾水北岸。
[3] 翔立：踮脚伫望。
[4] 楚：悲痛。
[5] 泾川：此指泾水的龙王。
[6] 舅姑：公婆。
[7] 御：制止。
[8] 密：近。
[9] 寄托侍者：拜托给您的仆人（把信带去）。是一句客气话，表示不敢有劳柳毅。
[10] 乖：违背。

耶?"女悲泣且谢,曰:"负载珍重[1],不复言矣。脱获回耗,虽死必谢!君不许,何敢言。既许而问,则洞庭之与京邑,不足为异也。"毅请闻之。女曰:"洞庭之阴[2],有大橘树焉,乡人谓之'社橘'[3]。君当解去兹带,束以他物,然后叩树三发,当有应者。因而随之,无有碍矣。幸君子书叙之外,悉以心诚之话倚托,千万无渝!"毅曰:"敬闻命矣。"女遂于襦间解书,再拜以进,东望愁泣,若不自胜。毅深为之戚。乃置书囊中,因复问曰:"吾不知子之牧羊,何所用哉?神祇岂宰杀乎?"女曰:"非羊也,雨工也。""何为雨工?"曰:"雷霆[4]之类也。"毅顾视之,则皆矫顾怒步[5],饮龁甚异,而大小毛角,则无别羊焉。毅又曰:"吾为使者,他日归洞庭,幸勿相避。"女曰:"宁止不避,当如亲戚耳。"语竟,引别东去。不数十步,回望女与羊,俱亡所见矣。其夕,至邑而别其友。月余到乡。还家,乃访于洞庭。洞庭之阴,果有社橘。遂易带向树,三击而止。俄有武夫出于波间,再拜请曰:"贵客将自何所至也?"毅不告其实,曰:"走谒大王耳。"武夫揭水指路,引毅以进。谓毅曰:"当闭目,数息[6]可达矣。"毅如其言,遂至其宫。始见台阁相向,门户千万,奇草珍木,无所不有。夫乃止毅,停于大室之隅,曰:"客当居此以伺焉。"毅曰:"此何所也?"夫曰:"此灵虚殿也。"谛视之,则人间珍宝,毕尽于此。柱以白璧,砌[7]以青玉,床以珊瑚,帘以水精,雕琉璃于翠楣,饰琥珀于虹栋。奇秀深杳,不可殚言[8]。然而王久不至。毅谓夫曰:"洞庭君

---

[1] 负载珍重:负载,荷恩、载德,龙女的感激之词。珍重,是龙女希望柳毅善自保重。
[2] 洞庭之阴:洞庭湖的南面。
[3] 社橘:社,土地神。社橘,即被当作土地神来祀奉的那株橘树。
[4] 雷霆:古代神话传说以为雷有专门的神管辖,而这个雷神的相貌却像人间的六畜。
[5] 矫顾怒步:昂起头看望,雄健地走路。
[6] 数息:呼吸几次。形容时间之短。
[7] 砌:台阶。砌以青玉即以青玉作砌,以下三句句法同。
[8] 殚言:尽言。不可殚言即"说不尽"。

安在哉？"曰："吾君方幸玄珠阁，与太阳道士讲《火经》[1]，少选[2]当毕。"
毅曰："何谓《火经》？"夫曰"吾君，龙也。龙以水为神，举一滴可包
陵谷。道士，乃人也。人以火为神圣，发一灯可燎阿房[3]。然而灵用不同，
玄化各异。太阳道士精于人理，吾君邀以听焉。"语毕而宫门辟[4]。景从云
合[5]，而见一人，披紫衣，执青玉[6]，夫跃曰："此吾君也！"乃至前以告之。
君望毅而问曰："岂非人间之人乎？"毅对曰："然。"毅而设拜，君亦
拜，命坐于灵虚之下。谓毅曰："水府幽深，寡人暗昧，夫子不远千里，
将有为乎？"毅曰："毅，大王之乡人也。长于楚，游学于秦。昨下第，
闲驱泾水之涘[7]，见大王爱女牧羊于野，风鬟雨鬓，所不忍视。毅因诘之。
谓毅曰：'为夫婿所薄，舅姑不念，以至于此。'悲泗淋漓，诚怛人心[8]。
遂托书于毅。毅许之，今以至此。"因取书进之。洞庭君览毕，以袖掩
面而泣曰："老父之罪，不诊坚听，坐贻聋瞽[9]。使闺窗孺弱，远罹构害。
公，乃陌上人也，而能急之[10]。幸被齿发[11]，何敢负德！"词毕，又哀咤良
久。左右皆流涕。时有宦人密视[12]君者，君以书授之，令达宫中。须臾，
宫中皆恸哭。君惊，谓左右曰："疾告宫中，无使有声，恐钱塘所知。"

---

[1] 《火经》：唐初波斯的祆（xiān）教（俗称拜火教）已传入中国。这里关于《火经》的说法可
能是作者受到祆教教义的影响。
[2] 少选：一会儿。
[3] 阿房：秦始皇在长安附近建阿房宫，极宏丽。
[4] 辟：开。
[5] 景从云合：景从，像影不离形那样紧随着的侍从。景，同影。云合，像云的聚合一样簇拥着
龙君。
[6] 青玉：青玉制的圭。圭，古代君臣于朝廷相会时所执的一种玉制的仪仗，上圆下方。
[7] 闲驱泾水之涘（sì）：偶然走过泾水岸边。涘，水边。
[8] 诚怛（dá）人心：诚，诚然、真正。怛，悲伤。
[9] 不诊坚听，坐贻聋瞽：不诊，不察；诊，省视。坚听，把耳朵塞起来不打听。坐，因此，以
致。贻，造成。这两句意思是没有认真视察、打听，以致成了瞎子、聋子。
[10] 陌上人也，而能急之：陌上人，陌路人。急之，救人之急难。
[11] 幸被齿发：幸而还长着牙齿和头发，意即"作为人类"。
[12] 密视：近侍。视，此作看顾、侍候解。

毅曰："钱塘，何人也？"曰："寡人之爱弟。昔为钱塘长，今则致政[1]矣。"毅曰："何故不使知？"曰："以其勇过人耳。昔尧遭洪水九年者，乃此子一怒也。近与天将失意[2]，塞其五山[3]。上帝以寡人有薄德于古今，遂宽其同气[4]之罪。然犹縻系[5]于此，故钱塘之人，日日候焉[6]。"语未毕，而大声忽发，天拆地裂，宫殿摆簸，云烟沸涌。俄有赤龙长千余尺，电目血舌，朱鳞火鬣，项掣金锁，锁牵玉柱，千雷万霆，激绕其身，霰雪雨雹，一时皆下。乃擘[7]青天而飞去。毅恐蹶仆地。君亲起持之曰："无惧。固无害。"毅良久稍安，乃获自定，因告辞曰："愿得生归，以避复来。"君曰："必不如此。其去则然，其来则不然。幸为少尽缱绻[8]。"因命酌互举，以款人事[9]。俄而祥风庆云，融融怡怡，幢节[10]玲珑，箫韶[11]以随。红妆千万，笑语熙熙。后有一人，自然娥眉[12]明珰[13]满身，绡縠参差。迫[14]而视之，乃前寄辞者。然若喜若悲，零泪如丝。须臾，红烟蔽其左，紫气舒其右，香气环旋，入于宫中。君笑谓毅曰："泾水之囚人至矣。"

---

[1] 致政：罢职，罢官。

[2] 失意：失和。

[3] 塞其五山：用水包围了五座山（当指五岳）。其，指天，因为天将是天帝的部下。

[4] 同气：兄弟。

[5] 縻（mí）系：软禁，散押。

[6] 日月候焉：钱塘江潮最大，蔚为奇观，船舶往来也趁涨潮时通行，尤甚迅疾。所以钱塘江附近的居民，常常候潮。

[7] 擘（bò）：用手分开。

[8] 缱绻：缠绵、亲近的情意。

[9] 以款人事：以款待客人。人事，人情，此指待客的酬酢。因主人是龙而非人，故特标明其待客有亲切的人情。

[10] 幢（chuáng）节：幢是旌旗的一种。节，一种用羽毛装饰的仪仗。都是贵官及传说中神仙的仪仗。

[11] 箫韶：此泛指弦乐队，即管弦乐队。

[12] 自然娥眉：不画眉毛，不施脂粉而自然美丽。

[13] 明珰：用明珠做成的佩饰。珰，原为耳饰。

[14] 迫：迫切，靠近。

神话与故事

君乃辞归宫中。须臾，又闻怨苦，久而不已。有顷，君复出，与毅饮食。又有一人，披紫裳，执青玉，貌耸神溢[1]，立于君左。君谓毅曰："此钱塘也。"毅起，趋拜之。钱塘亦尽礼相接，谓毅曰："女侄不幸，为顽童所辱。赖明君子信义昭彰，致达远冤。不然者，是为泾陵之土矣[2]。飨德怀恩，词不悉心。"毅拕退[3]辞谢，俯仰唯唯。然后回告兄曰："向者辰发灵虚，巳至泾阳，午战于彼，未还于此。中间驰至九天，以告上帝。帝知其冤，而宥其失。前所遣责，因而获免。然而刚肠激发，不遑辞候，惊扰宫中，复忤宾客。愧惕惭惧，不知所失。"因退而再拜。君曰："所杀几何？"曰："六十万。""伤稼乎？"曰："八百里。""无情郎安在？"曰："食之矣。"君怃然曰："顽童之为是心[4]也，诚不可忍。然汝亦太草草。赖上帝显圣[5]，谅其至冤。不然者，吾何辞焉。从此以去[6]，勿复如是。"钱塘君复再拜。是夕，遂宿毅于凝光殿。明日，又宴毅于凝碧宫。会友戚，张广乐，具以醪醴，罗以甘洁[7]。初，箫角鼙鼓，旌旗剑戟，舞万夫于其右。中有一夫前曰："此《钱塘破阵乐》。"旌铏杰气，顾骤悍栗[8]，座客视之，毛发皆竖。复有金石丝竹，罗绮珠翠，舞千女于其左。中有一女前进曰："此《贵主还宫乐》。"清音宛转，如诉如慕，坐客听之，不觉泪下。二舞既毕，龙君大悦，锡以纨绮[9]，颁于舞人。然后密席贯坐[10]，纵酒

---

[1] 貌耸神溢：状貌高峻，精神饱满。耸，高峻。

[2] 是为泾陵之土矣：要做泾水岸上的泥土了。犹言"要死在泾水岸边了"。

[3] 拕（huī）退：谦让。拕，犹谦。

[4] 为是心：有这种居心。为，有。

[5] 显圣：圣明。显，明。

[6] 以去：以后。

[7] 罗以甘洁：摆满好吃而清洁的食品。

[8] 旌铏杰气，顾骤悍栗：旌，旌旗。铏，字书不载，疑是"钲"字之误。钲，一种有柄的金属乐器，古人战阵，击钲、鼓以节军士的进退。杰气，雄杰的气象。顾骤悍栗，舞者顾盼的神采和冲突的步伐，都雄强而森肃。

[9] 锡以纨绮：锡，赐。纨，白色的细生绢。绮，彩绸。

[10] 密席贯坐：接席连坐。

极娱。酒酣，洞庭君乃击席而歌曰："大天苍苍兮，大地茫茫。人各有志兮，何可思量。狐神鼠圣兮，薄社依墙[1]。雷霆一发兮，其孰敢当？荷贞人兮信义长，令骨肉兮还故乡。齐言惭愧兮何时忘[2]！"洞庭君歌罢，钱塘君再拜而歌曰："上天配合兮，生死有途。此不当妇兮，彼不当夫。腹心辛苦兮，泾水之隅。风霜满鬓兮，雨雪罗襦。赖明公兮引素书，令骨肉兮家如初。永言珍重兮无时无。"钱塘君歌阕[3]，洞庭君俱起，奉觞于毅。毅踧踖而受爵[4]，饮讫，复以二觞奉二君。乃歌曰："碧云悠悠兮，泾水东流。伤美人兮，雨泣花愁。尺书远达兮，以解君忧。哀冤果雪兮，还处其休[5]。荷和雅兮感甘羞[6]。山家[7]寂寞兮难久留。欲将辞去兮悲绸缪[8]。"歌罢，皆呼万岁。洞庭君因出碧玉箱，贮以开水犀[9]；钱塘君复出红珀盘，贮以照夜玑[10]，皆起进毅。毅辞谢而受。然后宫中之人，咸以绡彩珠璧，投于毅侧，重叠焕赫，须臾埋没前后。毅笑语四顾，愧揖不暇。洎酒阑欢极，毅辞起，复宿于凝光殿。翌日，又宴毅于清光阁。钱塘因酒作色[11]，踞[12]谓毅曰："不闻猛石可裂不可卷，义士可杀不可羞耶？愚有衷曲，欲一陈于公。如可，则俱在云霄；如不可，则皆夷粪壤[13]。足下以为何如哉？"毅曰："请闻之。"钱塘曰："泾阳之妻，则洞庭君之爱女也。

---

[1]　狐神鼠圣兮，薄社依墙：狐、鼠依附着社神（土地神）庙和城墙，妄作威福。薄，依附。

[2]　齐言惭愧兮何时忘：言，语助词。惭愧，感谢。齐言惭愧，即大家都感谢。

[3]　歌阕：曲终。

[4]　踧踖（cù jí）而受爵：踧踖，恭敬而不安的样子。爵，有三条腿的酒杯。

[5]　还处其休：回来过着幸福的日子。休，福。

[6]　荷和雅兮感甘羞：荷、感，都是感谢的意思。和雅，此指优美的乐舞。甘羞，甘美的饮食。

[7]　山家：犹"乡下人"，柳毅对自己的谦称。

[8]　悲绸缪（móu）：悲思缠绵。指即将离别的情致。

[9]　开水犀：传说中能辟水入海的犀牛角。

[10]　照夜玑：夜明珠。玑，不圆的珠子。

[11]　作色：变了脸色。

[12]　踞：箕踞，张开两腿坐着，一种不礼貌的傲慢姿势。

[13]　皆夷粪壤：消灭在粪土里。夷，灭。

　　　　　　　　　　　　　　　　　　　　　神话与故事

淑性茂质[1]，为九姻[2]所重。不幸见辱于匪人。今则绝矣。将欲求托高义[3]，世为亲戚，使受恩者知其所归，怀爱者知其所付，岂不为君子始终之道者？"毅肃然而作，欻然而笑曰："诚不知钱塘君屡困[4]如是！毅始闻跨九州，怀五岳[5]，泄其愤怒；复见断金锁，掣玉柱，赴其急难。毅以为刚决明直，无如君者。盖犯之者不避其死，感之者不爱其生[6]，此真丈夫之志。奈何箫管方洽，亲宾正和，不顾其道，以威加人？岂仆之素望[7]哉！若遇公于洪波之中，玄山[8]之间，鼓以鳞须，被[9]以云雨，将迫毅以死，毅则以禽兽视之，亦何恨哉！今体被衣冠，坐谈礼义，尽五常之志性，负百行之微旨，虽人世贤杰，有不如者。况江河灵类乎？而欲以蠢然之躯，悍然之性，乘酒假气，将迫于人，岂近直[10]哉！且毅之质，不足以藏王一甲之间[11]。然而敢以不伏之心，胜王不道之气。惟王筹之！"钱塘乃逡巡致谢曰："寡人生长宫房，不闻正论。向者词述疏狂，妄突高明。退自循顾，戾不容责[12]。幸君子不为此乖间[13]可也。"其夕，复欢宴，其乐如旧。毅与钱塘遂为知心友。明日，毅辞归。洞庭君夫人别宴毅于潜景殿。男女仆妾等悉出预会。夫人泣谓毅曰："骨肉受君子深恩，恨不得展愧戴[14]，

[1] 淑性茂质：善良的性格和美丽的气质。
[2] 九姻：泛指各种亲戚。
[3] 求托高义：女方向男方提亲的说词。
[4] 屡困：怯弱，不中用。
[5] 怀五岳：包围五岳。
[6] 犯之者不避其死，感之者不爱其生：敢于不怕死地去干犯不义者，为正义所激动则不惜自己的生命。
[7] 素望：一贯（对您）的希望。
[8] 玄山：黑色的山峰。这里比喻海浪，海色深青，故云"玄"。
[9] 被：披服。这里作"笼罩"解。
[10] 直：公道，直道。
[11] 且毅之质，不足以藏王一甲之间：此指形质、身体。一甲，一片鳞甲。
[12] 退自循顾，戾不容责：回头一一省察，其罪过不是责备一下就能算完的。
[13] 乖间：疏远。
[14] 展愧戴：表示感谢和敬爱之意。

遂至暌别。"使前泾阳女当席拜毅以致谢。夫人又曰:"此别岂有复相遇之日乎?"毅其始虽不诺钱塘之请,然当此席,殊有叹恨之色。宴罢,辞别,满宫凄然。赠遗珍宝,怪不可述。毅于是复循途出江岸,见从者十余人,担囊以随,至其家而辞去。毅因适广陵宝肆[1],鬻其所得。百未发一,财已盈兆[2]。故淮右富族,咸以为莫如。遂娶于张氏,亡。又娶韩氏;数月,韩氏又亡。徙家金陵。常以鳏旷多感,或谋新匹。有媒氏告之曰:"有卢氏女,范阳人也。父名曰浩,尝为清流宰[3]。晚岁好道,独游云泉,今则不知所在矣。母曰郑氏。前年适清河张氏,不幸而张夫早亡。母怜其少,惜其慧美,欲择德以配焉。不识何如?"毅乃卜日就礼。既而[4]男女二姓,俱为豪族,法用礼物[5],尽其丰盛。金陵之士,莫不健仰[6]。居月余,毅因晚入户,视其妻,深觉类于龙女,而逸艳丰厚,则又过之。因与话昔事。妻谓毅曰:"人世岂有如是之理乎?然君与余有一子。"毅益重之。既产,逾月,乃秾饰换服,召亲戚。相会之间,笑谓毅曰:"君不忆余之于昔也?"毅曰:"夙为洞庭君女传书,至今为忆。"妻曰:"余即洞庭君之女也。泾川之冤,君使得白。衔君之恩,誓心求报。洎钱塘季父[7]论亲不从,遂至暌违,天各一方,不能相问。父母欲配嫁于濯锦小儿[8]某。惟以心誓难移,亲命难背,既为君子弃绝,分无见期。而当初

[1] 毅因适广陵宝肆:适,往。广陵,今江苏扬州,是唐代手工、商业集中的大都会。宝肆,珠宝店。
[2] 百未发一,财已盈兆:还未卖掉百分之一,所得的钱财已超过百万钱。
[3] 清流宰:清流县,今安徽滁县。宰,县令。
[4] 既而:结果。而,此作语助词。
[5] 法用礼物:婚仪的用品和互赠的礼物。
[6] 健仰:艳羡,极其羡慕。
[7] 季父:最小的叔父。
[8] 濯锦小儿:濯锦江,又名锦江,在四川境内,是岷江支流。据说在江内濯锦,颜色特别鲜明,故以名江。濯锦小儿,指主管濯锦江的龙王的儿子。

之冤，虽得以告诸父母，而誓报不得其志[1]，复欲驰白[2]于君子。值君子累娶，当娶于张，已而又娶于韩。迨张韩继卒，君卜居于兹，故余之父母乃喜余得遂报君之意。今日获奉君子，咸善终世[3]，死无恨矣。"因呜咽，泣涕交下。对毅曰："始不言者，知君无重色之心。今乃言者，知君有感余之意。妇人匪薄[4]，不足以确厚永心[5]，故因君爱子，以托相生[6]。未知君意如何？愁惧兼心，不能自解。君附书之日，笑谓妾曰'他日归洞庭，慎无相避。'诚不知当此之际，君岂有意于今日之事乎？其后季父请于君，君固不许。君乃诚将不可邪，抑忿然邪？君其话之！"毅曰："似有命者。仆始见君子，长泾之隅，枉抑[7]憔悴，诚有不平之志。然自约其心者，达君之冤，余无及也。以言慎勿相避者，偶然耳，岂有意哉。洎钱塘逼迫之际，唯理有不可直，乃激人之怒耳。夫始以义行为之志，宁有杀其婿而纳其妻者邪？一不可也。善素以操真为志尚，宁有屈于己而伏于心者乎？二不可也。且以率肆胸臆，酬酢纷纶，唯直是图，不遑避害。然而将别之日，见君有依然[8]之容，心甚恨之。终以人事扼束，无由报谢。吁，今日，君，卢氏也，又家于人间，则吾始心未为惑矣。从此以往，永奉欢好，心无纤虑也。"妻因深感娇泣，良久不已。有顷，谓毅曰："勿以他类，遂为无心，固当知报耳。夫龙寿万岁，今与君同之。水陆无往不适。君不以为妄也。"毅嘉之曰："吾不知国客乃复为神仙

---

[1]　而誓报不得其志：而报答你的誓言，未能如愿以偿。

[2]　白：告诉。

[3]　咸善终世：终身好合。咸，都。

[4]　匪薄：匪，通非。犹微薄。

[5]　不足以确厚永心：不足以巩固地保证你对我的爱情长久不变。

[6]　以托相生：借以达到共同生活的愿望。

[7]　枉抑：含冤受屈。

[8]　依然：依依不舍地。

之饵[1]。”乃相与觇洞庭。既至，而宾主盛礼，不可具纪。后居南海，仅四十年[2]，其邸第舆马珍鲜服玩，虽侯伯之室，无以加也，毅之族咸遂濡泽[3]。以其春秋积序，容状不衰，南海之人，靡不惊异。洎开元[4]中，上方属意于神仙之事，精索道术。毅不得安，遂相与归洞庭。凡十余岁，莫知其迹。至开元末，毅之表弟薛嘏为京畿令，谪官东南。经洞庭，晴昼长望，俄见碧山出于远波。舟人皆侧立，曰：“此本无山，恐水怪耳。”指顾之际，山与舟相逼，乃有彩船自山驰来，迎问于嘏。其中有一人呼之曰：“柳公来候耳。”嘏省然[5]记之，乃促[6]至山下，摄衣疾上。山有宫阙如人世，见毅立于宫室之中，前列丝竹，后罗珠翠，物玩之盛，殊倍人间。毅词理益玄，容颜益少。初迎嘏于砌，持嘏手曰：“别来瞬息，而发毛已黄。”嘏笑曰：“兄为神仙，弟为枯骨，命也。”毅因出药五十丸遗嘏，曰：“此药一丸，可增一岁耳。岁满复来，无久居人世以自苦也。”欢宴毕，嘏乃辞行。自是已后，遂绝影响。嘏常以是事告于人世。殆四纪[7]，嘏亦不知所在。陇西李朝威叙而叹曰：五虫之长[8]，必以灵者[9]，别斯见矣。人，裸也[10]，移信鳞虫[11]。洞庭含纳大直，钱塘迅疾磊落，宜有承焉[12]。嘏咏而不载，独可邻其境。愚义之，为斯文。

---

[1]　国客乃复为神仙之饵：想不到做一次洞庭君的国宾就成了做神仙的引子。

[2]　仅四十年：仅，余。四十余年。

[3]　濡（rú）泽：沾受恩惠。

[4]　开元：唐玄宗李隆基年号。

[5]　省然：忽然想起的样子。

[6]　促：急促地。

[7]　殆四纪：差不多过了四纪。纪，十二年。

[8]　五虫之长：虫，古人对动物的通称，总分五大类，每一类都有其为首的“精者”。

[9]　灵者：有灵性的。

[10]　人，裸也：因人体没有毛、羽、鳞、介，故称为裸（倮）。

[11]　鳞虫：指龙。

[12]　宜有承焉：指像洞庭湖、钱塘江这样雄奇的自然环境，宜有神物凭借。

神话与故事

说明

　　本篇见《太平广记》四百十九卷，原出唐人陈翰所编的《异闻集》。柳毅传书是极具民间传说色彩的故事，自中唐以来即在民间流传，唐以后流传更广泛。金人有写此故事的诸宫调，宋官本杂剧有《柳毅大至乐》，元杂剧有尚仲贤《洞庭湖柳毅传书》。尚氏的另一杂剧《张生煮海》（今佚）和李好古的同名杂剧，也显然受到这个故事的影响。明传奇有许自昌的《橘浦记》，清代李渔把柳毅的故事和张生煮海糅合而作《蜃中楼》传奇。这篇故事刻画了急人于危难、富有同情心和正义感的柳毅的形象，特别是塑造了钱塘君那豪放不羁、侠义勇为的性格，是钱塘江怒潮澎湃气势的人格化，是一个浪漫主义的艺术形象。

聂隐娘

　　聂隐娘者，贞元中魏博[1]大将聂锋之女也。年方十岁，有尼乞食于锋舍，见隐娘，悦之，云："问押衙[2]乞取此女教。"锋大怒，叱尼。尼曰："任押衙铁柜中盛，亦须偷去矣。"及夜，果失隐娘所向。锋大惊骇，令人搜寻，曾无影响。父母每思之，相对涕泣而已。后五年，尼送隐娘归，告锋曰："教已成矣，子却领取。"尼欻[3]亦不见。一家悲喜，问其所学。曰："初但读经念咒，余无他也。"锋不信，恳诘。隐娘曰："真说又恐不信，如何？"锋曰："但真说之。"曰："隐娘初被尼挈，不知行几里。及明，至大石穴之嵌空[4]，数十步寂无居人。猿狖[5]极多，松萝益邃。已有二女，亦各十岁。皆聪明婉丽，不食，能于峭壁上飞走，若捷猱登木，无有蹶失。尼与我药一粒，兼令长执宝剑一口，长二尺许，锋利吹毛，令刳[6]逐二女攀缘，渐觉身轻如风。一年后，刺猿狖百无一失。后刺虎豹，皆决其首而归。三年后能飞，使刺鹰隼，无不中。剑之刃渐减五寸[7]，飞禽遇之，不知其来也。至四年，留二女守穴。挈我于都市，不知何处也。指其人者，一一数其过[8]，曰：'为我刺其首来，无使知觉。定其胆[9]，若飞

----

[1]　魏博：魏州、博州节度使军府的简称。
[2]　押衙：管领仪仗侍卫的武官，也用为对一般武官的敬称。此指后义。
[3]　欻（hū）：同忽，一下子。
[4]　大石穴之嵌空（kòng）：玲珑幽峭的大石洞。嵌空，形容玲珑幽峭之貌。
[5]　狖（yòu）：长尾猿。
[6]　刳（zhuān）：同专。
[7]　剑之刃渐减五寸：宝剑原长二尺许，现渐减到只留下五寸，更易于隐蔽。
[8]　数其过：历举他的罪过。
[9]　定其胆：安定自己的胆气，放大胆的意思。

鸟之容易也。’受[1]以羊角匕首，刀广三寸，遂白日刺其人于都市，人莫
能见。以首入囊，返主人舍，以药化之为水。五年，又曰：‘某大僚有
罪，无故害人若干，夜可入其室，决其首来。’又携匕首入室，度其门
隙无有障碍，伏之梁上。至暝，持得其首而归。尼大怒曰：‘何太晚如
是？’某云：‘见前人戏弄一儿，可爱，未忍便下手。’尼叱曰：‘已后遇
此辈，先断其所爱，然后决之。’某拜谢。尼曰：‘吾为汝开脑后，藏匕
首而无所伤，用即抽之。’曰：‘汝术已成，可归家’。遂送还，云：‘后
二十年，方可一见。’”锋闻语甚惧。后遇夜即失踪，及明而返。锋已不
敢诘之。因兹亦不甚怜爱。忽值磨镜少年及门，女曰：“此人可与我为
夫。”白父，父不敢不从，遂嫁之。其夫但能淬镜[2]，余无他能。父乃给衣
食甚丰。外室而居。数年后，父卒。魏帅[3]稍知其异，遂以金帛署为左右
吏[4]。如此又数年。至元和间，魏帅与陈许节度使刘昌裔不协，使隐娘贼[5]
其首。隐娘辞帅之许[6]。刘能神算，已知其来。召衙将，令来日早至城北
候一丈夫一女子各跨白黑卫[7]至门，遇有鹊前噪，丈夫以弓弹之不中。妻
夺夫弹，一丸而毙鹊者，揖之云：“吾欲相见，故远相祇迎也。”衙将受
约束[8]。遇之，隐娘夫妻曰：“刘仆射果神人。不然者，何以洞[9]吾也。愿
见刘公。”刘劳[10]之。隐娘夫妻拜曰：“合负仆射万死[11]。”刘曰：“不然，

---

[1]　受：同授。
[2]　淬（cuì）镜：淬，把金属烧红，放在水里渍一下以便磨炼。古时用青铜制镜，日久容易生锈发黯，所以常要磨镜子。淬镜，即把铜镜烧红，再用水渍，以便磨亮。
[3]　魏帅：指魏博节度使。
[4]　署为左右吏：任命为随从左右的军吏（侍卫）。
[5]　贼：动词，暗杀。
[6]　之许：往许州（许昌）。
[7]　卫：驴子。卫地俗好畜驴，故称驴为卫。
[8]　受约束：奉命令。
[9]　洞：洞察，看穿。
[10]　劳：慰问。
[11]　合负仆射万死：即“负仆射合万死”。意思是对不住您，罪该万死。

各亲其主，人之常事。魏今与许何异。愿请留此，勿相疑也。"隐娘谢曰："仆射左右无人，愿舍彼而就此，服公神明也。"知魏帅之不及刘。刘问其所须。曰："每日只要钱二百文足矣。"乃依所请。忽不见二卫所之。刘使人寻之，不知所向。后潜收¹布囊中，见二纸卫，一黑一白。后月余，白刘曰："彼未知住²，必使人继至。今宵请剪发，系之以红绡，送于魏帅枕前，以表不回。"刘听之。至四更，却返曰："送其信了。后夜必使精精儿来杀某及贼仆射之首。此时亦万计杀之。乞不忧耳。"刘豁达大度，亦无畏色。是夜明烛，半宵之后，果有二幡子³，一红一白，飘飘然如相击于床四隅。良久，见一人望空而踣，身首异处。隐娘亦出曰："精精儿已毙。"拽出于堂之下，以药化为水，毛发不存矣。隐娘曰："后夜当使妙手空空儿继至。空空儿之神术，人莫能窥其用，鬼莫能蹑其踪，能从空虚而入冥⁴，善无形而灭影。隐娘之艺，故不能造其境。此即系仆射之福耳⁵。但于阗玉周其颈⁶，拥以衾，隐娘当化为蠛蠓⁷，潜入仆射肠中听伺，其余无逃避处。"刘如言。至三更，瞑目未熟，果闻项上铿然，声甚厉。隐娘自刘口中跃出，贺曰："仆射无患矣。此人如俊鹘⁸，一抟不中⁹，即翩然远逝，耻其不中，才未逾一更，已千里矣。"后视其玉，果有匕首划处，痕逾数分。自此刘转厚礼之。自元和八年，刘自许入觐¹⁰，隐

[1]　收：同搜。
[2]　住：指聂隐娘住手不杀刘昌裔。
[3]　幡子：幡同旛，旗帜的一种。
[4]　从空虚而入冥：冥，指极高远、极深的境界。这句是说空空儿能腾空而行，上天入地。
[5]　此即系仆射之福耳：这就靠您仆射的福气了。
[6]　周其颈：周，围着。指用玉围着脖子。
[7]　蠛蠓（miè měng）：一种小飞虫，比蚊子小，喜乱飞。亦称蠓虫。
[8]　鹘（hú）：一种猛禽，即隼，飞行迅疾。
[9]　一抟（tuán）不中：一击不中。
[10]　入觐：入京朝见皇帝。

娘不愿从焉。云："自此寻山水访至人[1]，但乞一虚给[2]与其夫。"刘如约，后渐不知所之。及刘薨于统军，隐娘亦鞭驴而一至京师枢前，恸哭而去。开成[3]年，昌裔子纵除陵州[4]刺史，至蜀栈道，遇隐娘，貌若当时。甚喜相见，依前跨白卫如故。语纵曰："郎君大灾，不合适此[5]。"出药一粒，令纵吞之。云："来年火急抛官归洛，方脱此祸。吾药力只保一年患耳。"纵亦不甚信。遗其缯彩[6]，隐娘一无所受，但沉醉而去。后一年，纵不休官，果卒于陵州。自此无复有人见隐娘矣。

说明

　　本篇为民间流传甚广的传说，经文人采撷写定见《太平广记》卷一百九十四。作品刻画了一个身怀绝技的侠女，赞美她高超的才能。文笔流畅，故事曲折离奇，传奇性强，为民众所喜闻乐见。宋人罗烨《醉翁谈录》话本目录中有《西山聂隐娘》，列入妖术类。明人吕天成有传奇剧《神镜记》，清人尤侗作杂剧《黑白卫》。

---

[1]　至人：得道的人。
[2]　虚给：指当一份挂名不做事的差使，拿一份薪水。
[3]　开成：唐文宗李昂年号。
[4]　陵州：唐属剑南道。辖区约当今四川仁寿、井研等地区。
[5]　不合适此：不应该到这里来。
[6]　缯彩：丝绸。

李娃传

汧国夫人[1]李娃，长安之倡女也。节行瓌奇[2]，有足称者，故监察御史[3]白行简为传述。天宝中，有常州刺史荥阳公[4]者，略其名氏，不书。时望甚崇，家徒甚殷[5]。知命之年[6]，有一子，始弱冠[7]矣；隽朗有词藻[8]，迥然不群，深为时辈推伏。其父爱而器之，曰："此吾家千里驹也。"应乡赋秀才举[9]，将行，乃盛其服玩车马之饰，计其京师薪储之费，谓之曰："吾观尔之才，当一战而霸[10]。今备二载之用，且丰尔之给，将为其志也[11]。"生亦自负，视上第如指掌[12]。自毗陵[13]发，月余抵长安，居于布政

---

[1] 汧（qiān）国夫人：汧，指汧阳，古郡名。国夫人，封号。唐时封号上面都加地名但并非食彼地税收。

[2] 瓌（guī）奇：瓌，同瑰。瓌奇，高贵，特异。

[3] 监察御史：唐代官名。据篇末作者所说，是贞元乙亥（十一年，公元795年）秋八月写此文，那时作者尚未中进士，不可能做到监察御史，并且新旧唐书都没有记载白行简做过监察御史。疑是后人附加的识语，且有谬误。

[4] 常州刺史荥阳公：刺史，官名。荥阳，古县名，在今河南省。荥阳是郑氏的郡望，荥阳郑温的后人，是唐时"七姓十家"的大世族之一。

[5] 家徒甚殷：家里仆从很多。

[6] 知命之年：指五十岁。

[7] 弱冠：指二十岁。

[8] 有词藻：有文学才能，会写文章。

[9] 应乡赋秀才举：乡赋，即乡贡。唐代科举只在中央举行考试，每年由地方州县保举若干人去长安参加考试，这种保举叫"乡贡"或"乡赋"。这句是说由州县保举去应进士科的考试。

[10] 一战而霸：指一次考试就可以大魁天下。

[11] 将为其志也：以帮助你的志向的实现。将，以，为，帮助。

[12] 视上第如指掌：上第，科举考试以优等录取。指掌，在掌上指画，喻事情很容易。这句指把科举中登高第看成像掌中指画一样容易。

[13] 毗陵：隋曾改常州为毗陵郡，唐又复称常州。

神话与故事

里¹，尝游东市还，自平康²东门入，将访友于西南。至鸣珂曲³，见一宅，门庭不甚广，而室宇严邃。阖一扉，有娃方凭一双鬟青衣⁴立，妖姿要妙，绝代未有。生忽见之，不觉停骖⁵久之，徘徊不能去。乃诈坠鞭于地，候其从者，敕取之。累眄⁶于娃，娃回眸凝睇，情甚相慕。竟不敢措辞而去。生自尔意若有失，乃密征其友游长安之熟者，以讯之。友曰："此狭邪女李氏宅也。"曰："娃可求乎？"对曰："李氏颇赡⁷。前与之通者多贵戚豪族，所得甚广。非累百万，不能动其志也。"生曰："苟患其不谐，虽百万，何惜。"他日，乃洁其衣服，盛宾从，而往。扣其门，俄有侍儿启扃。生曰："此谁之第耶？"侍儿不答，驰走大呼曰："前时遗策⁸郎也！"娃大悦曰："尔姑止之。吾当整妆易服而出。"生闻之私喜。乃引至萧墙⁹间，见一姥垂白上偻¹⁰，即娃母也。生跪拜前致词曰："闻兹地有隙院，愿税以居，信乎？"姥曰："惧其浅陋湫隘¹¹，不足以辱长者所处，安敢言直¹²耶。"延生于迟宾之馆¹³，馆宇甚丽。与生偶坐¹⁴，因曰："某有女

---

[1] 布政里：唐代长安的坊里名。

[2] 平康：唐代长安的里名。唐孙棨《北里志》云："平康里，入北门，东回三曲，即诸妓所居之聚。妓中有铮铮者，多在南曲、中曲。其循墙一曲，卑屑妓所居。"这里说荥阳公子"将访友于西南"，而途经李娃门前，则李娃住在南曲，正是名妓居住的地方。

[3] 鸣珂曲：平康里中的一条小巷。

[4] 双鬟青衣：古代女子将头发曲绕如环，挽成髻，叫鬟。青衣，古代以青色为地位卑贱的人的服色，所以称婢女为青衣。

[5] 骖（cān）：本意是驾了三匹马的车子。这里即指骑的马。

[6] 累眄（miàn）：多次斜视。

[7] 赡（shàn）：富足。

[8] 遗策：策，马鞭。遗策，丢掉马鞭。

[9] 萧墙：当门的墙。

[10] 垂白上偻（lóu）：垂白，头发将白。上偻，驼背。

[11] 湫（jiǎo）隘：低湿、狭小。

[12] 直：同值，报酬。

[13] 迟宾之馆：招待客人的房间。迟，待。

[14] 偶坐：对坐。

娇小，技艺薄劣，欣见宾客，愿将见之。"乃命娃出。明眸皓腕，举步艳冶。生遽惊起，莫敢仰视。与之拜毕，叙寒燠[1]，触类妍媚[2]，目所未睹。复坐，烹茶斟酒，器用甚洁。久之，日暮，鼓声四动[3]。姥访其居远近。生绐[4]之曰"在延平门外数里"。冀其远而见留也。姥曰："鼓已发矣。当速归，无犯禁。"生曰："幸接欢笑，不知日之云夕。道里辽阔，城内又无亲戚。将若之何？"娃曰："不见责僻陋，方将居之，宿何害焉。"生数目姥。姥曰："唯唯[5]。"生乃召其家僮，持双缣[6]，请以备一宵之馔。娃笑而止之曰："宾主之仪，且不然也。今夕之费，愿以贫窭[7]之家，随其粗粝以进之。其余以俟他辰。"固辞，终不许。俄徙坐西堂，帏幙帘榻，焕然夺目；妆奁衾枕，亦皆侈丽。乃张烛进馔，品味甚盛。彻馔，姥起。生娃谈话方切，诙谐调笑，无所不至。生曰："前偶过卿门，遇卿适在屏间。厥后心常勤念，虽寝与食，未尝或舍。"娃答曰："我心亦如之。"生曰："今之来，非直求居而已，愿偿平生之志。但未知命也若何？"言未终，姥至，询其故，具以告。姥笑曰："男女之际，大欲存焉。情苟相得，虽父母之命，不能制也。女子固陋，曷足以荐君子之枕席[8]？"生遂下阶，拜而谢之曰："愿以己为厮养[9]。"姥遂目之为郎[10]，饮酣而散。及旦，尽徙其囊橐[11]，因家于李之第。自是生屏迹戢身，不复与亲知相闻。

---

[1]　寒燠（yù）：燠，暖。寒燠即寒暄。
[2]　触类妍媚：一举一动都美丽而妩媚。
[3]　鼓声四动：鼓声起，表示将开始夜禁。
[4]　绐（dài）：骗。
[5]　唯唯：谦恭答应的声音。
[6]　双缣：两匹细绢。
[7]　贫窭（jù）：贫乏、穷困。这里是客气话。
[8]　荐君子之枕席：侍寝的意思。
[9]　厮养：厮，劈柴的。养，做饭的。这句是说自己愿做仆役。
[10]　目之为郎：把他看作女婿。唐人每称女婿或小一辈的人为郎。一种表示尊敬的昵称。
[11]　囊橐（tuó）：指装东西的用具。此指荥阳公子全部行装。

日会倡优侪类，狎戏游宴。囊中尽空，乃鬻骏乘，及其家童。岁余，资财仆马荡然。迩来姥意渐怠，娃情弥笃。他日，娃谓生曰："与郎相知一年，尚无孕嗣。常闻竹林神[1]者，报应如响，将致荐酹[2]求之，可乎？"生不知其计，大喜。乃质[3]衣于肆，以备牢醴[4]，与娃同谒祠宇而祷祝焉，信宿而返。策驴而后，至里北门，娃谓生曰："此东转小曲中，某之姨宅也。将憩而觐之，可乎？"生如其言。前行不逾百步，果见一车门。窥其际，甚弘敞。其青衣自车后止之曰："至矣。"生下，适有一人出访曰："谁？"曰："李娃也。"乃入告。俄有一妪至，年可四十余，与生相迎，曰："吾甥来否？"娃下车，妪逆访之曰："何久疏绝？"相视而笑。娃引生拜之。既见，遂偕入西戟门[5]偏院。中有山亭，竹树葱蒨，池榭幽绝。生谓娃曰："此姨之私第耶？"笑而不答，以他语对。俄献茶果，甚珍奇。食顷，有一人控大宛[6]，汗流驰至，曰："姥遇暴疾颇甚，殆不识人。宜速归。"娃谓姨曰："方寸[7]乱矣。某骑而前去，当令返乘，便与郎偕来。"生拟随之。其姨与侍儿偶语[8]，以手挥之，令生止于户外，曰："姥且殁矣。当与某议丧事以济其急，奈何遽相随而去？"乃止，共计其凶仪斋祭之用。日晚，乘不至。姨言曰："无复命，何也？郎骤往觇之，某当继至。"生遂往，至旧宅，门扃钥甚密，以泥缄之。生大骇，诘其邻人。邻人曰："李本税此而居，约已周[9]矣。第主自收。姥徙居，而且再

---

[1]　竹林神：当时长安人很迷信的神。

[2]　荐酹（lèi）：荐，用蔬菜祭神。酹，用酒浇在地上以祭神。

[3]　质：典押。

[4]　牢醴：都是祭神的用品。牢，牛、羊、豕三种牲畜。醴，一种甜酒。

[5]　戟门：古代宫门外立戟，叫戟门。唐制，官、阶、勋皆三品以上方许私门立戟。

[6]　控大宛：大宛，国名，产良马，故称好马为"大宛"。控大宛，即骑着一匹良马。

[7]　方寸：心。

[8]　偶语：对语。

[9]　约已周：租约已经期满。

宿矣。"徵徙何处，曰："不详其所。"生将驰赴宣阳，以诘其姨，日已晚矣，计程不能达。乃弛¹其装服，质馔而食，赁榻而寝。生恚怒方甚，自昏达旦，目不交睫。质明，乃策蹇²而去。既至，连扣其扉，食顷无人应。生大呼数四，有宦者徐出，生遽访之："姨氏在乎？"曰："无之。"生曰："昨暮在此，何故匿之？"访其谁氏之第。曰："此崔尚书宅。昨者有一人税此院，云迟中表之远至者。未暮去矣。"生惶惑发狂，罔知所措，因返访布政旧邸。邸主哀而进膳。生怨懑，绝食三日，遘疾甚笃，旬余愈甚。邸主惧其不起，徙之于凶肆³之中。绵缀⁴移时，合肆之人共伤叹而互饲之。后稍愈，杖而能起。由是凶肆日假之⁵，令执绋帷⁶，获其直以自给。累月，渐复壮。每听其哀歌，自叹不及逝者，辄鸣咽流涕，不能自止。归则效之。生，聪敏者也。无何，曲尽其妙，虽长安无有伦比。初，二肆之佣凶器者，互争胜负。其东肆车舆皆奇丽，殆不敌⁷，唯哀挽⁸劣焉。其东肆长知生妙绝，乃醵钱⁹二万索顾¹⁰焉。其党耆旧¹¹，共较其所能者¹²，阴¹³教生新声，而相赞和。累旬，人莫知之。其二肆长相谓曰："我欲各阅¹⁴所佣之器于天门街，以较优劣。不胜者罚直五万，以备

---

[1] 弛：解下。

[2] 策蹇（jiǎn）：蹇，跛。一般指驽下的驴子。策蹇，骑驴。

[3] 凶肆：专门出售丧事用品，如棺木、寿衣之类及代办出丧事务的店铺。

[4] 绵缀：病已垂危，只有一丝游气。

[5] 假之：借给他吃、住。

[6] 绋（suì）帷：灵帐，灵帏。绋是细而疏的布，用作灵帐。

[7] 不敌：无敌，谁也比不上。

[8] 哀挽：出丧时唱的挽歌。

[9] 醵（jù）钱：凑钱。

[10] 索顾：求雇。指要求雇佣荥阳公子为挽歌手。

[11] 其党耆旧：指挽歌手行帮中的老前辈。

[12] 共较其所能者：共同比较，推举其中有特长的人。

[13] 阴：暗地，私下。

[14] 阅：公开陈列。

神话与故事

酒馔之用，可乎？"二肆许诺。乃邀立符契，署以保证，然后阅之。士女大和会，聚至数万。于是里胥¹告于贼曹²，贼曹闻于京尹³。四方之士，尽赴趋焉，巷无居人。自旦阅之，及亭午⁴，历举辇辇威仪之具，西肆皆不胜，师⁵有惭色。乃置层榻于南隅，有长髯者，拥铎⁶而进，翊卫⁷数人。于是奋髯扬眉，扼腕顿颡而登，乃歌《白马》之词⁸。恃其夙胜，顾眄左右，旁若无人。齐声赞扬之；自以为独步一时，不可得而屈也。有顷，东肆长于北隅上设连榻，有乌巾少年，左右五六人，秉翣⁹而至，即生也。整衣服，俯仰甚徐，申喉发调，容若不胜¹⁰。乃歌《薤露》之章¹¹，举声清越，响振林木，曲度未终，闻者歔欷掩泣。西肆长为众所诮，益惭耻。密置所输之直于前，乃潜遁焉。四坐愕眙¹²，莫之测也。先是，天子方下诏，俾外方之牧¹³，岁一至阙下¹⁴，谓之入计¹⁵。时也适遇生之父在京师，与同列者易服章窃往观焉。有老竖¹⁶，即生乳母婿也，见生之举措辞气，将认之而未敢，乃泫然流涕。生父惊而诘之。因告曰："歌者之貌，

---

[1]　里胥：里正。唐制，百户为里，置里正。
[2]　贼曹：地方政府中主管治安的官员。
[3]　京尹：京兆尹。唐代首都长安的地方行政长官。
[4]　亭午：正午。
[5]　师：此指西肆长，西头代办丧事的店铺老板。
[6]　铎：大铃。
[7]　翊（yì）卫：左右侍从。
[8]　《白马》之词：曹植有《白马篇》乐府。这里写这位职业挽歌手以振奋的心情唱了这支声情雄壮的歌。按丧礼的歌，并不一定都是悲哀的。
[9]　秉翣（shà）：秉，拿着。翣，古代作仪仗用的长柄羽扇——掌扇。
[10]　容若不胜：看起来好像受不了的样子。
[11]　薤（xiè）露之章：薤露，古代的丧歌。
[12]　愕眙（chì）：愕，惊讶。眙，直视，瞪着眼睛看。
[13]　外方之牧：各州刺史。古代称州的地方行政长官为"牧"。
[14]　岁一至阙下：每年到京城来一次。阙下，宫阙之下，指唐代首都长安。
[15]　入计：唐制，诸州刺史，每年至长安由中央政府部门考察其治绩，以定奖惩，称"入计"。
[16]　竖：奴仆。

酷似郎之亡子。"父曰："吾子以多财为盗所害，奚至是耶？"言讫，亦泣。及归，竖间[1]驰往，访于同党曰："向歌者谁？若斯之妙欤？"皆曰："某氏之子。"征其名，且易之矣。竖凛然大惊；徐往，迫而察之。生见竖色动，回翔[2]将匿于众中。竖遂持其袂曰："岂非某乎？"相持而泣。遂载以归。至其室，父责曰："志行若此，污辱吾门！何施面目[3]，复相见也？"乃徒行出，至曲江西杏园东[4]，去其衣服，以马鞭鞭之数百。生不胜其苦而毙。父弃之而去。其师命相狎昵者阴随之，归告同党，共加伤叹。令二人赍苇席瘗焉。至，则心下微温。举之，良久，气稍通。因共荷而归，以苇筒灌勺饮，经宿乃活。月余，手足不能自举。其楚挞之处皆溃烂，秽甚。同辈患之，一夕，弃于道周[5]。行路[6]咸伤之，往往投其余食，得以充肠。十旬，方杖策而起。被布裘，裘有百结，褴褛如悬鹑[7]。持一破瓯，巡于闾里，以乞食为事。自秋徂冬，夜入于粪壤窟室，昼则周游廛肆。一旦大雪，生为冻馁所驱，冒雪而出，乞食之声甚苦。闻见者莫不凄恻。时雪方甚，人家外户多不发。至安邑东门，循里垣北转第七八，有一门独启左扉，即娃之第也。生不知之，遂连声疾呼："饥冻之甚！"音响凄切，所不忍听。娃自阁中闻之，谓侍儿曰："此必生也。我辨其音矣。"连步而出。见生枯瘠疥厉[8]，殆非人状。娃意感焉，乃谓曰："岂非某郎也？"生愤懑绝倒，口不能言，颔颐而已。娃前抱其颈，以绣襦拥

---

[1] 间：乘间，趁人不注意的时候。

[2] 回翔：原形容鸟飞绕枝的样子。这里指犹躲躲闪闪地，辗转地。

[3] 何施面目：把脸放在哪里，还有什么脸。

[4] 曲江西杏园东：曲江，唐代长安游览胜地。杏园在曲江西南，唐时新进士多宴集于此。

[5] 道周：道旁。

[6] 行路：走路人。

[7] 悬鹑（chún）：鹑鸟，俗名鹌鹑。秃尾，所以古人形容破烂的长袍叫鹑衣。用"悬鹑"作破衣服的代称。

[8] 疥厉（lài）：疥疮，厉，这里同癞。

神话与故事

而归于西厢。失声长恸曰："令子一朝及此，我之罪也！"绝而复苏。姥大骇，奔至，曰："何也？"娃曰："某郎。"姥遽曰："当逐之。奈何令至此？"娃敛容却睇[1]曰："不然。此良家子也。当昔驱高车，持金装[2]，至某之室，不逾期[3]而荡尽。且互设诡计，舍而逐之，殆非人。令其失志，不得齿于人伦[4]。父子之道，天性也。使其情绝，杀而弃之。又困踬[5]若此。天下之人尽知为某也。生亲戚满朝，一旦当权者熟察其本末，祸将及矣。况欺天负人，鬼神不佑，无自贻其殃也。某为姥子，迨今有二十岁矣。计其赀，不啻[6]直千金。今姥年六十余，愿计二十年衣食之用以赎身，当与此子别卜所诣[7]。所诣非遥，晨昏得以温清[8]，某愿足矣。"姥度其志不可夺，因许之。给姥之余，有百金。北隅四五家税一隙院。乃与生沐浴，易其衣服；为汤粥，通其肠；次以酥乳润其脏。旬余，方荐[9]水陆之馔。头巾履袜，皆取珍异者衣之。未数月，肌肤稍腴，卒岁，平愈如初。异时，娃谓生曰："体已康矣，志已壮矣。渊思寂虑[10]，默想曩昔之艺业，可温习乎？"生思之，曰："十得二三耳。"娃命车出游，生骑而从。至旗亭南偏门鬻坟典之肆[11]，令生拣而市之，计费百金，尽载以归。因令

---

[1] 敛容却睇：脸色严肃地回头稍稍看一下。
[2] 金装：装满黄金的行李。
[3] 不逾期（jī）：不过一年。期，周年。
[4] 不得齿于人伦：被家庭、亲戚、朋友所不理。
[5] 困踬（zhì）：困顿、困苦。
[6] 不啻（chì）：不止。
[7] 别卜所诣（yì）：另外找个地方去住。
[8] 晨昏得以温清：早晚得以问安。温清，问安。
[9] 荐：进。
[10] 渊思寂虑：深思静虑。
[11] 鬻坟典之肆：卖古书的店。坟，三坟。典，五典。都是传说中上古的书名。此作为古书的代称。

生斥弃百虑以志学，俾夜作昼，孜孜矻矻¹。娃常偶坐，宵分²乃寐。伺其
疲倦，即谕之缀诗赋³。二岁而业大就，海内文籍，莫不该览⁴。生谓娃曰：
"可策名试艺⁵矣。"娃曰："未也。且令精熟，以俟百战。"更一年，曰：
"可行矣。"于是遂一上登甲科⁶，声振礼闱⁷。虽前辈见其文，罔不敛衽敬
羡，愿友之而不可得。娃曰："未也。今秀士⁸，苟获擢一科第，则自谓
可以取中朝⁹之显职，擅¹⁰天下之美名。子行秽迹鄙，不侔¹¹于他士。当砻
淬利器¹²，以求再捷，方可以连衡多士¹³，争霸群英。"生由是益自勤苦，声
价弥甚。其年，遇大比¹⁴，诏征四方之隽¹⁵生应直言极谏科¹⁶，策名第一，授
成都府参军。三事以降¹⁷，皆其友也。将之官，娃谓生曰："今之复子本
躯，某不相负也。愿以残年，归养老姥。君当结媛鼎族¹⁸，以奉蒸尝¹⁹。中

---

[1]　孜（zī）孜矻（kū）矻：形容勤勉苦读的样子。
[2]　宵分：半夜。
[3]　谕之缀诗赋：谕，劝勉。缀诗赋，作诗赋。
[4]　该览：遍览。
[5]　策名试艺：报名应科举考试。艺，学问。
[6]　一上登甲科：第一次应考就以甲等考中了。
[7]　礼闱：礼部的试场。
[8]　秀士：秀才。唐代对于应进士科考试的人及考中的人，皆通尊称为"秀才"。
[9]　中朝：唐朝廷中央。
[10]　擅：独得。
[11]　不侔：不同于，比不得。
[12]　砻（lóng）淬（cuì）利器：砻，用石头磨东西。淬，铸刀剑时烧红后须放到水里蘸一下，
　　　叫淬。利器，这里作为学问、才能的代称。这句是说磨炼砥砺学问的意思。
[13]　连衡多士：在许多士子中间以学问抱负称霸。
[14]　大比：这里作制科的代称。唐代制科，是一种由皇帝特命举行的隆重考试。已中了进士的和
　　　在职官员，亦可应试。
[15]　隽：隽士，有才能的人。
[16]　直言极谏科：这一次的制科考试，以向朝廷施政提出直率的批评建议为内容，故名。
[17]　三事以降：自三公以下的官。三事，三公。唐以太尉、司徒、司空为三公，为最高官衔，然
　　　无实职，也不常授。
[18]　结媛鼎族：和高门大族结婚。唐代婚姻制度特别重视门第。
[19]　以奉蒸尝：蒸尝，祭祀祖宗的代称。

　　　　　　　　　　　　　　　　　　　　　　神话与故事

外婚媾[1]，无自黩也。勉思自爱。某从此去矣。"生泣曰："子若弃我，当自到以就死。"娃固辞不从，生勤请弥恳。娃曰："送子涉江，至于剑门，当令我回。"生许诺。月余，至剑门。未及发而除书[2]至，生父由常州诏入，拜成都尹[3]，兼剑南采访使[4]。浃辰[5]，父到。生因投刺[6]，谒于邮亭[7]。父不敢认，见其祖父官讳，方大惊，命登阶，抚背恸哭移时，曰："吾与尔父子如初。"因诘其由，具陈其本末。大奇之，诘娃安在。曰："送某至此，当令复还。"父曰："不可。"翌日，命驾与生先之[8]成都，留娃于剑门，筑别馆以处之。明日，命媒氏通二姓之好，备六礼[9]以迎之，遂如秦晋之偶。娃既备礼，岁时伏腊[10]妇道甚修，治家严整，极为亲所眷。向后数岁，生父母偕殁，持孝甚至。有灵芝产于倚庐[11]，一穗三秀[12]。本道上闻[13]。又有白燕数十，巢其层甍。天子异之，宠锡加等。终制[14]，累迁清显之任[15]。十年间，至数郡。娃封汧国夫人。有四子，皆为大官，其卑者

---

[1] 中外婚媾：在姻族之间结亲。表亲、姻戚联姻在唐代士族中很普遍。这里的"中外"指中表姻亲。

[2] 除书：委任官员的诏书。

[3] 成都尹：成都府的行政长官。

[4] 剑南采访使：剑南道的采访处置使。中唐以来采访使即成为所属地方的最高行政长官。

[5] 浃辰：十二天。浃，一个循环。辰，指地支子、丑、寅、卯等十二辰，每辰为一日。

[6] 刺：名片。古代名片上例书官衔及三代姓名。

[7] 邮亭：驿站。

[8] 之：往。

[9] 六礼：古代婚礼有六个程序：纳彩、问名、纳吉、纳征、请期、亲迎。

[10] 岁时伏腊：岁时，过年和节令。伏腊，夏天和冬天的祭祀名。

[11] 倚庐：古代居丧时孝子所居的草庐。

[12] 一穗三秀：麦子一穗上结三个秀。古代认为是祥瑞。

[13] 本道上闻：指荥阳公子故乡所属的道一级的政府，把这些祥瑞报告皇帝。

[14] 终制：古代凡遇父母丧事，要守孝服丧三年，在此期间，不能问外事、不能做官，叫守制。终制即守制期终。

[15] 清显之任：唐制，京官中的丞、郎及带有文学侍从性质的官和谏官都称"清望官"。清显之任，即指清望官中之显要的职位。

犹为太原尹。弟兄姻媾皆甲门[1]，内外隆盛，莫之与京[2]。嗟乎！倡荡之姬，节行如是，虽古先烈女，不能逾也。焉得不为之叹息哉！予伯祖尝牧晋州，转户部为水陆运使。三任皆与生为代[3]，故谙详其事。贞元中，予与陇西公佐[4]话妇人操烈之品格，因遂述汧国之事。公佐拊掌竦听，命予为传。乃握管濡翰[5]，疏[6]而存之。时乙亥[7]岁秋八月，太原白行简云。

说明

　　本篇见《太平广记》卷四百八十四杂传记类。原出唐人陈翰编的《异闻集》。《李娃传》渊源于民间文学说话这一艺术形式，唐时已有《一枝花话》讲李娃的故事，"一枝花"即是李娃的别名。白居易、元稹曾在新昌宅讲说"一枝花话"。宋代《一枝花话》的概略记载在《醉翁谈录》里，其中有《李亚仙不负郑元和》一篇。明代有两个话本，《李亚仙记》和《郑元和嫖遇李亚仙记》。《李娃传》民间气息比较浓厚，涉及广大市民（妓女、乞丐、店主、歌郎），描写了唐代社会风俗，塑造的妓女李娃与郑生终偕连理的佳话也表现了广大市民的美好理想。

[1]　甲门：头等门第。
[2]　莫之与京：谁也不能与之相比。京，并、比。
[3]　为代：前后任官接替。
[4]　陇西公佐：陇西李公佐。
[5]　濡翰：蘸笔。翰，毛笔的笔头。
[6]　疏：详细记述。
[7]　乙亥：这里当贞元十一年乙亥。

霍小玉传

大历[1]中，陇西李生名益[2]，年二十，以进士擢第。其明年，拔萃[3]，俟试于天宫[4]。夏六月，至长安，舍于新昌里。生门族清华[5]，少有才思，丽词嘉句，时谓无双；先达丈人[6]，翕然推伏[7]。每自矜风调[8]，思得佳偶，博求名妓，久而未谐。长安有媒鲍十一娘者，故薛驸马家青衣也；折券从良[9]，十余年矣。性便辟[10]，巧言语，豪家戚里，无不经过，追风挟策[11]，推为渠帅[12]。当受生诚托厚赂，意颇德之。

经数月，李方闲居舍之南亭。申未间[13]，忽闻扣门甚急，云是鲍十一娘至。摄衣从之，迎问曰："鲍卿今日何故忽然而来？"鲍笑曰："苏姑

---

[1]　大历：唐代宗李豫的年号（766—779）。
[2]　陇西李生名益：李益，字君虞，陇西姑藏（今甘肃武威）人，长于诗歌。大历四年（769年）进士，宪宗朝官至礼部尚书。《唐书》本传云："益少痴而忌克，防闲妻妾苛严，世谓妒痴为李益疾。"本篇是根据有关他的传闻敷演而成。
[3]　拔萃：唐代科举进士或明经（由礼部主持）及第，还要等候吏部选拔，才任以官职。吏部主持的考试，如果试文三篇，叫做宏词；如果撰拟判词三条，就叫拔萃，中者即授官。
[4]　俟试于天官：至吏部等待考试。天官，吏部的别称。
[5]　门族清华：门第高贵。李益是唐肃宗朝宰相李揆的族子。
[6]　先达丈人：前贤长辈。先达，指自己先达道发迹的人。丈人，对老人的尊称。
[7]　翕然推伏：一致称赞。伏，通"服"。
[8]　自矜风调：以才华风流自负。调，有才干。
[9]　折券从良：赎身摆脱女婢地位，并嫁人为妻。折券，折毁契券，即毁去卖身文契。从良，古时婢女、妓女获得自由嫁给家世清白的人家称为"从良"。
[10]　便（pián）辟：善于逢迎谄媚。
[11]　追风挟策：原意为挥鞭驱马。追风，骏马名，形容马奔之速。挟策，手持马鞭，这里的意思是很会说风情做媒人，犹如后世所说"马泊六"。
[12]　渠帅：也称渠魁，意为大首领。
[13]　申未间：即午后三时左右。

子作好梦也未[1]？有一仙人，谪在下界，不邀财货，但慕风流。如此色目[2]，共十郎相当矣。"生闻之惊跃，神飞体轻，引鲍手且拜且谢曰："一生作奴，死亦不惮。"因问其名居[3]。鲍具说曰："故霍王[4]小女，字小玉，王甚爱之。母曰净持。——净持，即王之宠婢也。王之初薨，诸弟兄以其出自贱庶，不甚收录[5]。因分与资财，遣居于外，易姓为郑氏，人亦不知其王女。姿质秾艳，一生未见；高情逸态，事事过人；音乐诗书，无不通解。昨遣某求一好儿郎格调相称者。某具说十郎。他亦知有李十郎名字，非常欢惬。住在胜业坊古寺曲[6]，甫上车门宅[7]是也。已与他作期约。明日午时，但至曲头觅桂子，即得矣。"

鲍既去，生便备行计。遂令家僮秋鸿，于从兄[8]京兆参军[9]尚公处假青骊驹，黄金勒[10]。其夕，生浣衣沐浴，修饰容仪，喜跃交并，通夕不寐。迟明[11]，巾帻引镜自照，惟惧不谐也。徘徊之间，至于亭午[12]，遂命驾疾驱，直抵胜业。至约之所，果见青衣立候，迎问曰："莫是李十郎否？"即下马，令牵入屋底，急急锁门。见鲍果从内出来，遥笑曰："何等儿郎，造

---

[1]　苏姑子作好梦也未：意思说梦到好兆头没有。"苏姑子"出处未详。
[2]　色目：名色名目，可指物，也可指人（一般指妓女）。此处指人。
[3]　名居：姓名地址。
[4]　霍王：高祖（李渊）第十四子李元轨，武德中封霍王，垂拱四年（688）因与越王贞合谋起兵，事败而死。唐中宗神龙年间（705—707），又曾封李元轨长子的孙子李晖为嗣霍王。此处当指李晖。
[5]　不甚收录：不肯收留，不能容纳。
[6]　曲：唐时坊间小巷。
[7]　甫上车门宅：刚进曲头的矮门宅院。
[8]　从兄：堂兄。
[9]　京兆参军：京兆府的属官参军事。参军，"参军事"的简称，是唐代军事机构、王府、府、州的属官，有录事参军、诸曹参军等多种名目。
[10]　勒：马笼头。
[11]　迟明：及至天明，即黎明。
[12]　亭午：正午。

次[1]入此?"生调诮[2]未毕,引入中门。庭间有四樱桃树;西北悬一鹦鹉笼,见生入来,即语曰:"有人入来,急下帘者!"生本性雅淡,心犹疑惧,忽见鸟语,愕然不敢进。

逡巡,鲍引净持下阶相迎,延入对坐。年可四十余,绰约多姿,谈笑甚媚。因谓生曰:"素闻十郎才调风流,今又见仪容雅秀,名下固无虚士,某有一女子,虽拙教训,颜色不至丑陋,得配君子,颇为相宜。频见鲍十一娘说意旨,今亦便令永奉箕帚[3]。"生谢曰:"鄙拙庸愚,不意顾盼,倘垂采录,生死为荣。"遂命酒馔,即令小玉自堂东阁子[4]中而出。生即拜迎。但觉一室之中,若琼林玉树,互相照曜,转盼精彩射人。既而遂坐母侧。母谓曰:"汝尝爱念'开帘风动竹,疑是故人来。'即此十郎诗也。尔终日吟想,何如一见。"玉乃低鬟微笑,细语曰:"见面不如闻名。才子岂能无貌?"生遂连起拜曰:"小娘子爱才,鄙夫重色。两好相映,才貌相兼。"母女相顾而笑,遂举酒数巡。生起,请玉唱歌。初不肯,母固强之。发声清亮,曲度精奇。

酒阑,及暝,鲍引生就西院憩息。闲庭邃宇[5],帘幕甚华。鲍令侍儿桂子、浣沙与生脱靴解带。须臾,玉至,言叙温和,辞气宛媚。解罗衣之际,态有余妍,低帏昵枕,极其欢爱。生自以为巫山、洛浦[6]不过也。中宵之夜,玉忽流涕观生曰:"妾本倡家,自知非匹。今以色爱,托其仁贤。但虑一旦色衰,恩移情替,使女萝[7]无托,秋扇见捐[8]。极欢之际不觉

---

[1]　造次:冒失。
[2]　调诮:嘲笑讥讽。这里指说开玩笑的话。
[3]　奉箕帚:供事洒扫,古代用作充臣仆、做妻妾之意,后来专用作妻妾的谦辞。
[4]　东阁子:东边小门。
[5]　闲庭邃宇:大的庭院,深的屋宇。
[6]　巫山、洛浦:指巫山神女、洛神宓妃。浦,水边。
[7]　女萝:即松萝,蔓状植物,依附树木而生。古人常用以比喻女子之依靠丈夫。
[8]　秋扇见捐:如秋凉时节扇子被弃置。

悲至。"生闻之，不胜感叹。乃引臂替枕，徐谓玉曰："平生志愿，今日获从，粉骨碎身，誓不相舍。夫人何发此言！请以素缣[1]，著之盟约。"玉因收泪，命侍儿樱桃褰幄[2]执烛，授生笔研[3]。玉管弦之暇，雅好诗书，筐箱笔研，皆王家之旧物。遂取绣囊，出越姬乌丝栏[4]素缣三尺以授生。生素多才思，援笔成章，引谕山河，指诚日月，句句恳切，闻之动人。染毕[5]命藏于宝箧之内。自尔婉娈相得[6]，若翡翠之在云路也[7]。

如此二岁，日夜相从。其后年春，生以书判[8]拔萃登科，授郑县主簿[9]。至四月，将之官，便拜庆于东洛[10]。长安亲戚，多就筵饯。时春物尚余，夏景初丽，酒阑宾散，离思萦怀。玉谓生曰："以君才地名声，人多景慕，愿结婚媾，固亦众矣。况堂有严亲，室无冢妇[11]，君之此去，必就佳姻。盟约之言，徒虚语耳。然妾有短愿，欲辄指陈[12]，永委君心[13]，复能听否？"生惊怪曰："有何罪过，忽发此辞？试说所言，必当敬奉。"玉曰："妾年始十八，君才二十有二，迨君壮室之秋[14]，独有八岁。一生欢

---

[1] 素缣：白色的细绢。
[2] 褰（qiān）幄：揭起帐帷。
[3] 研：同"砚"。
[4] 乌丝栏：绢上所织黑丝格线，后来纸卷上有黑色格线也叫"乌丝栏"，有红色格线称"朱丝栏"。
[5] 染毕：写好。
[6] 婉娈（luán）相得：相亲相爱。婉娈，亲爱。
[7] 若翡翠之在云路：犹如翡翠鸟在天空比翼双飞。翡翠，青羽雀。云路，指天空。
[8] 书判：拔萃科试书判。
[9] 郑县主簿：郑县，唐县名，今陕西省华县。主簿，职掌文书簿籍的官员。
[10] 拜庆于东洛：到东都洛阳去探望母亲。拜庆，即"拜家庆"。古时离乡日久，回去探双亲，称"拜家庆"。
[11] 冢妇：嫡长子之妻。这里指正配之妻。
[12] 欲辄指陈：想立即说明。
[13] 永委君心：永远倾心于您。
[14] 壮室之秋：三十岁的时候。古时三十岁为"壮年"，是娶妻的适当年龄。古有"三十而娶"的说法。

爱，愿毕此期，然后妙选高门，以谐秦晋，亦未为晚。妾便舍弃人事，剪发披缁[1]。夙旨之愿，于此足矣。"生且愧且感，不觉涕流。因谓玉曰："皎日之誓，死生以之[2]。与卿偕老，独恐未惬素志，岂敢辄有二三[3]。固请不疑，但端居[4]相待。至八月，必当却到[5]华州，寻使奉迎，相见非远。"

更数日，生遂诀别东去。到任旬日，求假往东都觐亲。未至家日，太夫人已与商量表妹卢氏，言约已定。太夫人素严毅，生逡巡不敢辞让，遂就礼谢，便有近期。卢亦甲族[6]也，嫁女于他门，聘财必以百万为约，不满此数，义在不行。生家素贫，事须求贷，便托假故[7]，远投亲知，涉历江、淮，自秋及夏。生自以孤负盟约[8]，大愆回期，寂不知闻，欲断其望，遥托亲故，不遗漏言。

玉自生逾期，数访音信。虚词诡说，日日不同。博求师巫[9]，遍询卜筮，怀忧抱恨，周岁有余。羸[10]卧空闺，遂成沉疾。虽生之书题竟绝，而玉之想望不移，赂遗亲知，使通消息。寻求既切，资用屡空，往往私令侍婢潜卖箧中服玩之物，多托于西市寄附铺[11]侯景先家货卖。曾令侍婢浣沙将紫玉钗一只，诣景先家货之。路逢内作[12]老玉工，见浣沙所执，前来

---

[1] 剪发披缁：剪去头发穿上缁衣，意即当尼姑。缁，黑色。缁衣，和尚、尼姑所穿的黑色袈裟。
[2] 死生以之：不管是死是生都按照誓言行事。以之，按此。
[3] 二三："二三其德"的省语，语出《诗经·卫风·氓》。意为朝三暮四，不守旧约。
[4] 端居：安居。
[5] 却到：回到。
[6] 甲族：门第高贵的大族。
[7] 托假故：找借口。
[8] 孤负盟约：违背誓言。孤，同"辜"。
[9] 师巫：此处泛指行"卜筮"的人。
[10] 羸（léi）：瘦弱。
[11] 寄附铺：代人保管或出售宝贵东西的商店，似今天的信托商行。
[12] 内作：皇家工匠分"内作"和"外作"。这里指皇宫中的工匠。

认之曰："此钗，吾所作也。昔岁霍王小女，将欲上鬟[1]，令我作此，酬我万钱。我尝不忘。汝是何人，从何而得？"浣沙曰："我小娘子，即霍王女也。家事破散，失身于人。夫婿昨向东都，更无消息。悒怏[2]成疾，今欲二年。令我卖此，赂遗于人，使求音信。"玉工凄然下泣曰："贵人男女，失机落节[3]，一至于此！我残年向尽，见此盛衰，不胜伤感。"遂引至延光公主[4]宅，具言前事。公主亦为之悲叹良久，给钱十二万焉。

时生所定卢氏女在长安，生既毕于聘财，还归郑县。其年腊月，又请假入城就亲。潜卜静居[5]，不令人知。有明经[6]崔允明者，生之中表弟也。性甚长厚，昔岁常与生同欢于郑氏之室，杯盘笑语，曾不相间。每得生信，必诚告于玉。玉常以薪刍[7]衣服，资给于崔。崔颇感之。生既至，崔具以诚告玉。玉恨叹曰："天下岂有是事乎！"遍请亲朋，多方召致。生自以愆期负约，又知玉疾候沉绵[8]，惭耻忍割[9]，终不肯往。晨出暮归，欲以回避。玉日夜涕泣，都忘寝食，期一相见，竟无因由，冤愤益深，委顿[10]床枕。

自是长安中稍有知者。风流之士，共感玉之多情；豪侠之伦，皆怒生之薄行。时已三月，人多春游。生与同辈五六人诣崇敬寺玩牡丹花，步于西廊，递吟诗句。有京兆韦夏卿者，生之密友，时亦同行。谓生曰：

---

[1] 上鬟：古人幼年头发散垂，称"垂发"、"垂髫"。女子十五岁为"及笄"，须将垂发挽成双鬟，插上簪钗，叫"上鬟"。这是古代表示女子成年的一种仪式。

[2] 悒怏：忧愁不乐。

[3] 失机落节：落魄失意。

[4] 延光公主：唐肃宗的女儿。

[5] 潜卜静居：暗中寻找僻静的居处。

[6] 明经：唐代科举考试分许多科，最主要的是进士和明经二科，进士科考诗赋，明经考经义。

[7] 薪刍：薪，柴。刍，喂牲畜的草料。后用"薪刍"作为日常生活费用的代称。

[8] 疾候沉绵：病症沉重。

[9] 惭耻忍割：惭愧羞耻，忍心割爱。

[10] 委顿：疲惫不堪。

"风光甚丽，草木荣华。伤哉郑卿，衔冤空室！足下终能弃置，实是忍人。丈夫之心，不宜如此。足下宜为思之！"

叹让[1]之际，忽有一豪士，衣轻黄纻衫，挟弓弹，丰神隽美，衣服轻华，唯有一剪头胡雏[2]从后，潜行而听之。俄而前揖生曰："公非李十郎者乎？某族本山东[3]，姻连外戚。虽乏文藻，心尝乐贤。仰公声华，常思觏止[4]。今日幸会，得睹清扬[5]。某之敝居，去此不远，亦有声乐，足以娱情。妖姬[6]八九人，骏马十数匹，唯公所欲。但愿一过。"生之侪辈，共聆斯语，更相叹美。因与豪士策马同行，疾转数坊，遂至胜业。生以近郑之所止，意不欲过，便托事故，欲回马首。豪士曰："敝居咫尺，忍相弃乎？"乃挽挟其马，牵引而行。迁延之间，已及郑曲。生神情恍惚，鞭马欲回。豪士遽命奴仆数人，抱持而进。疾走推入车门，便令锁却，报云："李十郎至也！"一家惊喜，声闻于外。

先此一夕，玉梦黄衫丈夫抱生来，至席，使玉脱鞋。惊寤而告母。因自解曰："'鞋'者，'谐'也，夫妇再合。'脱'者，'解'也。既合而解，亦当永诀。由此征之，必遂相见，相见之后，当死矣。"凌晨，请母妆梳。母以其久病，心意惑乱，不甚信之。黾勉[7]之间，强为妆梳。妆梳才毕，而生果至。玉沉绵日久，转侧须人；忽闻生来，欻然自起，更衣而出，恍若有神。遂与生相见，含怒凝视，不复言。羸质娇姿，如不

---

[1]　叹让：叹息责备。
[2]　胡雏：幼小的家奴，属少数民族。胡，我国古代对西、北方少数民族的泛称。
[3]　山东：这里指华山以东地区。自南北朝以后"山东"多士族，大姓有王、崔、卢、李、郑等，唐代对"山东"士族有所抑制，但仍不失为"清华门族"。因此黄衣豪士仍以"族本山东"自矜。
[4]　觏（gòu）止：相会。觏，通"遘"，遇见。止，语助词。
[5]　清扬：指人眉目清秀。这里是客气语，犹"尊容"之意。
[6]　妖姬：漂亮的歌妓。
[7]　黾（mǐn）勉：勉力从事。

胜致¹，时复掩袂，返顾李生。感物伤人，坐皆欷歔。

顷之，有酒肴数十盘，自外而来。一坐惊视，遽问其故，悉是豪士之所致也。因遂陈设，相就而坐。玉乃侧身转面，斜视生良久，遂举杯酒酬地曰："我为女子，薄命如斯！君是丈夫，负心若此！韶颜稚齿²，饮恨而终。慈母在堂，不能供养。绮罗弦管，从此永休。征痛黄泉³，皆君所致。李君李君，今当永诀！我死之后，必为厉鬼，使君妻妾，终日不安！"乃引左手握生臂，掷杯于地，长恸号哭数声而绝。母乃举尸，置于生怀，令唤之，遂不复苏矣。生为之缟素⁴，旦夕哭泣甚哀。将葬之夕，生忽见玉缞帷⁵之中，容貌妍丽，宛若平生。着石榴裙，紫襦裆⁶，红绿帔子⁷。斜身倚帷，手引绣带，顾谓生曰："愧君相送，尚有余情。幽冥之中，能不感叹。"言毕，遂不复见。明日，葬于长安御宿原⁸。生至墓所，尽哀而返。

后月余，就礼于卢氏。伤情感物，郁郁不乐。夏五月，与卢氏偕行，归于郑县。至县旬日，生方与卢氏寝，忽帐外叱叱作声。生惊视之，则见一男子，年可二十余，姿状温美，藏身映幔，连招卢氏。生惶遽走起，绕幔数匝，倏然不见。生自此心怀疑恶，猜忌万端，夫妻之间，无聊生矣。或有亲情，曲相劝喻。生意稍解。后旬日，生复自外归，卢氏方鼓琴于床，忽见自门抛一斑犀钿花合子⁹，方圆一寸余，中有轻绡，作同心

---

[1]　如不胜（shēng）致：好似有无限情态。致，情态。

[2]　韶颜稚齿：青春年少。韶，美。

[3]　征痛黄泉：招引痛苦至于地下。意谓死后仍然要受痛苦。

[4]　缟素：白色衣服，即穿丧服。

[5]　缞（suī）帷：灵帐。

[6]　襦（kè）裆：古时妇人穿的外袍。

[7]　帔（pèi）子：披于肩背的纱巾。

[8]　御宿原：在长安城南，当时死者多葬于此。

[9]　斑犀钿花合子：饰有斑纹的犀牛角的花盒子。钿，以金银珠宝嵌饰器物。

结[1]，坠于卢氏怀中。生开而视之，见相思子[2]二、叩头虫[3]一、发杀觜[4]一、驴驹媚[5]少许。生当时愤怒叫吼，声如豺虎，引琴撞击其妻，诘令实告，卢氏亦终不自明。尔后往往暴加捶楚[6]，备诸毒虐，竟讼于公庭而遣之[7]。卢氏既出，生或侍婢媵妾之属，暂同枕席，便加妒忌。或有因而杀之者。生尝游广陵，得名姬曰营十一娘者，容态润媚，生甚悦之。每相对坐，尝谓营曰："我尝于某处得某姬，犯某事，我以某法杀之。"日日陈说，欲令惧已，以肃清闺门。出则以浴斛[8]覆营于床，周回封署，归必详视，然后乃开。又畜一短剑，甚利，顾谓侍婢曰："此信州葛溪铁[9]，唯断作罪过头！"大凡生所见妇人，辄加猜忌，至于三娶，率皆如初焉。

说明

　　本篇系唐代传奇小说，选自《太平广记》卷四百八十七，题蒋防撰。后曾收入《异闻集》(见宋吴曾《能政斋漫录》)。本文以当朝人物的新闻传说为依据而成文。宋姚宽《西溪丛话》记述："蒋防作霍小玉传，有豪士衣轻黄衫，挟李至，霍遂死。杜甫少年行云：'黄衫年少宜未数，不见堂前东逝波。'大历中杜甫正在蜀，是时想有好事者传去，遂作此诗。"

---

[1]　同心结：古人用锦带结为连环回文的样子，表示相爱之意，美称为"同心结"。

[2]　相思子：即红豆。古人常用以示相思之情。

[3]　叩头虫：一种人一碰便叩头的小虫。赠送叩头虫想是取顺从之意。

[4]　发杀觜（zī）：《书影》以为"似媚药无疑"。

[5]　驴驹媚：传说是一种媚药。僧赞宁《物类相感志》："凡驴驹初生，未堕地，口中有一物，如肉，名'媚'。妇人带之能媚。"

[6]　捶楚：杖击棍打。"楚"是一种灌木，俗称荆条，古时用作刑杖。

[7]　遣之：休弃了她。

[8]　浴斛（hú）：澡盆之类。

[9]　信州葛溪铁：据说信州葛溪产铁，精而细。信州，治所在今江西上饶。

可见，有关的传闻在当时已相当流行。本传奇就是在此民间传说的原型上，由文人润笔加工而成。文中以曲折委婉的爱情为中心，塑造了一位凄艳感人，多情而义烈的歌妓霍小玉的形象。明胡应麟说："此篇尤为唐人最精彩动人之传奇，故传诵弗衰。"传奇中的李益，是实有其人的。当时有两个李益：一个是担任太子庶子官的李益，人称"门户李益"；一个是从右散骑常侍到礼部尚书的李益。他是有名的诗人，人称"文章李益"。一些研究者认为，后者即是本文的主人公。李益在当时已成为传说的新闻人物，这在李肇《国史补》及唐书中都有记载。是世谓妒痴为"李益病"，即是其中一例。本文叙述了轻浮才子李益与痴情姑娘霍小玉的爱情悲剧，反映了人们对负义薄行李益的鞭挞和对霍小玉的深切同情。其中，也表现了对士族门阀制度的强烈不满。唐代士族非常重视婚媾的门第，常常"持其望族，耻与他姓为婚"。李益是李氏望族人士，霍小玉为地位卑下的歌妓，这也是造成这幕爱情悲剧的深层社会因素。明戏剧家汤显祖，据此编写成传奇剧本《紫钗记》。

长恨传

开元中，泰阶平[1]，四海无事。玄宗在位岁久，倦于旰食宵衣[2]，政无大小，始委于右丞相[3]，稍深居游宴，以声色自娱。先是，元献皇后[4]、武惠妃[5]皆有宠，相次即世[6]。宫中虽良家子千数，无可悦目者。上心忽忽不乐。时每岁十月，驾幸华清宫，内外命妇[7]，熠耀景从[8]，浴日余波[9]，赐以汤沐，春风灵液，澹荡其间，上必油然若有所遇，顾左右前后，粉色如土。

诏高力士潜搜外宫，得弘农杨玄琰女于寿邸[10]。既笄矣，鬓发腻理，纤秾中度[11]，举止闲冶[12]，如汉武帝李夫人[13]。别疏汤泉[14]，诏赐藻莹[15]。既出水，

----

[1] 泰阶平：泰阶，星名，分上阶、中阶、下阶。古人认为天象和人事互相感应，泰阶平，即指人世上至天子，下至庶民，皆谐调和平，也就是天下太平的意思。

[2] 旰（gàn）食宵衣：指日夜忙于国事，连吃饭睡觉都顾不上。一般用于国君、天子。旰食，指日晚而食，过了吃饭时间才吃饭；宵衣，天未明而衣，即大清早就起床。

[3] 右丞相：指李林甫。

[4] 元献皇后：唐玄宗的贵嫔，姓杨，肃宗生母。肃宗朝追尊为元献皇后。

[5] 武惠妃：恒安王武攸止之女，死后尊为贞顺皇后。

[6] 相次即世：一个接一个去世。

[7] 内外命妇：封建时代受诰封的妇女称为"命妇"。分内命妇和外命妇。《通典·职官典》注："皇帝妃嫔及太子良娣以下为内命妇；公主及王妃以下为外命妇。"

[8] 熠耀景从：熠耀，形容首饰衣着都光彩夺目。"景从"，如影随形，形容随从之盛。景，通"影"。

[9] 浴日余波：皇帝所浴汤泉的余波。日，指皇帝。

[10] 得弘农杨玄琰女于寿邸：杨玄琰，虢州（曾改为弘农郡）人。其女杨玉环，原为玄宗子寿王李瑁妃子。玄宗从寿王邸选得玉环，先叫她出家为道姑，然后再纳入宫中。

[11] 纤秾中度：胖瘦恰到好处。

[12] 举止闲冶：举止沉静、娇媚。

[13] 李夫人：李延年的妹妹，美艳善舞，受汉武帝宠幸。死后武帝画其形貌挂于甘泉宫。

[14] 别疏汤泉：另外开辟一处温泉浴室。疏，治理。

[15] 藻莹：华美光滑。一般形容珠玉，这里形容杨贵妃沐浴时肌肤的色泽。

体弱力微，若不任罗绮。光彩焕发，转动照人。上甚悦。进见之日，奏《霓裳羽衣曲》[1]以导之；定情之夕，授金钗钿合以固之[2]。又命戴步摇[3]，垂金珰[4]。明年，册为贵妃，半后服用[5]。繇[6]是冶其容，敏其词，婉娈万态，以中上意。上益嬖焉。时省风[7]九州，泥金五岳[8]，骊山雪夜，上阳[9]春朝，与上行同辇，止同室，宴专席，寝专房。虽有三夫人、九嫔、二十七世妇、八十一御妻，暨后宫才人[10]，乐府妓女，使天子无顾盼意。自是六宫无复进幸者。非徒殊艳尤态致是，盖才智明慧，善巧便佞[11]，先意希旨[12]，有不可形容者。叔父昆弟皆列位清贵，爵为通侯[13]。姊妹封国夫人[14]。富埒王宫[15]，车服邸第，与大长公主[16]侔矣。而恩泽势力，则又过之，出入禁门不问，京师长吏[17]为之侧目。故当时谣咏有云："生女勿悲酸，生男勿喜

---

[1] 《霓裳羽衣曲》：唐代舞曲名。一般认为此曲系由唐玄宗据西凉乐《波罗门》改编润色而成。
[2] 授金钗钿合以固之：赐金钗钿盒，用以巩固爱情。钗两股并连，"合（盒）"字与结合的"合"谐音，所以古时常以钗钿表示永远相爱，用它作爱情的信物。
[3] 步摇：一种首饰，用金丝宛转屈曲制成花枝状或凤凰形，上缀珠玉，插在发髻上，行走时摇动，故叫"步摇"。
[4] 金珰：金质耳珰，一种戴在耳朵上的首饰。
[5] 半后服用：衣服首饰日常费用之量为皇后的一半。
[6] 繇（yóu）：同"由"。
[7] 省风：视察民风。
[8] 泥金五岳：祭祀天地山川，就是封禅（祭天为封，祭地为禅）。"泥金"，以金为泥，作为"泥封"。皇帝祭五岳，把祭文写在简版上，以玉为饰，称为玉牒，盖上玉检（盖子），然后加以泥封，再加上印章。
[9] 上阳：上阳宫，皇帝的行宫。在当时的东都洛阳。
[10] 才人：宫中女官名。唐代设才人七人，四品，掌管吃饭、睡觉、穿衣一类的事务。
[11] 善巧便佞：很会花言巧语。
[12] 先意希旨：意为能揣度唐玄宗的心思，不等他说出就先迎合他。
[13] 爵为通侯：通侯，爵位名。指封为通侯爵。
[14] 姊妹封国夫人：指杨贵妃的三个姊妹分别被封为韩国夫人、虢国夫人、秦国夫人。
[15] 富埒（liè）王宫：其家豪富可与皇室匹敌。埒，同"等"。
[16] 大长公主：皇帝的姑母称"大长公主"。
[17] 长吏：大吏。此处泛指京中大官。

124

欢。"又曰："男不封侯女作妃，看女却为门上楣[1]。"其为人心羡慕如此。

天宝末，兄国忠盗承相位，愚弄国柄[2]。及安禄山引兵向阙，以讨杨氏为词[3]。潼关不守，翠华南幸[4]。出咸阳，道次马嵬亭[5]，六军徘徊，持戟不进。从官郎吏伏上马前，请诛晁错以谢天下[6]。国忠奉牦缨盘水[7]，死于道周。左右之意未快。上问之。当时敢言者，请以贵妃塞天下怨。上知不免，而不忍见其死，反袂掩面，使牵之而去。仓皇展转，竟就死于尺组之下[8]。

既而玄宗狩[9]成都，肃宗受禅灵武[10]。明年，大凶归元[11]，大驾还都。尊玄宗为太上皇，就养南宫[12]。自南宫迁于西内[13]。时移事去，乐尽悲来。每至春之日，冬之夜，池莲夏开，宫槐秋落，梨园弟子，玉琯[14]发音，闻《霓裳羽衣》一声，则天颜不怡，左右歔欷。三载一意，其念不衰。求之梦魂，杳不能得。

---

[1] 看女却为门上楣：楣，门户上的横梁。这里指杨贵妃像门上楣那样支撑着杨家的门户，家族都受宠荣。

[2] 国柄：国家的权柄，即国家权力。

[3] 以讨杨氏为词：这里指安禄山声称奉密诏讨伐杨国忠，引兵十五万，进犯中原。

[4] 翠华南幸：指皇帝唐玄宗南奔入蜀。翠华，皇帝出行的仪仗，旌旗上用翠羽为饰。这里代指皇帝。

[5] 道次马嵬亭：途中停驻马嵬驿。马嵬，一名马嵬山，又名马嵬坡，在今陕西兴平附近。

[6] 请诛晁错以谢天下：晁错，汉景帝时为御史大夫，主张加强中央集权。吴、楚等七国诸侯起兵叛乱，要求"杀晁错以谢天下"，晁错因此被景帝杀害。此指六军请诛杨国忠。谢，认罪。

[7] 奉牦缨盘水：这是古时的一种请罪仪式，白色冠上缀牦牛尾的缨，表示待罪；盘水上放一把剑，表示判罪公平，必要时自刎。

[8] 死于尺组之下：指被吊死。尺组，上吊用的丝绸带子。

[9] 狩：巡狩。皇帝出行叫"巡狩"。

[10] 受禅灵武：指天宝十五载七月肃宗（李亨）在灵武郡（治所在今甘肃灵武西南）即位。受禅，受皇帝所传帝位。

[11] 大凶归元：大凶，指安禄山。归元，指杀头。

[12] 南宫：又称南内，即兴庆宫。

[13] 西内：又称西宫，即太极宫。

[14] 玉琯：即玉管，玉制的管乐器，如箫、笛类。

适有道士自蜀来，知上皇心念杨妃如是，自言有李少君之术[1]。玄宗大喜，命致其神。方士乃竭其术以索之，不至。又能游神驭气，出天界，没地府以求之，不见。又旁求四虚[2]上下，东极天海，跨蓬壶[3]。见最高仙山，上多楼阙，西厢下有洞户，东向，阖其门，署曰："玉妃太真院。"方士抽簪扣扉，有双鬟童女，出应其门。方士造次[4]未及言，而双鬟复入。俄有碧衣侍女又至，诘其所从。方士因称唐天子使者，且致其命[5]。碧衣云："玉妃方寝，请少待之。"于时云海沉沉，洞天日晓，琼户重阖，悄然无声。方士屏息敛足，拱手门下。久之，而碧衣延入，且曰："玉妃出。"见一人冠金莲，披紫绡，佩红玉，曳凤舄[6]，左右侍者七八人。揖方士，问："皇帝安否？"次问天宝十四载已还事。言讫，悯然。指碧衣取金钗钿合，各析其半，受使者曰："为我谢太上皇，谨献是物，寻旧好也。"方士受辞与信[7]，将行，色有不足[8]。玉妃固征其意。复前跪致词："请当时一事，不为他人闻者，验于太上皇不然，恐钿合金钗，负新垣平之诈[9]也。"玉妃茫然退立，若有所思，徐而言曰："昔天宝十载，侍辇避暑于骊山宫。秋七月，牵牛织女相见之夕，秦人风俗，是夜张锦绣，陈

---

[1] 李少君之术：李少君，汉武帝时方士，自称曾游海上，遇到神仙，有长生不老的仙方。这里似指使死去的人重现的道术。
[2] 四虚：四个方位，指东西南北。
[3] 蓬壶：也作蓬莱，传说中的仙山名。
[4] 造次：仓促。
[5] 且致其命：并且说明唐玄宗交给自己的使命。
[6] 凤舄（xì）：饰有凤头的鞋。
[7] 受辞与信：接受玉妃的话和信物。信，信物。指金钗和钿盒。
[8] 色有不足：脸上现出还不满足的神态。
[9] 负新垣平之诈：犯新垣平那样的欺诈之罪。新垣平，汉文帝（刘恒）时人，自称能"望气"，说长安东北有神气，又说阙下有玉气，其实都是假的，被人告发，处死。

神话与故事

饮食，树瓜华[1]，焚香于庭，号为'乞巧'[2]。宫掖[3]间尤尚之。时夜殆半，休侍卫于东西厢，独侍上。上凭肩而立，因仰天感牛女事，密相誓心，愿世世为夫妇。言毕，执手各呜咽。此独君王知之耳。"因自悲曰："由此一念，又不得居此。复堕下界，且结后缘。或为天，或为人[4]，决再相见，好合如旧。"因言："太上皇亦不久人间，幸惟自安，无自苦耳。"使者还奏太上皇，皇心震悼，日日不豫[5]。其年夏四月，南宫晏驾[6]。

元和元年冬十二月，太原白乐天自校书郎尉于盩厔[7]，鸿与琅琊王质夫家于是邑，暇日相携游仙游寺，话及此事，相与感叹。质夫举酒于乐天前曰："夫希代之事，非遇出世之才润色之，则与时消没，不闻于世。乐天深于诗，多于情者也。试为歌之，如何？"乐天因为《长恨歌》。意者[8]不但感其事，亦欲惩尤物，窒乱阶，垂于将来者也。歌既成，使鸿传焉。世所不闻者，予非开元遗民，不得知；世所知者，有《玄宗本纪》[9]在。今但传《长恨歌》云尔。

说明

唐玄宗和杨贵妃的故事，在唐代已广泛流传。唐元稹诗云："寥落古

---

[1] 树瓜华：种植瓜果。这里指陈列瓜果。
[2] 乞巧：阴历七月七日，传说牛郎织女会于天河，人间有乞巧的风俗。
[3] 宫掖：皇宫掖庭。掖庭是嫔妃居住的地方。
[4] 或为天，或为人：或在天上，或在人间。
[5] 不豫：不乐。
[6] 晏驾：皇帝车驾迟出。指皇帝死了。
[7] 尉于盩厔（zhōu zhì）：任盩厔（今陕西周至）县尉。
[8] 意者：揣想起来。意，猜测，意料。者，语助词。
[9] 《玄宗本纪》：当时不一定有此书名，或泛指玄宗史传。

行宫，宫花寂寞红。白头宫女在，闲坐说玄宗。"从一个侧面，生动反映了李杨逸闻的流传面之广。唐五代一些笔记丛书，对这类传说逸闻有不少记录。本文是作者陈鸿在一些民间传说和逸闻基础上编写成的。他本人在作品的末尾作了说明："元和元年冬十二月，太原白乐天自校书郎尉于盩厔，鸿与琅琊王质夫家于是邑，暇日相携游仙游寺，话及此事，相与感叹。质夫举酒于乐天前曰：'夫希代之事，非遇出世之才润色之，则与时消没，不闻于世。'……世所不闻者，予非开元遗民，不得知；世所知者，有《玄宗本纪》在。"本文所叙之事，世有传而书无录，怕"与时消没，不闻于世"才作传的。这从某种程度上正好体现了民间传说的特点及收录情况。

本文与"歌"并传，对后世文学艺术影响极大，演化为多种小说和戏曲。如宋乐史《杨太真外传》，元人白朴《唐明皇秋夜梧桐雨》，清人洪昇《长生殿》。本文一方面讥讽贬斥玄宗贪恋美色，不理朝政，另一方面对他们深挚专一的爱情给予褒扬。

昆仑奴

　　大历中有崔生者，其父为显僚[1]，与盖代之勋臣一品者熟。生是时为千牛[2]，其父使往省[3]一品疾。生少年容貌如玉，性禀孤介[4]，举止安详，发言清雅。一品命妓轴帘[5]，召生入室，生拜传父命，一品忻然爱慕，命坐与语。时三妓入，艳皆绝代，居前以金瓯[6]贮含桃而擘之[7]，沃以甘酪而进：一品遂命衣红绡妓者，擎一瓯与生食。生少年赧妓辈[8]，终不食。一品命红绡妓以匙而进之，生不得已而食。妓哂之。遂告辞而去。一品曰："郎君闲暇，必须一相访，无间[9]老夫也。"命红绡送出院，时生回顾，妓立三指，又反三掌者，然后指胸前小镜子，云："记取。"余更无言。生归达一品意，返学院，神迷意夺，语减容沮，恍然[10]凝思，日不暇食。但吟诗曰："误到蓬山顶上游，明珰玉女动星眸。朱扉半掩深宫月，应照琼芝雪艳愁。"左右莫能究其意。时家中有昆仑[11]奴磨勒，顾瞻郎君曰："心

---

[1]　显僚：贵显的大官。

[2]　千牛：本刀名，谓刀之锋利可割千牛。唐代皇帝的禁卫部队有左右千牛卫，统率执刀侍卫的卫士，多由贵族子弟充任。这里指崔生任千牛卫里的武官。

[3]　省（xǐng）：问候。

[4]　孤介：孤高、方正、不随和。

[5]　轴帘：卷帘。

[6]　金瓯：金碗。显示一品的贵显、豪侈。

[7]　含桃而擘（bò）之：含桃，即樱桃。擘，剖制。樱桃都要擘开，再浇上甘酪来吃，可见其饮食之豪奢。

[8]　赧（nǎn）妓辈：在歌妓们面前脸红。

[9]　间：疏远。

[10]　恍然：恍同"恍"。恍恍惚惚地。

[11]　昆仑：慧琳《一切经音义》卷八十一《大唐西域求法高僧传》卷下"昆仑"一条中云："南海洲岛中夷人也。甚黑，裸形，能驯伏猛兽犀象等……"

中有何事，如此抱恨不已？何不报老奴？"生曰："汝辈何知，而问我襟怀间事？"磨勒曰："但言，当为郎君解释。远近必能成之。"生骇其言异，遂具告知。磨勒曰："此小事耳，何不早言之，而自苦耶？"生又白其隐语。勒曰："有何难会。立三指者，一品宅中有十院歌姬，此乃第三院耳。返掌三者，数十五指，以应十五日之数。胸前小镜子，十五夜月圆如镜，令郎来耶？"生大喜，不自胜，谓磨勒曰："何计而能导达[1]我郁结？"磨勒笑曰："后夜乃十五夜，请深青绢两匹，为郎君制束身之衣。一品宅有猛犬守歌妓院门，非常人不得辄入，入必噬杀之。其警如神，其猛如虎。即曹州孟海之犬[2]也。世间非老奴不能毙此犬耳。今夕当为郎君挝杀[3]之。"遂宴犒以酒肉，至三更，携链椎[4]而往，食顷而回曰："犬已毙讫，固无障塞耳。"是夜三更，与生衣青衣，遂负而逾十重垣，乃入歌妓院内，止第三门。绣户不扃，金釭[5]微明，惟闻妓长叹而坐，若有所俟。翠环初坠，红脸才舒，玉恨无妍，珠愁转莹[6]。但吟诗曰："深洞莺啼恨阮郎，偷来花下解珠珰。碧云飘断音书绝，空倚玉箫愁凤凰[7]。"侍卫皆寝，邻近阒然[8]。生遂缓褰帘而入。良久，验是生。姬跃下榻执生手曰："知郎君颖悟，必能默识，所以手语耳。又不知郎君有何神术，而能至此？"生具告磨勒之谋，负荷而至。姬曰："磨勒何在？"曰："帘外耳。"

---

[1]　导达：这里指打开、排解的意思。

[2]　曹州孟海之犬：曹州，郡治在今山东曹县西北。孟海，疑指隋末曹州农民起义领袖孟海公。

[3]　挝（zhuā）杀：敲杀。

[4]　链椎（chuí）：带链条的铁锤。椎，同"锤"。

[5]　金釭（gōng）：金质的油灯盏，是古代最华贵的灯具。

[6]　"翠环"四句：刚卸下翡翠的耳环，洗去腻在脸上的脂粉，像美玉般的脸上由于愁恨而失去艳冶的神采，像珠子一样宛转、连绵的忧思却越加分明了。

[7]　"碧云"二句：玉箫、凤凰，是用《列仙传》秦穆公女弄玉与其夫萧史，吹箫引凤的典故。这里以弄玉自比，说空倚玉箫，而没有吹箫引凤的萧史，愁不能像弄玉、萧史一样乘凤飞去。这两句含义是埋怨崔生到期不来。

[8]　阒（qù）然：寂静地。

遂召入，以金瓯酌酒而饮之。姬白生曰："某家本富，居在朔方¹。主人拥旄²，逼为姬仆。不能自死，尚且偷生，脸虽铅华，心颇郁结。纵玉箸举馔，金炉泛香，云屏³而每进绮罗，绣被而常眠珠翠，皆非所愿，如在桎梏。贤爪牙⁴既有神术，何妨为脱狴牢⁵。所愿既申，虽死不悔。请为仆隶，愿侍光容⁶。又不知郎君高意如何？"生愀然不语。磨勒曰："娘子既坚确如是，此亦小事耳。"姬甚喜。磨勒请先为姬负其囊橐妆奁，如此三复焉。然后曰："恐迟明⁷。"遂负生与姬而飞出峻垣十余重。一品家之守御，无有警者。遂归学院而匿之。及旦，一品家方觉。又见犬已毙。一品大骇曰："我家门垣，从来邃密，扃锁甚严，势似飞腾，寂无形迹，此必侠士而挈之。元更声闻，徒为患祸耳。"姬隐崔生家二载，因花时驾小车而游曲江。为一品家人潜志认。遂白一品。一品异之。召崔生而诘之事。惧而不敢隐。遂细言端由，皆因奴磨勒负荷而去。一品曰："是姬大罪过。但郎君驱使逾年，即不能问是非，某须为天下人除害。"命甲士⁸五十人，严持兵仗，围崔生院，使擒磨勒。磨勒遂持匕首飞出高垣，瞥若翅翎⁹，疾同鹰隼，攒矢¹⁰如雨，莫能中之。顷刻之间，不知所向。然崔家大惊愕。后一品悔惧，每夕多以家童持剑戟自卫。如此周岁方止。后

---

[1]　朔方：唐代朔方，系袭用汉郡名，设朔方节度使，防卫西北边境。辖区包括今宁夏、甘肃一带。

[2]　拥旄：旄，旄节，皇帝赐给方镇统帅的符信，有军权标志的意味。拥旄，即受皇帝的命令统帅军队，这里指任朔方节度使。

[3]　云屏：用云母制成的屏风，是贵重的室内装饰品。

[4]　贤爪牙：对别人奴仆的敬称。

[5]　狴（bì）牢：狴，狴犴（hān）。杨慎《升庵外集》："龙生九子，四曰狴犴，形似虎，有威力，故立于狱门。"这里即指监狱，比喻在一品家不自由的生活。

[6]　光容：对人的敬称。

[7]　迟明：天快亮了。

[8]　甲士：全副武装的兵士。

[9]　瞥若翅翎：眼睛一眨之间，像有翅膀一样飞去。

[10]　攒矢：箭（向他）集中地射去。

十余年，崔家有人见磨勒卖药于洛阳市，容颜如旧耳。

说明

　　本篇系唐代传奇小说，由民间色彩浓郁的流传故事加工而成，见裴铏《传奇》,《太平广记》卷一百九十四亦收入。宋元南戏有《磨勒盗红绡》，明人杨暹有杂剧《盗红绡》，梅鼎祚有杂剧《昆仑奴》。此故事塑造了一个聪明勇武、身怀绝技的侠士形象，描写他帮助红绡脱离苦海，追求自由幸福的爱情生活，成全主人与红绡的婚姻。

变　文

田昆仑

昔有田昆仑者，其家甚贫，未娶妻室。当家地内，有一水池，极深清妙。至禾熟之时，昆仑向田行，乃见有三个美女洗浴。其昆仑欲就看之，遥见去百步，即变为三个白鹤，两个飞向池边树头而坐，一个在池洗垢中间。遂入谷茇¹底，匍匐而前往来看之。其美女者乃是天女，其两个大者抱得天衣乘空而去。小女遂于池内不敢出池，其天女遂吐实情，向昆仑道："天女当共三个姊妹，出来暂于池中游戏，被池主见之，两个阿姊当时收得天衣而去。小女一身邂逅中间，天衣乃被池主收将，不得露形出池，幸愿池主宽恩，还其天衣，用盖形体出池，共池主为夫妻。"昆仑进退思量，若与此天衣，恐即飞去，昆仑报天女曰："娘子若索天衣者，终不可得矣。若非吾脱衫，与且盖形，得不²？"其天女初时不肯出池，口称至暗而去。其女延引，索天衣不得，形势不似，始语昆仑，亦听君脱衫，将来盖我着出池，共君为夫妻。其昆仑心中喜悦，急卷天衣，即深藏之。遂脱衫与天女，被之出池。语昆仑曰："君畏去时，你急捉我着还我天衣，共君相随。"昆仑生死不肯与天女，即共天女相将归家见母。母实喜欢，即造设席，聚诸亲情眷属之言曰呼新妇。虽则是天女，在于世情，色欲交合，一种同居。日往月来，遂产一子，形容端正，名曰田章。其昆仑点着西行，一去不还。其天女曰：夫之去后，养子三岁，遂启阿婆曰："新妇身是天女，当来之时，身缘幼小，阿耶与女造天衣，乘空而来。今见天衣，不知大小，暂借看之，死将甘美。"其昆仑

---

[1]　茇（bá）：草根。
[2]　得不：得否。不，同"否"。

当行去之日，殷勤属[1]告母言："此是天女之衣，为深举[2]，勿令新妇见之，必是乘空而去，不可更见。"其母告昆仑曰："天衣向何处藏之，时得安稳？"昆仑共母作计，其房自外，更无牢处。惟只阿娘床脚下作孔，盛着中央，恒在头上卧之，岂更取得。遂藏举讫，昆仑遂即西行。去后天女忆念天衣，肝肠寸断，胡至意日无欢喜，语阿婆曰："暂借天衣着看。"频被新妇咬齿[3]，不违其意，即遣新妇且出门外小时，安庠入来。新妇应声即出。其阿婆乃于床脚下取天衣，遂乃视之。其新妇见此天衣，心怀怆切，泪落如雨，拂摸[4]形容，即欲乘空而去。为未得方便，却还分付与阿婆藏着。于后不经旬日，复语阿婆曰："更借天衣暂看。"阿婆语新妇曰："你若着天衣弃我飞去。"新妇曰："先是天女，今与阿婆儿为夫妻，又产一子，岂容离背而去，必无此事。"阿婆恐畏新妇飞去，但令牢守堂门。其天女着衣讫，即腾空从屋窗而出。其老母捶胸懊恼，急走出门看之，乃见腾空而去。姑忆念新妇，声彻黄天，泪下如雨，不自舍死，痛切心肠，终朝不食。其天女在于阎浮提经五年已上，天上始经两日。其天女得脱到家，被两个阿姊皆骂老揞[5]，你共他阎浮众生为夫妻，乃此悲啼泣泪其公母。乃两个阿姊语小女曰[6]："你不须干啼湿哭，我明日共姊妹三人，更去游戏，定见你儿。"其田章年始五岁，乃于家啼哭，唤歌歌娘娘，乃于野田悲哭不休。其时乃有董仲先生来贤行，知是天女之男，又知天女欲来下界。即语小儿曰："恰日中时，你即向池边看，有妇人着白

[1]　属：同"嘱"。
[2]　深举：好好隐藏。
[3]　咬齿：开言求告。
[4]　拂摸：抚摸。
[5]　老揞：郭在贻等人著《敦煌变文集校议》中认为，"揞"疑即"妪"字误书。
[6]　乃此悲啼泣泪其公母。乃两个阿姊语小女曰：据郭在贻等人著《敦煌变文集校议》，这两句话应如此断："乃此悲啼泣泪。其公母及两个阿姊语小女曰。"公母指天公、天母。乃，当为"及"。

练裙，三个来，两个举头看你，一个低头佯不看你者，即是母也。"田章即用董仲之言，恰日中时，遂见池内相有三个天女，并白练裙衫，于池边割菜。田章向前看之，其天女等遥见，知是儿来，两个阿姊语小妹曰："你儿来也。"即啼哭唤言阿娘，其妹虽然惭耻不看，不那肠中而出，遂即悲啼泣泪。三个姊妹遂将天衣，共乘此小儿上天而去。天公见来，知是外甥，遂即心肠怜悯，乃教习学方术伎艺能。至四五日间，小儿到天上，状如下界人间，经十五年已上学问。公语小儿曰："汝将[1]我文书八卷去，汝得一世荣华富贵。倘若入朝，惟须慎语。"小儿旋即下来，天下所有闻者，皆得知之，三才俱晓。天子知闻，即召为宰相。于后殿内犯事，遂以配流西荒之地。于后，官众游猎，在野田之中，射得一鹤，分付厨家烹之。厨家破割其鹤嗉中，乃得一小儿，身长三寸二分，带甲头牟，骂辱不休。厨家以事奏上官家，当时即召集诸群臣百寮，及左右问之，并言不识。王又游猎野田之中，复得一板齿，长三寸二分，赍将归回，捣之不碎，又问诸群臣百官，皆言不识。遂即官家出敕，颁宣天下，谁能识此二事，赐金千斤，封邑万户，官职任选。尽无能识者。时诸群臣百官，遂共商议，惟有田章一人识之，余者并皆不辩。官家遂发驿马走使，急追田章到来。问曰："比来闻君聪明广识，甚事皆知。今问聊天下有大人不？"田章答曰："有。""有者谁也？""昔有秦故彦是皇帝之子，当为昔鲁家斗战，被损落一板齿，不知所在。有人得者，验之官家，自知身得。"更款问曰："天下有小人不？"田章答曰："有。""有者是谁也？""昔有李子敖身长三寸二分，带甲头牟，在于野田之中，被鸣鹤吞之，犹在鹤嗉中游戏，非有一人猎得者，验之即知。"官家道好。又问："天下之中有大声不？"章答曰："有。""有者何也？""雷震七百里，

---

[1]　将：拿去。

霹雳一百七十里，皆是大声。""天下有小声不？"章答曰："有。""有者何也？""三人并行，一人耳声鸣，二人不闻，此是小声。"又问："天下之中，有大鸟不？"田章答曰："有。""有者何也？""大鹏一翼起西王母，举翅一万九千里，然始食，此是也。"又问："天下有小鸟不？"曰："有。""有者何是也？""小鸟者无过鹪鹩之鸟，其鸟常在蚊子角上养七子，犹嫌土广人稀。其蚊子亦不知头上有鸟，此是小鸟也。"帝王遂拜田章为仆射。因此以来，帝王及天下人民，始知田章是天女之子也。

说明：

本篇选自王重民等人编《敦煌变文集》中唐人勾道兴所撰的《搜神记》。本篇即属于广泛流传于全世界的"天鹅处女"型故事。故事曲折丰富，叙述描写生动传神，文字接近口语，是来自口头，由文人记录得最生动最完整的在一千多年前即已成书的一篇古童话。阿拉伯著名故事集《一千零一夜》中《巴索拉银匠哈桑的故事》与本篇基本情节相似。

神话与故事

孔子项讬相问书

昔者夫子[1]东游，行至荆山之下，路逢三个小儿。二小儿作戏，一小儿不做戏。夫子怪而问曰："何不戏乎？"小儿答曰："大戏相煞[2]，小戏相伤，戏而无功，衣破里空。相随掷石，不如归舂。上至父母，下及兄弟，只欲不报，恐受无礼。善思此事，是以不戏，何谓怪乎？"

项讬有相，随拥土作城，在内而座。夫子语小儿曰："何不避车？"小儿答曰："昔闻圣人有言：上知天文，下知地理，中知人情，从昔至今，只闻车避城，岂闻城避车？"夫子当时无言而对，遂乃车避城下道。遣人往问："此是谁家小儿？何姓何名？"小儿答曰："姓项名讬。"

夫子曰："汝年虽少，知事甚大。"小儿答曰："吾闻鱼生三日，游于江海；兔生三日，盘地三亩；马生三日，趁及其母；人生三月，知识父母。天生自然，何言大小！"

夫子问小儿曰："汝知何山无石？何水无鱼？何门无关？何车无轮？何牛无犊？何马无驹？何刀无环？何火无烟？何人无妇？何女无夫？何日不足？何日有余？何雄无雌？何树无枝？何城无使？何人无字？"小儿答曰："土山无石。井水无鱼。空门无关。举车无轮。泥牛无犊。木马无驹。斫刀无环。萤火无烟。仙人无妇。玉女无夫。冬日不足。夏日有余。孤雄无雌。枯树无枝。空城无使。小儿无字。"

夫子曰："善哉！善哉！吾与汝共游天下，可得已否？"小儿答曰："吾不游也。吾有严父，当须侍之；吾有慈母，当需养之；吾有长兄，当

---

[1]　夫子：孔子。
[2]　煞：杀。

需顺之；吾有小弟，当需教之。所以不得随君去也。"

夫子曰："吾车中有双陆局，共汝博戏如何？"小儿答曰："吾不博戏也。天子好博，风雨无期；诸侯好博，国事不治；吏人好博，文案稽迟；农人好博，耕种失时；学生好博，忘读书诗；小儿好博，笞挞及之。此是无益之事，何用学之！"

夫子曰："吾与汝平却天下，可得已否？"小儿答曰："天下不可平也。或有高山，或有江海，或有公卿，或有奴婢，是以不可平也。"

夫子曰："吾以汝平却高山，塞却江海，除却公卿，弃却奴婢，天下荡荡，岂不平乎？"小儿答曰："平却高山，兽无所依；塞却江海，鱼无所归；除却公卿，人作是非；弃却奴婢，君子使谁？"

夫子曰："善哉！善哉！汝知屋上生松，户前生苇，床上生蒲，犬吠其主，妇坐使姑[1]，鸡化为雉，狗化为狐，是何也？"小儿答曰："屋上生松者是其椽，户前生苇者是其箔，床上生蒲者是其席。犬吠其主，为傍有客；妇坐使姑，初来花下也；鸡化为雉，在山泽也；狗化为狐，在丘陵也。"

夫子语小儿曰："汝知夫妇是亲，父母是亲？"小儿曰："父母是亲。"夫子曰："夫妇是亲。生同床枕，死同棺椁，恩爱极重，岂不亲乎？"小儿答曰："是何言与！是何言与！人之有母，如树有根；人之有妇，如车有轮。车破更造，必得其新；妇死更娶，必得贤家。一树死，百枝枯；一母死，众子孤。将妇比母，岂不逆乎？"

小儿却问夫子曰："鹅鸭何以能浮？鸿鹤何以能鸣？松柏何以冬夏常青？"夫子对曰："鹅鸭能浮者缘脚足方，鸿鹤能鸣者缘咽项长，松柏冬夏常青者缘心中强。"小儿答曰："不然也！蝦蟆[2]能鸣，岂犹咽项长？

---

[1]　姑：婆母。
[2]　蝦蟆：即蛤蟆。

神话与故事

龟鳖能浮，岂犹脚足方？胡竹冬夏常青，岂犹心中强？"夫子问小儿曰：
"汝知天高几许，地厚几丈？天有几梁？地有几柱？风从何来？雨从何
起？霜出何边？露出何处？"小儿答曰："天地相却万万九千九百九十九
里，其地厚薄，以矢等同。风出苍梧，雨出高处，霜出于天，露出百草。
天亦无梁，地亦无柱，以四方云而乃相扶，故与为柱，有何怪乎？"

夫子叹曰："善哉！善哉！方知后生实可畏也。"

夫子共项讬对答，下下不如项讬；夫子有心煞项讬，乃为诗曰：

> 孙景悬头而刺股，匡衡凿壁夜偷光，
> 子路为人情好勇，贪读诗书是子张。
> 项讬七岁能言语，报答孔丘甚能强。
> 项讬入山游学去，叉手堂前启娘娘[1]：
> "百尺树下儿学问，不须受记有何方。"
> 耶娘年老昏迷去，寄他夫子两车草；
> 夫子一去经年岁，项讬父母不承忘。
> 取他百束将烧却，余者他日喂牛羊。
> 夫子登时却索草，耶娘面色转无光。
> 当时便欲酬倍价，每束黄金三锭强。
> 金钱银钱总不用，"婆婆项讬在何方？"
> "我儿一去经年岁，百尺树下学文章。"
> "夫子当时闻此语，心中欢喜倍胜常。"
> 夫子乘马入山去，登山蓦岭甚分方。
> 树树每量无百尺，葛蔂交脚甚能长。

---

[1] 娘娘：阿娘。

夫子使人把锹镢，塥着地下有石堂；

一重门里石师子[1]，两重门外石金钢，

入到中门侧耳听，两伴读书似雁行。

夫子拔刀撩乱斫，其人两两不相伤；

化作石人总不语，铁刀割截血汪汪。

项讬残去犹未尽，回头遥望启娘娘；

"将儿赤血瓫盛着，擎向家中七日强。"

阿娘不忍见儿血，擎将泻着粪堆傍。

一日二日竹生根，三日四日竹苍苍，

竹竿森森长百尺，节节兵马似神王。

弓刀器械沿身带，腰间宝剑白如霜，

二人登时却觅胜，谁知项讬在先亡。

夫子当时甚惶怕，州县分明置庙堂。

说明

　　本篇选自王重民等人编《敦煌变文集》，属于赋体，其结构形式是用韵散夹杂的问答体裁，是从《七发》、《七启》衍变而来，"七"是一种赋体，由汉代枚乘首创，其作品即为《七发》，《七启》是曹植的作品。远在汉魏时代，就有民间艺人利用"赋"这种文体来演述故事，具有俳谐成分。本篇通过一个小儿智斗孔子，对孔子进行揶揄、嘲讽，反映了民间百姓对孔子所宣扬的礼教的虚伪性的讽刺。

---

[1]　师子：狮子。

　　　　　　　　　　　　　神话与故事

捉季布传文一卷

大汉三年楚将季布骂阵汉王羞耻群臣拔马收军词文：

昔时楚汉定西秦，未辨龙蛇立二君。

连年战败江河沸，累岁相持日月昏。

汉下谋臣真似雨，楚家猛将恰如云，

各佐本王争社稷，数载交锋未立尊。

后至三年冬十月，沮水河边再举军，

楚汉两家排阵讫，观风占气势相吞。

马勒銮珂[1]人系甲，各忧胜败在逡巡。

楚家季布能词说，官为御史大夫身，

写奏霸王夸辩捷，称："有良谋应吉辰，

臣见两家排阵讫，虎斗龙争必损人。

臣骂汉王三五口，不施弓弩遣抽军。"

霸王闻奏如斯语："据卿所奏大忠臣！

戈戟相冲犹不退，如何闻骂肯抽军？

卿既舌端怀辩捷，不得妖言误寡人！"

季布既蒙王许骂，意似狞龙拟吐云。

遂唤上将钟离末，各将轻骑后随身。

出阵抛旗强百步，驻马攒蹄不动尘。

腰下狼牙碇[1]四羽，臂上鸟号挂六钧，

顺风高绰低牟帜，逆箭长垂镴[2]甲裙。

遥望汉王招手骂，发言可以动乾坤。

高声直嗷[3]呼："刘季！公是徐州丰县人。

母解缉[4]麻居村墅[5]，父能牧放住乡村。

公曾泗水为亭长，久于阛阓[6]受饥贫。

因接秦家离乱后，自号为王假乱真。

鸦[7]鸟如何披凤翼？鼋龟[8]争敢挂龙鳞！

百战百输天不佑，士率三分折二分。

何不草绳而自缚，归降我王乞宽恩；

更若执迷夸斗敌，活捉生擒放没因。"

鼙鼓未施旗未播，语大言高一一闻。

汉王被骂牵宗祖，羞看左右耻君臣。

凤怯寒鸦嫌树闹，龙怕凡鱼避水昏，

拔马挥鞭而便走，阵似山崩遍野尘。

走到下坡而憩歇，重整戈牟问大臣：

"昨日两军排阵战，忽闻二将语纷纭，

阵前立马摇鞭者，骂詈高声是甚人？"

问讫萧何而奏曰："昨朝二将骋顽嚣，

---

[1]　碇：木垫。

[2]　镴：同"锁"。

[3]　嗷（dàn）：同"唉"，这里是引诱的意思。

[4]　缉（qī）：析麻搓接成线。

[5]　墅（shù）：农村的简陋房子。

[6]　阛阓：指市区。阛，市区的墙；阓，市区的门。

[7]　鸦（yā）：同"鸦"。

[8]　鼋龟（yuán guī）鼋，大鳖；龟，乌龟。

凌毁大王臣等辱，骂触龙颜天地嗔。
骏马彫鞍穿镖甲，旗下依依认得真，
只是季布钟离末，终之更不是余人。"
汉王闻语深怀怒，拍按频眉[1]叵耐嗔。
"不能助汉余狂寇，假政迋邦毁寡人。
寡人若也无天分，公然万事不言论；
若得片云遮头上，楚将投来总安存，
唯有季布钟离末，火炙油煎未是迍[2]。
卿与寡人同记着，抄名录姓莫因循。
忽期南面称尊日，活捉粉骨细飏尘。"
后至五年冬十月，会垓灭楚静烟尘。
项羽乌江而自刎，当时四塞绝芬芸。
楚家败将来投汉，汉王与赏尽垂恩；
唯有季布钟离末，始知口是祸之门。
不敢显名于圣代，分头逃难自藏身。
是时汉帝兴皇业，长安登极独称尊。
四人乐业三边静，八表来甦万姓忻。
圣德巍巍而偃武，皇恩荡荡尽修文。
心念未能诛季布，当是龙颜眉不分，
遂令出敕于天下，遣捉艰凶搜逆臣。
捉得赏金官万户，藏隐封刀斩一门。
旬日敕文天下遍，不论州县配乡村。
季布得知皇帝恨，惊狂莫不丧神魂。

---

[1]　频眉：频，同"颦"，皱眉。
[2]　迍（zhūn）：困顿。

唯嗟世上无藏处，天宽地窄大愁人，
遂入历山嵚谷内，偷生避死隐藏身。
夜则村墅偷飱馔[1]，晓入山林伴兽群。
嫌日月、爱星辰，昼潜暮出怕逢人，
大丈夫儿遭此难，都缘不识圣明君。
如斯旦夕愁危难，时时自叹气如云。
一自汉王登九五，黎庶昭苏万姓忻；
唯我罪浓忧性命，究竟如何问此身。
自刎他诛应有日，冲天入地若无因。
忍饥受渴终难过，须投分义旧情亲。
初更乍黑人行少，越墙直入马坊门，
更深潜至堂阶下，花药园中影树身。
周氏夫妻飧[2]馔次，须臾敢得动精神；
罢饭停飧惊耳热，捻筋横匙怪眼瞤[3]，
忽然起立望门问："阶下干当是鬼神？
若是生人须早语，忽然是鬼奔丘坟；
问看不言惊动仆，利剑钢刀必损君！"
季布暗中轻报曰："可想阶下无鬼神！
只是旧时亲分义，夜送千金来与君。"
周谥按声而问曰："凡是千金须有恩，
记道远来酬分义，此语应虚莫再论。
更深越墙来入宅，夜静无人但说真。"

---

[1]　飱馔：飱（sūn），同"飧"，晚饭；馔，饮食。
[2]　飧：同"餐"。
[3]　瞤（rún）：目动，俗谓眼跳。

季布低声而对曰："切莫语高动四邻。

不问未能谈¹说得，既蒙垂问即申陈。

深夜不必盘名姓，仆是去年骂阵人！"

周氏便知是季布，下阶迎接叙寒温。

乃问："大夫自隔阔，寒暑频移度数春，

自从有敕交寻捉，何处藏身更不闻。"

季布开言而涕泣："自往难危切莫论。

一从骂破高皇阵，潜山伏草受艰辛。

似鸟在罗忧翅羽，如鱼向鼎惜歧鳞。

特将残命投仁弟，如何垂分乞安存。"

周氏见其言恳切："大夫请不下心神。

一自相交如管鲍，宿素情深旧拔尘。

今受困厄天地窄，更向何边投甚人？

九族潘遭违敕罪，死生相为莫忧身。"

执手上堂相对坐，索飨同飡酒数巡。

周氏向妻申子细，还道："情浓旧故人。

今遭国难来投仆，轸莫谈扬闻四邻。"

季布遂藏覆壁内，鬼神难知人不闻。

周氏身名缘在县，每朝巾帻入公门。

处分交妻盘送飨，礼同翁伯好供懃²。

争那高皇酬恨切，扇开帘捲问大臣：

"朕遣诸州寻季布，如何累月音不闻？

应是官寮心怠慢，至今逆贼未藏身。"

---

[1]　谈：无拘束。

[2]　懃（qín）：殷勤。

遂遣使司重出敕，改条换格转精懃。

白土拂墙交画影，丹青画影更遽真；

所在两家团一保，察有知无具状申。

先拆重棚除覆壁，后交播土更飏尘；

寻山逐水薰岩穴，踏草搜林塞墓门。

察貌勘名擒捉得，赏金赐玉拜官新；

藏隐一湌停一宿，灭族诛家斩六亲。

仍差朱解为齐使，面别天阶出国门。

骤马摇鞭旬日到，望捉奸凶贵子孙。

来到濮阳公馆下，且述天心宣敕文。

州官县宰皆忧惧，捕捉惟愁失帝恩。

其时周氏闻宣敕，由如大石陌心珎。

自隐时多藏在宅，骨寒毛竖失精神。

归到壁前看季布，面如土色结眉频，

良久沉吟无别语，唯言祸难在逡巡。

季布不知新使至，却著言辞怪主人：

"院长不须相恐嚇，仆且常闻俗谚云，

古来久住令人贱，从前又说水烦昏。

君嫌叨黩[1]相轻弃，别处难安负罪身，

结交义断人情薄，仆应自煞在今晨。"

周氏低声而对曰："兄且听言不用嗔。

皇帝恨兄心紧切，专使新来宣敕文。

黄牒分明椌在市，垂赏捶金条格新。

---

[1]　叨黩：叨扰、轻慢。

先拆重棚除覆壁，后交播土更飔尘。

如斯严迅交寻捉，兄身弟命大难存。

兄且况曾为御史，德重官高艺绝伦；

氏且一家甘鼎镬，可惜兄身变微尘。”

季布惊忧而问曰：“只今天使是谁人？”

周氏报言：“官御史，名姓朱解受皇恩。”

其时季布闻朱解，点头微笑两眉分。

“若是别人忧性命，朱解之徒何是伦。

见论无能虚受福，心麤[1]缺武又亏文。

直饶堕却千金赏，遮莫高捶万挺银。

皇威敕牒虽严讯，播尘扬土也无因。

既交朱解来寻捉，有计隈衣[2]出得身。”

周氏闻言心大怪，出语如风弄国君。

“本来发使交寻捉，兄且如何出得身？”

季布乃言：“今有计，弟但看仆出这身。

髡发剪头披短褐，假作家生一贱人。

但道兖州庄上客，随君出入往来频。

待伊朱解回归日，扣马行头卖仆身。

朱解忽然来买口，商量莫共苦争论；

忽然买仆身将去，擎鞭执帽不辞辛。

天饶得见高皇面，由如病鹤再凌云。”

便索剪刀临欲剪，改形移貌痛伤神，

擗发捻刀临拟剪，气填胸臆泪纷纷。

---

[1] 麤：“粗”的异体字。

[2] 隈衣：别本作“隈依”，此指费番周折可出身。

自嗟告其周院长："仆恨从前心眼昏，

枉读诗书虚学剑，徒知气候别风云。

辅佐江东无道主，毁骂咸阳有道君，

致使发肤惜不得，羞看日月耻星辰。

本来事主夸忠赤，变为不孝辱家门。"

言讫捻刀和泪剪，占顶遮眉长短匀，

炭染为疮烟肉色，吞炭移音语不真。

出门入户随周氏，邻家信道典仓身。

朱解东齐为御史，歇息因行入市门。

见一贱人长六尺，遍身肉色似烟勋。

神迷鬼惑生心买，待将逞似洛阳人，

问："此贱人谁是主？仆拟商量几贯文？"

周氏马前来唱喏，一依前计具咨闻：

"氏买典仓缘欠缺，百金即卖救家贫。

大夫若要商量取，一依处分不争论。"

朱解问其周氏曰："有何能德直千金？"

周氏便夸身上艺："虽为下贱且超群，

小来父母心怜惜，缘是家生抚育恩。

偏切按磨能柔软，好衣缫襥[1]着香勋，

送语传言兼识字，会交伴恋入庠门。

若说乘骑能结绾，曾向庄头牧马群。

莫惜百金俱买取，酌量驱使不顽嚣。"

朱解见夸如此艺，遂交书契验虚真。

---

[1]　缫襥：缫（xiè），同"绁"，牵牲畜的绳子，引申为系。襥，同"褶"。

典仓牒𣾷[1]而吮笔，便呈字势似崩云。

题姓署名似凤舞，书年着月象焉存。

上下撒花波对当，行间铺锦草和真。

朱解低头亲看札，口哕目瞪忘收唇。

良久摇鞭相叹羡，看他书札署功勋。

非但百金为上价，千金于口合校分。

遂给价钱而买得，当时便遣涉风尘。

季布得他相接引，擎鞭执帽不辞辛。

朱解押良何所似，由如烟影岭头云。

不经旬日归朝阙，且奏东齐无此人。

皇帝既闻无季布，劳卿虚去涉风尘。

放卿歇息归私第，是朕宽肠未合分。

朱解殿前闻帝语，怀忧拜舞出金门。

归宅亲故来软脚，开筵列馔广铺陈。

买得典仓缘利智，厅堂夸向往来宾。

闲来每共论今古，闷即堂前话典坟。

从兹朱解心怜惜，时时夸说向夫人：

"虽然买得愚庸使，实是多知而广闻。

天罚带钳披短褐，似山藏玉蛤含珍；

是意存心解相向，仆应抬举别安存。"

商量乞与朱家姓，脱钳除褐换衣新。

今既收他为骨肉，令交内外报诸亲。

莫唤典仓称下贱，总交唤作大郎君。

---

[1] 𣾷：同"纸"。

试交骑马捻毬杖，忽然击拂便过人，

马上盘枪兼弄剑，弯弓倍射胜陵君。

勒辔邀鞍双走马，跷身独立似生神。

挥鞭再骋堂堂貌，敲镫重夸檀檀身。

南北盘旋如掣电，东西怀协似风云。

朱解当时心大怪，愕然直得失精神。

心巇买得庸愚使，看他意气胜将军。

名曰典仓应是假，终知必是楚家臣。

唤向厅前而问曰："濮阳之日为因循，

用却百金忙买得，不曾子细问根由。

看君去就非庸贱，何姓何名甚处人？"

季布既蒙子细问，心口思惟要说真。

击分声悽而对曰："说着来由愁煞人！

不问且言为贱士，既问须知非下人。

楚王辩士英雄将，汉帝怨家季布身。"

朱解忽闻称季布，战灼唯忧祸入门。

"昨见司天占奏状，三台八坐甚纷芸。

又奏逆臣星昼现，早疑恐在百寮门。

不期自己遭狼狈，将此情由何处申！

诛斩解身甘受死，一门骨肉尽遭迍。"

季布得知心里怕，甜言美语却安存：

"不用惊狂心草草，大夫定意但安身，

见今天下搜寻仆，捉得封官金百斤。

君但送仆朝门下，必得加官品位新。"

朱解心巇无远见，拟呼左右送他身。

神话与故事

季布出言而便吓：“大夫大似醉昏昏！
顺命受恩无酌度，合见高皇严敕文。
捉仆之人官万户，藏仆之家斩六亲。
况在君家藏一月，送仆先忧自灭门！”
朱解被其如此说，惊狂转转丧神魂。
“藏着君来忧性命，送君又道灭一门；
世路尽言君足计，今且如何免祸迍？”
季布乃言：“今有计，必应我在君亦存！
明日厅堂排酒馔，朝下总呼诸大臣。
座中但说东齐事，道仆愆尤罪过频；
仆即出头亲乞命，脱祸除殃必有门。”
屈得夏侯萧相至，登筵赴会让卑尊。
朱解自缘心里怯，东齐季布便言论。
侯璎当得心惊怪，遂与萧何相顾频。
二臣坐上而言说：“深劳破费味如珍！
皇帝交君捉季布，公然藏在宅中存；
谩排酒馔应难吃，久坐时多恐捉人。”
二臣拂手抬身起，朱解愁怕转芬芸。
二相宅门才上马，朱解亲来邀屈频。
“解且宅中无季布，且愿从容酒一巡！”
侯璎既说无季布，察色听声验取真，
离鞍下马重登会，既无季布却排论。
是时酒至萧何年，动乐唯闻歌曲新。
季布幕中而走出，起居再拜叙寒温。
上厅抱膝而呼足，淹土叉灰乞命频。

"布曾骂阵轻高祖，合对三光自杀身。
藏隐至今延草命，恨悔空留血泪痕；
担偬负罪来祇候，死生今望相公恩。"
二相坐前相揉见，"惭愧英雄楚下臣，
忆昔挥鞭骂阵日，低牟镰甲气如云。
奈何今日遭摧伏，貌改身移作贱人，
争那高皇酬恨切，仆且如何救得君？"
季布鞠躬而启曰："相公试与奏明君！
但道曾过来解宅，闻说东齐户口贫，
州官县宰皆忧惧，良田胜土并荒榛。
为立千金搜季布，家家徒费徒耕耘。
陛下舍偬休倍足，免其金玉感黎民。
此言奏彻高皇耳，必得诸州收敕文。"
侯璎萧何深蒙计，"据君良计大尖新。
要其舍罪收皇敕，半由天子半由臣。
今日与君应面奏，后世徒知人为人。"
萧何便嘱侯璎奏，面对天阶见至尊。
具奏："东齐人失业，望金徒费罢耕耘。
陛下舍偬休寻捉，免其金玉感黎民。"
皇帝既闻人失业，失声忆得《尚书》云：
"民唯邦本倾慈惠，本固宁在养人恩。
朕闻旧酬荒国土，荏苒交他四海贫。
依卿所奏休寻捉，解冤释结罢言论！"
侯璎拜舞辞金殿，来看季布助欢忻。
"皇帝舍偬收敕了，君作无忧散惮身！"

　　　　　　　　　　　　　神话与故事

季布闻言心更大，"仆恨多时受苦辛。
虽然奏彻休寻捉，且应潜伏守灰尘；
若非有敕千金诏，乍可遭诛徒现身。"
侯璎闻语怀嗔怒，"争肯将金诏逆臣！"
季布鞠躬重启曰："再奏应开尧舜恩。
但言季布心顽硬，不惭圣德背皇恩。
自知罪浓忧鼎镬，怕投戎狄越江津。
结集狂兵侵汉土，边方未免动烟尘，
一似再生东项羽，二忧重起定西秦。
陛下千金诏召取，必能匡佐作忠臣。"
侯璎闻说如斯语，据君可以拨星辰。
仆便为君重奏去，将表呈时潘帝嗔，
乞待早朝而入内，具表前言奏帝闻：
"昨奉圣慈舍季布，国泰人安喜气新。
臣忧季布多顽逆，不惭圣泽皆皇恩。
陛下登朝休寻捉，怕投戎狄越江津。
结集狂兵侵汉土，边方未免动灰尘，
一似再生东项羽，二忧重起定西秦。
臣闻季布能多计，巧会机谋善用军，
摧锋状似霜凋叶，破阵由如风卷云。
但立千金诏召取，必有忠贞报国恩。"
皇帝闻言情大悦："劳卿忠谏奏来频！
朕缘争位遭伤中，遍体油疮是箭痕。
梦见楚家犹战灼，况忧季布动乾坤。
依卿所奏千金召，山河为誓典功勋。"

季布既蒙赏牌召，顿改愁肠修表文。

表曰："臣作天尤合粉身！

臣住东齐多朴真！生居陋巷长蓬门。

不知陛下怀龙分，辅佐江东狼虎君。

狂谋骂阵牵宗祖，自致煎熬鼎镬迍。

陛下登朝宽圣代，大开舜日布尧云。

罪臣不煞将金诏，感恩激切卒难申。

乞臣残命归农业，生死荣华九族忻。"

当时随来于朝阙，所司引对入金门。

皇帝卷帘看季布，思量骂阵忽然嗔。

遂令武士齐擒捉，与朕煎熬不用存。

临至捉到萧墙外，季布高声殿上闻：

"圣明天子堪匡佐，谩语君王何是论！

分明出敕千金诏，赚到朝门却杀臣。

臣罪受诛虽本分，陛下争堪后世闻！"

皇帝登时闻此语，回嗔作喜却交存。

"怜卿计策多谋略，旧恶些些总莫论，

赐卿锦帛并珍玉，兼拜齐州为太守，

放卿衣锦归乡井，光荣禄重贵宗亲。"

季布得官而谢敕，拜舞天阶喜气新。

说明

本篇选自王重民等人编《敦煌变文集》，属于唐代通俗文学中的"词

　　　　　　　　　　　　　神话与故事

文"一类。词文是在民间联章歌辞的影响下发展起来的，其体制基本上是诗歌体，全篇通押一韵到底。本文篇幅宏伟，语言通俗，以大量对话来展示人物活动，并且有不少细节描写，既摆脱了《史记》《汉书》等史传文学直接铺陈的简单叙事风格，又承启了历代叙事文学的多维叙述视角，这对后来话本小说的人物塑造，有较大的启示。

消面虫

吴郡陆颙，家于长城之东，其世以明经仕。颙自幼嗜面，为食愈多而质愈瘦。及长，从本郡贡于礼部，既下第，遂为生太学中。后数月，有胡人数辈挈酒食诣其门。既坐，顾谓颙曰："吾南越人，长蛮貃[1]中，闻唐天天子网罗天下英俊，且欲以文化动四夷，故我航海梯山来中华，将观文物之光。惟吾子[2]峨焉其冠，襜焉其裾，庄然其容，肃然其仪，真唐朝儒生也。故我愿与子交欢。"颙谢曰："颙幸得籍于太学，然无他才能，何足下见爱之深也？"于是相与酬燕，极欢而去。颙，信士也，以为群胡不我欺。旬余，群胡又至，持余缗为颙寿[3]。颙志疑其有他，即固拒之。胡人曰："吾子居长安中，惶惶然有饥寒色，故持金缯为子仆马一日之费，所以交吾子欢尔。岂有他哉？幸勿疑我也。"颙不得已，受金缯。及胡人去，太学中诸生闻之，偕来谓颙曰："彼胡率好利不顾其身，争米盐之微，尚致相贼杀者，宁肯轻金缯为君寿乎？且太学中诸生甚多，何为独厚君耶？君匿身郊野间，以避再来也。"颙遂侨居于渭上，杜门不出。仅月余，群胡又诣其门。颙大惊。胡人喜曰："比君在太学中，我未得尽言。今君退处郊野，果吾心也。"既坐，胡人挈颙手而言曰："我之来，非偶然也，盖欲富君尔，幸望知之。且我所祈，于君固无害，于我则大惠也。"颙曰："谨受教。"胡人曰："吾子好食面乎？"曰："然。"又曰："食面者，非君也，乃君肚中一虫尔。今我欲以一粒药进君，君饵之，当吐出虫。则我以厚价

---

[1]　蛮貃：蛮，我国古代称南方民族。貃，古代称东北方的民族。此处指偏远地区。
[2]　吾子：对陆颙的敬称。
[3]　寿：赠礼。

　　　　　　　　　　　　　　　　　　　　神话与故事

从君易之，其可乎？"颙曰："若诚有之，又安有不可耶？"已而胡人出一粒药，其色光紫，命饵之。有顷，遂吐出一虫，长二寸许，色青，状如蛙。胡人曰："此名消面虫，实天下之奇宝也。"颙曰："何以识之？""吾尝见宝气亘天，起于太学中，故我特访而取之。然自一月余，清旦望之，见斯气移于渭水上，果君迁居焉。夫此虫禀天地中和之气而生，故好食面，盖以麦自秋始种，至来年夏季方始成实，受天地四时之全气，故嗜其味焉。君宜以面食之，可见矣。"颙即以面斗余致其前，虫乃食之立尽。颙又问曰："此虫安所用也？"胡人曰："夫天下之奇宝，俱禀中和之气。此虫乃中和之粹也。执其本而取其末，其远乎哉？"既而以函盛其虫，又金箧扃之，命颙致于寝室。谓颙曰："明日当自来。"及明旦，胡人以十辆车辇金玉绢帛约数万献于颙，共持金函而去。颙自此大富，治园田为养生具，日食果肉，衣鲜衣，游于长安中，号豪士。仅岁余，群胡又来，谓颙曰："吾子能与我偕游海中乎？我欲探海中之奇宝以夸天下，而吾子岂非好奇之士耶？"颙既以甚富，素享闲逸自遂，即与群胡俱至海上。胡人结宇而居，于是置油膏于银鼎中，构火其下，投虫于鼎中，炼之，七日不绝燎。忽有一童，分发，衣青襦，自海中出，捧白玉盘，盘中有径寸珠甚多，来献胡人。胡人大声叱之。其童色惧，捧盘而去。仅食顷，又有一玉女，貌极冶，衣霞绡之衣，佩玉珥珠，翩翩自海中而出，捧紫玉盘，中有珠数十，来献胡人。胡人叱之，玉女捧盘而去。俄有一仙人，戴碧瑶冠，被霞衣，捧绛帕籍，籍中有一珠，径二寸许，奇光泛空，照数十步。仙人以珠献胡人。胡人笑而受之。喜谓颙曰："至宝来矣。"即命绝燎。自鼎中收虫，置金函中。其虫虽炼之且久，而跳跃如初。胡人吞具珠，谓颙曰："子随我入海中，慎无惧。"颙即执胡人佩带，从而入焉。其海水皆豁开数步，鳞介之族，俱辟易[1]而去。乃游龙宫，入蛟室，奇珍怪宝，惟意所择。

---

[1]　辟易：避开。

才一夕，而其获甚多。胡人谓颙曰："此可以致亿万之资矣。"已而又以珍贝数品遗颙。径于南越货金千镒[1]，由是益富。其后竟不仕，老于闽越，而甲于巨室也。

说明

　　本篇选自唐代张读《宣室志》卷一，是胡人寻宝故事，想象奇特，描写生动。与明代凌濛初《初刻拍案惊奇》中《转运汉遇巧洞庭红　波斯胡指破鼍龙壳》中胡高识宝事似有渊源关系。

---

[1]　镒：古代重量单位，合古代的二十两，一说是二十四两。

神话与故事

话　本

沈小官一鸟害七命

飞禽惹起祸根芽，七命相残事可嗟。

奉劝世人须鉴戒，莫教儿女不当家。

话说大宋徽宗朝宣和三年，海宁郡武林门外北新桥下有一机户，姓沈名昱，字必显，家中颇为丰足。娶妻严氏，夫妇恩爱，单生一子，取名沈秀，年长一十八岁，未曾婚娶。其父专靠织造段匹为活，不想这沈秀不务本分生理，专好风流闲耍，养画眉过日。父母因惜他一子，以此教训他不下，街坊邻里取他一个诨名，叫做"沈鸟儿"。每日五更提了画眉，奔入城中柳林里来拖画眉，不只一日。

忽至春末夏初，天气不暖不寒，花红柳绿之时，当日沈秀清晨起来，梳洗罢，吃了些点心，打点笼儿，盛着个无比赛[1]的画眉。这畜生只除天上有，果系间无，将他各处去斗，俱斗他不过，成百十贯赢得，因此十分爱惜他，如性命一般。做一个金漆笼儿，黄铜钩子，哥窑的水食罐儿，绿纱罩儿，提了在手，摇摇摆摆径奔入城，往柳林里去拖画眉。不想这沈秀一去，死于非命。好似：

猪羊进入宰生家，一步步来寻死路。

当时沈秀提了画眉径到柳林里来，不意来得迟些，众拖画眉的俱

---

[1]　无比赛：无可匹敌。

已散了，净荡荡，黑阴阴，没一个人往来。沈秀独自一个，把画眉挂在柳树上叫了一回。沈秀自觉没情没绪，除了笼儿正要回去，不想小肚子一阵疼滚将上来，一块儿蹲到在地上。原来沈秀有一件病在身上，叫做"主心馄饨"，一名"小肠疝气"，每常一发一个小死。其日想必起得早些，况又来迟，众人散了，没些情绪，闷上心来，这一次甚是发得凶，一跷倒在柳树边，有两个时辰不醒人事。

你道事有凑巧，物有偶然，这日有个箍桶的，叫做张公，挑着担儿径往柳林里，穿过褚家堂做生活。远远看见一个人倒在树边，三步那做两步，近前歇下担儿。看那沈秀脸色腊查黄的，昏迷不醒，身边并无财物，止有一个画眉笼儿。这畜生此时越叫得好听，所以一时见财起意，穷极计生，心中想道："终日括得这两分银子，怎地得快活？"只是这沈秀当死，这画眉见了张公，分外叫得好。张公道："别的不打紧，只这个画眉，少也值二三两银子。"便提在手，却待要走。不意沈秀正苏醒，开眼见张公提着笼儿，要挣身子不起，只口里骂道："老忘八，将我画眉那里去？"张公听骂："这小狗入的，忒也嘴尖！我便拿去，他倘爬起赶来，我倒反吃他亏。一不做，二不休，左右是歹了。"却去那桶里取出一把削桶的刀来，把沈秀按住一勒，那弯刀又快，力又使得猛，那头早滚在一边。张公也慌张了，东观西望，恐怕有人撞见。却抬头，见一株空心杨柳树，连忙将头提起，丢在树中。将刀放在桶内，笼儿挂在担上，也不去褚家堂做生活，一道烟径走，穿街过巷，投一个去处。你道只因这个画眉，生生的害了几条性命。正是：

人间私语，天闻若雷。暗室亏心，神目如电。

当时张公一头走，一头心里想道："我见湖州墅里客店内有个客人，时常要买虫蚁，何不将去卖与他？"一径望武林门外来。

也是前生注定的劫数，却好见三个客人，两个后生跟着，共是五人，正要收拾货物回去，却从门外进来。客人俱是东京汴梁人，内中有个姓李名吉，贩卖生药，此人平昔也好养画眉，见这箍桶担上好个画眉，便叫张公借看一看。张公歇下担子，那客人看那画眉毛衣并眼生得极好，声音又叫得好，心里爱它，便问张公："你肯卖么？"此时张公巴不得脱祸，便道："客官，你出多少钱？"李吉转看转好，便道："与你一两银子。"张公自道着手了，便道："本不当计较，只是爱者如宝，添些便罢。"那李吉取出三块银子，秤秤看到有一两二钱，道："也罢。"递与张公。张公接过银子看一看，将来放在荷包里，将画眉与了客人，别了便走。口里道："发脱得这祸根，也是好事了。"不上街做生理，一直奔回家去，心中也自有些不爽利。正是：

作恶恐遭天地责，欺心犹怕鬼神知。

原来张公正在涌金门城脚下住，止婆老两口儿，又无儿子。婆儿见张公回来，便道："箧子一条也不动，缘何又回来得早？有甚事干？"张公只不答应，挑着担子径入门歇下，转身关上大门，道："阿婆，你来，我与你说话。恰才如此如此，谋得这一两二钱银子，与你权且快活使用。"两口儿欢天喜地，不在话下。

却说柳林里无人来往，直至巳牌时分，两个挑粪庄家打从那里过，见了这没头尸首挡在地上，吃了一惊，声张起来，当坊里甲邻佑一时嚷动。本坊申呈本县，本县申府。次日，差官吏仵作人等前来柳阴里，检验得浑身无些伤痕，只是无头，又无苦主，官吏回覆本府。本府差应捕挨获凶身，城里城外，纷纷乱嚷。

却说沈秀家到晚不见他回来，使人去各处寻不见。天明央人入城寻时，只见湖州墅嚷道："柳林里杀死无头尸首。"沈秀的娘听得说，想道："我的儿子昨日入城拖画眉，至今无寻他处，莫不得是他？"连叫丈夫："你必须自进城打听。"沈昱听了一惊，慌忙自奔到柳林里看了无头尸首，仔细定睛上下看了衣服，却认得是儿子，大哭起来。本坊里甲道："苦主有了，只无凶身。"其时沈昱径到临安府告说："是我的儿子昨日五更入城拖画眉，不知怎的被人杀了，望老爷做主！"本府发放各处应捕及巡捕官，限十日内要捕凶身着。沈昱具棺木盛了尸首，放在柳林里，一径回家，对妻说道："是我儿子被人杀了，只不知将头何处去了。我已告过本府，本府着捕人各处捉获凶身。我且自买棺木盛了，此事如何是好？"严氏听说，大哭起来，一跤跌倒。不知五脏何如，先见四肢不举。正是：

身如五鼓衔山月，气似三更油尽灯。

当时众人灌汤，救得苏醒，哭道："我儿日常不听好人之言，今日死无葬身之地。我的少年的儿，死得好苦！谁想我老来无靠！"说了又哭，哭了又说，茶饭不吃。丈夫再三苦劝，只得勉强过了半月，并无消息。

沈昱夫妻二人商议，儿子平昔不依教训，致有今日祸事，吃人杀了，没捉获处，也只得没奈何，但得全尸也好。不若写个帖子，告禀四方之人，倘得见头全了尸首，待后又作计较。二人商议已定，连忙便写了几张帖子满城去贴，上写："告知四方君子，如有寻获得沈秀头者，情愿赏钱一千贯；捉得凶身者，愿赏钱二千贯。"将此情告知本府，本府亦限捕人寻获，亦出告示道："如有人寻得沈秀头者，官给赏钱五百贯；如捉获凶身者，赏钱一千贯。"告示一出，满城哄动不题。

且说南高峰脚下有一个极贫老儿，姓黄，诨名叫做黄老狗，一生为

　　　　　　　　　　　　　　　　　　　神话与故事

人鲁拙，抬轿营生。老来双目不明，止靠两个儿子度日，大的叫做大保，小的叫做小保。父子三人，正是衣不遮身，食不充口，巴巴急急，口食不敷。一日，黄老狗叫大保、小保到来："我听得人说，甚么财主沈秀吃人杀了，没寻头处。今出赏钱，说有人寻得头者，本家赏钱一千贯，本府又给赏五百贯。我今叫你两个别无话说，我今左右老了，又无用处，又不看见，又没趁钱。做我着，教你两个发迹快活，你两个今夜将我的头割了埋在西湖水边，过了数日，待没了认色，却将去本府告赏，共得一千五百贯钱，却强似今日在此受苦。此计大妙，不宜迟，倘被别人先做了，空折了性命。"只因这老狗失志，说了这几句言语，况兼两个儿子又是愚蠢之人，不省法度的。正是：

> 口是祸之门，舌是斩身刀。
>
> 闭口深藏舌，安身处处牢。

当时两个出到外面商议。小保道："我爷设这一计大妙，便是做主将元帅，也没这计策。好便好了，只是可惜没了一个爷。"大保做人又狠又呆，道："看他左右只在早晚要死，不若趁这机会杀了，去山下掘个坑埋了，又无踪迹，那里查考？这个叫做'趁汤推'又唤做'一抹光'。天理人心，又不是我们逼他，他自叫我们如此如此。"小保道："好倒好，只除等睡熟了，方可动手。"二人计较已定，却去东奔西走，赊得两瓶酒来，父子三人吃得大醉，东倒西歪。一觉直到三更，两人爬将起来，看那老子正齁齁睡着。大保去灶前摸了一把厨刀，去爷的项上一勒，早把这颗头割下了。连忙将破衣包了放在床边，便去山脚下掘个深坑，扛去埋了。也不等天明，将头去南屏山藕花居湖边浅水处埋了。

过半月入城，看了告示，先走到沈昱家报说道："我二人昨日因捉虾鱼，在藕花居边看见一个人头，想必是你儿子头。"沈昱见说道："若果是，便赏你一千贯钱，一分不少。"便去安排酒饭吃了，同他两个径到南屏山藕花居湖边。浅土隐隐盖着一头，提起看时，水浸多日，澎涨了，也难辨别。想必是了，若不是时，那里又有这个人头在此？

沈昱便把手帕包了，一同两个径到府厅告说："沈秀的头有了。"知府再三审问，二人答道："因捉虾鱼，故此看见，并不晓别项情由。"本府准信，给赏五百贯。二人领了，便同沈昱将头到柳林里，打开棺木，将头凑在项上，依旧钉了，就同二人回家。严氏见说儿子头有了，心中欢喜，随即安排酒饭管待二人，与了一千贯赏钱。二人收了作别回家，便造房屋，买农具家生。二人道："如今不要似前抬轿，我们勤力耕种，挑卖山柴，也可度日。"不在话下。正是光阴似箭，日月如梭，不觉过了数月，官府也懈了，日远日疏，俱不题了。

却说沈昱是东京机户，轮该解段匹到京。待各机户段匹完日，到府领了解批，回家分付了家中事务起身。此一去，只因沈昱看见了自家虫蚁，又屈害了一条性命。正是：

非理之财莫取，非理之事莫为。
明有刑法相系，暗有鬼神相随。

却说沈昱在路，饥餐渴饮，夜住晓行，不只一日，来到东京。把段匹一一交纳过了，取了批回，心下思量："我闻京师景致比别处不同，何不闲看一遭，也是难逢难遇之事。"其名山胜概，庵观寺院，出名的所在都走了一遭。偶然打从御用监禽鸟房门前经过，那沈昱心中是爱虫蚁的，意欲进去一看，因门上用了十数个钱，得放进去闲看。只听得一个画眉十分叫得巧好，仔细看时，正是儿子不见的画眉。那画眉见了沈昱眼熟，越发叫得好听，又叫又跳，将头颠沈昱数次。沈昱见了想起儿子，千行泪下，心中痛苦，不觉失声叫起屈来，口中只叫得："有这等事！"

那掌管禽鸟的校尉喝道："这厮好不知法度，这是什么所在，如此大惊小怪起来！"沈昱痛苦难伸，越叫得响了。那校尉恐怕连累自己，只得把沈昱拿了，送到大理寺。大理寺官便喝道："你是那里人，敢进内御用之处大惊小怪？有何冤屈之事好好直说，便饶你罢。"沈昱就把儿子拖画眉被杀情由从头诉说了一遍。

大理寺官听说呆了半晌，想："这禽鸟是京民李吉进贡在此，缘何有如此一节隐情？"便差人火速捉拿李吉到官，审问道："你为何在海宁郡将他儿子谋杀了，却将他的画眉来此进贡？——明白供招，免受刑罚。"李吉道："先因往杭州买卖，行至武林门里，撞见一个箍桶的担上挂着这个画眉，是吉因见他叫得巧，又生得好，用价一两二钱买将回来。因他好巧，不敢自用，以此进贡上用。并不知人命情由。"勘官问道："你却赖与何人！这画眉就是实迹了，实招了罢。"李吉再三哀告道："委的[1]是问个箍桶的老儿买的，并不知杀人情由，难以屈招。"勘官又问："你既是问老儿买的，那老儿姓甚名谁？那里人氏？供得明白，我这里行文拿来，问理得实，即便放你。"李吉道："小人是路上逢着买的，实不知姓名，那里人氏。"勘官骂道："这便是含糊了，将此人命推与谁偿？据这画眉便是实迹，这厮不打不招！"再三拷打，打得皮开肉绽，李吉痛苦不过，只得招做"因见画眉生得好巧，一时杀了沈秀，将头抛弃"情由。遂将李吉送下大牢监候，大理寺官具本奏上朝廷，圣旨道：李吉委的杀死沈秀，画眉见存，依律处斩。将画眉给还沈昱，又给了批回，放还原籍，将李吉押发市曹斩首。正是：

---

[1]　委的：真的，确实。

老龟煮不烂，移祸于枯桑。

当时恰有两个同与李吉到海宁郡来做买卖的客人蹙蹙不下："有这等冤屈事！明明是买的画眉，我欲待替他申诉，争奈卖画眉的人虽认得，我亦不知其姓名，况且又在杭州，冤倒不辩得，和我连累了，如何出豁？只因一个畜生，明明屈杀了一条性命，除我们不到杭州，若到，定要与他讨个明白。"也不在话下。

却说沈昱收拾了行李，带了画眉星夜奔回。到得家中，对妻说道："我在东京替儿讨了命了。"严氏问道："怎生得来？"沈昱把在内监见画眉一节，从头至尾说了一遍。严氏见了画眉大哭了一场，睹物伤情，不在话下。

次日沈昱提了画眉，本府来销批，将前项事情告诉了一遍。知府大喜道："有这等巧事。"正是：

劝君莫作亏心事，古往今来放过谁？

休说人命关天，岂同儿戏。知府发放道："既是凶身获着斩首，可将棺木烧化。"沈昱叫人将棺木烧了，就撒了骨殖，不在话下。

却说当时同李吉来杭州卖生药的两个客人，一姓贺，一姓朱，有些药材，径到杭州湖墅客店内歇下。将药材一一发卖讫，当为心下不平，二人径入城来，探听这个箍桶的人。寻了一日不见消耗，二人闷闷不已，回归店中歇了。

次日，又进城来，却好遇见一个箍桶的担儿。二人便叫住道："大哥，请问你，这里有一个箍桶的老儿，这般这般模样，不知他姓甚名谁，大哥你可认得么?"那人便道:"客官,我这箍桶行里止有两个老儿:一人姓李,住在石榴园巷内;一个姓张,住在西城脚下。不知那一个是?"二人谢了,径到石榴园来寻,只见李公正在那里劈篾,二人看了却不是他。又寻他到西城脚下,二人来到门首便问:"张公在么?"张婆道:"不在,出去做生活去了。"二人也不打话,一径且回。正是未牌时分,二人走不上半里之地,远远望见一个箍桶担儿来。有分直教此人偿了沈秀的命,明白了李吉的事。正是:

> 恩义广施,人生何处不相逢?
>
> 冤仇莫结,路逢狭处难回避。

其时张公望南回来,二人朝北而去,却好劈面撞见。张公不认得二人,二人却认得张公,便拦住问道:"阿公高姓?"张公道:"小人姓张。"又问道:"莫非是在西城脚下住的?"张公道:"便是,问小人有何事干?"二人便道:"我店中有许多生活要箍,要寻个老成的做,因此问你。你如今那里去?"张公道:"回去。"三人一头走,一头说,直走到张公门首。张公道:"二位请坐吃茶。"二人道:"今日晚了,明日再来。"张公道:"明日我不出去了,专等专等。"

二人作别,不回店去,径投本府首告。正是本府晚堂,直入堂前跪下,把沈昱认画眉一节,李吉被杀一节,撞见张公买画眉一节,一一诉明。"小人两个不平,特与李吉讨命,望老爷细审张公。不知怎地得画眉?"府官道:"沈秀的事俱已明白了,凶身已斩了,再有何事?"二人告道:"大理寺官不明,只以画眉为实,更不推详来历,将李吉明白屈杀了。小人路见不平,特与李吉讨命。如不是实,怎敢告扰?望乞怜悯做主。"知府见二人告得苦切,随即差捕人连夜去捉张公。好似:

数只皂雕追紫燕，一群猛虎啖羊羔。

　　其夜众公人奔到西城脚下，把张公背剪绑了，解上府去，送大牢内监了。

　　次日，知府升堂，公人于牢中取出张公跪下。知府道："你缘何杀了沈秀，反将李吉偿命？今日事露，天理不容。"喝令好生打着。直落打了三十下，打得皮开肉绽，鲜血淋漓。再三拷打，不肯招承。两个客人并两个伴当齐说："李吉便死了，我四人见在，眼同将一两二钱银子买你的画眉，你今推却何人？你若说不是你，你便说这画眉从何来？实的虚不得，支吾有何用处？"张公犹自抵赖。知府大喝道："画眉是真赃物，这四人是真证见，若再不招，取夹棍来夹起！"张公惊慌了，只得将前项盗取画眉，勒死沈秀一节，一一供招了。知府道："那头彼时放在那里？"张公道："小人一时心慌，见侧边一株空心柳树，将头丢在中间。随提了画眉，径出武林门来，偶撞见三个客人，两个伴当，问小人买了画眉，得银一两二钱，归家用度。所供是实。"

　　知府令张公画了供，又差人去拘沈昱，一同押着张公，到于柳林里寻头。哄动街市上之人无数，一齐都到柳林里来看寻头。只见果有一株空心柳树，众将锯放倒，众人发一声喊，果有一个人头在内。提起看时，端然不动。沈昱见了这头，定睛一看，认得是儿子的头，大哭起来，昏迷倒地，半晌方醒。遂将帕子包了，押着张公，径上府去。知府道："既有了头，情真罪当。"取具大枷枷了，脚镣手杻钉了，押送死囚牢里，牢固监候。

　　知府又问沈昱道："当时那两个黄大保、小保，又那里得这人头来请赏？事有可疑。今沈秀头又有了，那头却是谁的？"随即差捕人去拿黄大保兄弟二人，前来审问来历。沈昱眼同公人，径到南山黄家，捉了弟兄两个，押到府厅，当厅跪下。知府道："杀了沈秀的凶身已自捉了，沈秀的头见已追出。你弟兄二人谋死何人，将头请赏？——承招，免得吃苦。"大保、小保被问，口隔心慌，答应不出。知府大怒，喝令吊起拷打，半日不肯招承，又将烧红烙铁烫他，二人熬不过，死去将水喷醒，只得口吐真情，说道："因见父亲年老，有病伶仃，一时不合将酒灌醉，割下头来，埋在西湖藕花居水边，含糊请赏。"知府道："你父亲尸骸埋在何处？"两个道："就埋在南高峰脚下。"当时押发二人到彼，掘开看时，果有没头尸骸一副埋藏在彼。依先押二人到于府厅回话，道："南山脚下，浅土之中，果有没头尸骸一副。"知府道："有这等事，真乃逆天之事，世间有这等恶人！口不欲说，耳不欲闻，笔不欲书，就一顿打死他倒干净，此恨怎的消得！"喝令手下不要计数先打，一会打得二人死而复醒者数次。讨两面大枷枷了，送入死囚牢里，牢固监候。沈昱并原告人，宁家[1]听候。随即具表申奏，将李吉屈死情由奏闻。奉圣旨，着刑部及都察院将原问李吉大理寺官好生勘问，随贬为庶人，发岭南安置。李吉平人屈死，情实可矜，着官给赏钱一千贯，除子孙差役。张公谋财故杀，屈害平人，依律处斩，加罪凌迟，剐割二百四十刀，分尸五段。黄大保、小保贪财杀父，不分首从，俱各凌迟处死，剐二百四十刀，分尸五段，枭首示众。正是：

湛湛青天不可欺，未曾举意早先知。
劝君莫作亏心事，古往今来放过谁？

一日文书到府，差官吏仵作人等将三人押赴木驴上，满城号令三日，

---

[1] 宁家：归家。

律例凌迟分尸，枭首示众。其时张婆听得老儿要剐，来到市曹上指望见一面。谁想仵作见了行刑牌，各人动手碎剐，其实凶险，惊得婆儿魂不附体，折身便走。不想被一绊，跌得重了，伤了五脏，回家身死。正是：

　　积善逢善，积恶逢恶。仔细思量，天地不错。

说明

　　本篇选自明代冯梦龙《古今小说》。作品写因一个画眉鸟而前后害死了七条人命，箍桶匠张公为了几两银子竟杀死人命，贫民黄老狗为了冒领寻头赏钱，不惜叫两个儿子杀了自己去领赏，客商李吉因为官吏的昏庸而蒙冤处斩，几条线索交织起来，有条不紊，描绘了当时社会的黑暗现象。

金玉奴棒打薄情郎

> 枝在墙东花在西，自从落地任风吹。
>
> 枝无花时还再发，花若离枝难上枝。

这四句，乃昔人所作《弃妇词》，言妇人之随夫，如花之附于枝。枝若无花，逢春再发；花若离枝，不可复合。劝世上妇人，事夫尽道，同甘同苦，从一而终；休得慕富嫌贫，两意三心，自贻后悔。

且说汉朝一个名臣，当初未遇时节，其妻有眼不识泰山，弃之而去，到后来，悔之无及。你说那名臣何方人氏？姓甚名谁？那名臣姓朱，名买臣，表字翁子，会稽郡人氏。家贫未遇，夫妻二口住于陋巷蓬门。每日买臣向山中砍柴，挑至市中卖钱度日。性好读书，手不释卷。肩上虽挑却柴担，手里兀自擒着书本，朗诵咀嚼，且歌且行。市人听惯了，但闻读书之声，便知买臣挑柴担来了，可怜他是个儒生，都与他买。更兼买臣不争价钱，凭人估值，所以他的柴比别人容易出脱。一般也有轻薄少年及儿童之辈，见他又挑柴，又读书，三五成群，把他嘲笑戏侮，买臣全不为意。一日其妻出门汲水，见群儿随着买臣柴担拍手共笑，深以为耻。买臣卖柴回来，其妻劝道："你要读书，便休卖柴；要卖柴，便休读书。许大年纪，不痴不颠，却做出恁般行径，被儿童笑话，岂不羞死！"买臣答道："我卖柴以救贫贱，读书以取富贵，各不相妨，由他笑话便了。"其妻笑道："你若取得富贵时，不去卖柴了。自古及今，那见卖柴的人做了官？却说这没把鼻的话！"买臣道："富贵贫贱，各有其时。有人算我八字，到五十岁上，必然发迹。常言'海水不可斗量'，你休料我。"其妻道:"那算命先生,见你痴颠模样,故意要笑你,你休听信。到五十岁时,连柴担也挑不动,饿死是有分的,还想做官!除是阎罗王殿上,少个判官,等你去做!"买臣道:"姜太公八十岁,尚在渭水钓鱼,遇了周文王以后,车载之拜为尚父。本朝公孙弘丞相,五十九岁上还在东海牧豕,整整六十岁方才际遇今上,拜将封侯。我五十岁上发迹,比甘罗虽迟,比那两个还早,你须耐心等去。"其妻道:"你休得攀今吊古!那钓鱼牧豕的,胸中都有才学;你如今读这几句死书,便读到一百岁,只是这个嘴脸,有甚出息?晦气做了你老婆!你被儿童耻笑,连累我也没脸皮。你不听我言抛却书本,我决不跟你终身,各人自去走路,休得两相担误了。"买臣道:"我今年四十三岁了,再七年,便是五十。前长后短,你就等耐也不多时。自恁薄情,舍我而去,后来须要懊悔!"其妻道:"世上少甚挑柴担的汉子,懊悔甚么来?我若再守你七年,连我这骨头不知饿死于何地了。你倒放我出门,做个方便,活了我这条性命。"买臣见其妻决意要去,留他不住,叹口气道:"罢,罢,只愿你嫁得丈夫,强似朱买臣的便好。"其妻道:"好歹强似一分儿。"说罢,拜了两拜,欣然出门而去,头也不回。买臣感慨不已,题诗四句于壁上云:

嫁犬逐犬,嫁鸡逐鸡。妻自弃我,我不弃妻。

买臣到五十岁时,值汉武帝下诏求贤,买臣到西京上书,待诏公车。同邑人严助荐买臣之才。天子知买臣是会稽人,必知本土民情利弊,即拜为会稽太守,驰驿赴任。会稽长吏闻新太守将到,大发人夫,修治道路。买臣妻的后夫亦在役中,其妻蓬头跣足,随伴送饭,见太守前呼后拥而来,从旁窥之,乃故夫朱买臣也。买臣在车中一眼瞧见,还认得是故妻，遂使人招之，载于后车。到府第中，故妻羞惭无地，叩头谢罪。买臣教请他后夫相见。不多时，后夫唤到，拜伏于地，不敢仰视。买臣大笑，对其妻道："似此人，未见得强似我朱买臣也。"其妻再三叩谢，自悔有眼无珠，愿降为婢妾，伏事终身。买臣命取水一桶，泼于阶下，向其妻说道："若泼水可复收，则汝亦可复合。念你少年结发之情，判后园隙地与汝夫妇耕种自食。"其妻随后夫走出府第，路人都指着说道："此即新太守夫人也。"于是羞极无颜，到于后园，遂投河而死。有诗为证：

> 漂母尚知怜饿士，亲妻忍得弃贫儒。
> 早知覆水难收取，悔不当初任读书。

又有一诗，说欺贫重富，世情皆然，不止一买臣之妻也。诗曰：

> 尽看成败说高低，谁识蛟龙在污泥？
> 莫怪妇人无法眼，普天几个负羁妻[1]？

这个故事，是妻弃夫的。如今再说一个夫弃妻的，一般是欺贫重富，背义忘恩，后来徒落得个薄幸之名，被人讲论。

话说故宋绍兴年间，临安虽然是个建都之地，富庶之乡，其中乞丐的依然不少。那丐户中有个为头的，名曰"团头"，管着众丐。众丐叫化得东西来时，团头要收他日头钱。若是雨雪时没处叫化，团头却熬些稀粥养活这伙丐户，破衣破袄也是团头照管。所以这伙丐户，小心低

---

[1] 负羁妻：春秋时晋公子重耳逃亡到曹国，曹大夫僖负羁妻子劝丈夫结纳重耳；后重耳为晋文公，攻打曹国时，僖负羁一族得以免死。

气，服着团头，如奴一般，不敢触犯。那团头见成收些常例钱，一般在众丐户中放债盘利，若不嫖不赌，依然做起大家事来。他靠此为生，一时也不想改业。只是一件，"团头"的名儿不好。随你挣得有田有地，几代发迹，终是个叫化头儿，比不得平等百姓人家。出外没人恭敬，只好闭着门，自屋里做大。虽然如此，若数着"良贱"二字，只说娼、优、隶、卒四般为贱流，到数不着那乞丐。看来乞丐只是没钱，身上却无疤瘢。假如春秋时伍子胥逃难，也曾吹箫于吴市中乞食；唐时郑元和做歌郎，唱《莲花落》；后来富贵发达，一床锦被遮盖，这都是叫化中出色的。可见此辈虽然被人轻贱，到不比娼、优、隶、卒。

闲话休提，如今且说杭州城中一个团头，姓金，名老大。祖上到他，做了七代团头了，挣得个完完全全的家事。住的有好房子，种的有好田园，穿的有好衣，吃的有好食，真个廒多积粟，囊有余钱，放债使婢。虽不是顶富，也是数得着的富家了。那金老大有志气，把这团头让与族人金癞子做了，自己见成受用，不与这伙丐户歪缠。然虽如此，里中口顺还只叫他是团头家，其名不改。金老大年五十余，丧妻无子，止存一女，名唤玉奴。那玉奴生得十分美貌，怎见得？有诗为证：

> 无瑕堪比玉，有态欲羞花。
> 只少宫妆扮，分明张丽华[1]。

金老大爱此女如同珍宝，从小教他读书识字。到十五六岁时，诗赋俱通，一写一作，信手而成。更兼女工精巧，亦能调筝弄管，事事伶俐。金老大倚着女儿才貌，立心要将他嫁个士人。论来就名门旧族中，急切要这

---

[1]　张丽华：南朝陈后主的妃子，容貌美丽。

一个女子也是少的，可恨生于团头之家，没人相求。若是平常经纪人家，没前程的，金老大又不肯扳他了。因此高低不就，把女儿直捱到一十八岁尚未许人。

偶然有个邻翁来说："太平桥下有个书生，姓莫名稽，年二十岁，一表人才，读书饱学。只为父母双亡，家穷未娶。近日考中，补上太学生，情愿入赘人家。此人正与令爱相宜，何不招之为婿？"金老大道："就烦老翁作伐何如？"邻翁领命，径到太平桥下，寻那莫秀才，对他说了："实不相瞒，祖宗曾做个团头的，如今久不做了。只贪他好个女儿，又且家道富足。秀才若不弃嫌，老汉即当玉成其事。"莫稽口虽不语，心下想道："我今衣食不周，无力婚娶，何不俯就他家，一举两得？也顾不得耻笑。"乃对邻翁说道："大伯所言虽妙，但我家贫乏聘，如何是好？"邻翁道："秀才但是允从，纸也不费一张，都在老汉身上。"邻翁回复了金老大，择个吉日，金家到送一套新衣穿着，莫秀才过门成亲。莫稽见玉奴才貌，喜出望外，不费一钱，白白的得了个美妻，又且丰衣足食，事事称怀。就是朋友辈中，晓得莫稽贫苦，无不相谅，到也没人去笑他。

到了满月，金老大备下盛席，教女婿请他同学会友饮酒，荣耀自家门户，一连吃了六七日酒。何期恼了族人金癞子，那癞子也是一班正理，他道："你也是团头，我也是团头，只你多做了几代，挣得钱钞在手，论起祖宗一脉，彼此无二。侄女玉奴招婿，也该请我吃杯喜酒。如今请人做满月，开宴六七日，并无三寸长一寸阔的请帖儿到我。你女婿做秀才，难道就做尚书、宰相，我就不是亲叔公？坐不起凳头？直恁不觑人在眼里！我且去蒿恼他一场，教他大家没趣！"叫起五六十个丐户，一齐奔到金老大家里来。但见：

开花帽子，打结衫儿。旧席片对着破毡条，短竹根配着缺糙碗。

叫爹叫娘叫财主，门前只见喧哗；弄蛇弄狗弄猢狲，口内各呈伎俩。敲板唱杨花，恶声聒耳；打砖搭粉脸，丑态逼人。一班泼鬼聚成群，便是锺馗收不得。

金老大听得闹吵，开门看时，那金癞子领着众丐户一拥而入，嚷做一堂。癞子径奔席上，拣好酒好食只顾吃，口里叫道："快教你婿夫妻来拜见叔公！"吓得众秀才站脚不住，都逃席去了，连莫稽也随着众朋友躲避。金老大无可奈何，只得再三央告道："今日是我女婿请客，不干我事。改日专治一杯，与你陪话。"又将许多钱钞分赏众丐户，又抬出两瓮好酒，和些活鸡、活鹅之类，教众丐户送去癞子家，当个折席，直乱到黑夜，方才散去。玉奴在房中气得两泪交流。这一夜，莫稽在朋友家借宿，次早方回。金老大见了女婿，自觉出丑，满面含羞。莫稽心中未免也有三分不乐，只是大家不说出来。正是：

哑子尝黄柏，苦味自家知。

却说金玉奴只恨自己门风不好，要挣个出头，乃劝丈夫刻苦读书。凡古今书籍，不惜价钱买来与丈夫看；又不吝供给之费，请人会文会讲；又出资财，教丈夫结交延誉。莫稽由此才学日进，名誉日起，二十三岁发解连科及第。这日琼林宴罢，乌帽宫袍，马上迎归。将到丈人家里，只见街坊上一群小儿争先来看，指道："金团头家女婿做了官也。"莫稽在马上听得此言，又不好揽事，只得忍耐。见了丈人，虽然外面尽礼，却包着一肚子忿气，想道："早知有今日富贵，怕没王侯贵戚招赘成婚？却拜个团头做岳丈，可不是终身之玷！养出儿女来还是团头的外孙，被人传作话柄。如今事已如此，妻又贤慧，不犯七出之条，不好决绝得。

正是事不三思，终有后悔。"为此心中怏怏，只是不乐。玉奴几遍问而不答，正不知甚么意故[1]。好笑那莫稽，只想着今日富贵，却忘了贫贱的时节，把老婆资助成名一段功劳化为春水，这是他心术不端处。

不一日，莫稽谒选[2]，得授无为军司户。丈人治酒送行，此时众丐户料也不敢登门闹吵了。喜得临安到无为军，是一水之地，莫稽领了妻子，登舟赴任。

行了数日，到了采石江边，维舟北岸。其夜月明如昼，莫稽睡不能寐，穿衣而起，坐于船头玩月。四顾无人，又想起团头之事，闷闷不悦。忽然动一个恶念：除非此妇身死，另娶一人，方免得终身之耻。心生一计，走进船舱，哄玉奴起来看月华。玉奴已睡了，莫稽再三逼她起身。玉奴难逆丈夫之意，只得披衣，走至马门[3]口，舒头望月，被莫稽出其不意，牵出船头，推堕江中。悄悄唤起舟人，分付快开船前去，重重有赏，不可迟慢。舟子不知明白，慌忙撑篙荡桨，移舟于十里之外。住泊停当，方才说："适间奶奶因玩月坠水，捞救不及了。"却将三两银子赏与舟人为酒钱。舟人会意，谁敢开口？船中虽跟得有几个蠢婢子，只道主母真个坠水，悲泣了一场，丢开了手，不在话下。有诗为证：

> 只为"团头"号不香，忍因得意弃糟糠？
> 天缘结发终难解，赢得人呼薄幸郎。

你说事有凑巧，莫稽移船去后，刚刚有个淮西转运使许德厚，也是新上任的，泊舟于采石北岸，正是莫稽先前推妻坠水处。许德厚和夫人

---

[1]　意故：缘故。
[2]　谒选：到吏部应选。
[3]　马门：舱门。

推窗看月，开怀饮酒，尚未曾睡。忽闻岸上啼哭，乃是妇人声音，其声哀怨，好生不忍。忙呼水手打看，果然是个单身妇人，坐于江岸。便教唤上船来，审其来历。原来此妇正是无为军司户之妻金玉奴，初坠水时，魂飞魄荡，已拼着必死。忽觉水中有物，托起两足，随波而行，近于江岸。玉奴挣扎上岸，举目看时，江水茫茫，已不见了司户之船，才悟道丈夫贵而忘贱，故意欲溺死故妻，别图良配。如今虽得了性命，无处依栖，转思苦楚，以此痛哭。见许公盘问，不免从头至尾，细说一遍。说罢，哭之不已，连许公夫妇都感伤堕泪，劝道："汝休得悲啼，肯为我义女，再作道理。"玉奴拜谢。许公分付夫人取干衣替他通身换了，安排他后舱独宿。教手下男女都称他小姐，又分付舟人，不许泄漏其事。

不一日，到淮西上任。那无为军正是他所属地方，许公是莫司户的上司，未免随班参谒。许公见了莫司户，心中想道："可惜一表人才，干恁般薄幸之事！"约过数月，许公对僚属说道："下官有一女，颇有才貌，年已及笄，欲择一佳婿赘之。诸君意中有其人否？"众僚属都闻得莫司户青年丧偶，齐声荐他才品非凡，堪作东床之选。许公道："此子吾亦属意久矣，但少年登第，心高望厚，未必肯赘吾家。"众僚属道："彼出身寒门，得公收拔，如蒹葭倚玉树，何幸如之，岂以入赘为嫌乎？"许公道："诸君既酌量可行，可与莫司户言之。但云出自诸君之意，以探其情，莫说下官，恐有妨碍。"

众人领命，遂与莫稽说知此事，要替他做媒。莫稽正要攀高，况且联姻上司，求之不得，便欣然应道："此事全仗玉成，当效衔结之报[1]。"众人道："当得，当得。"随即将言回复许公。许公道："虽承司户不弃，

---

[1] 衔结之报：衔，衔环。传说汉代杨金救了一只受伤黄雀，夜见黄衣童衔白环拜谢，并说杨"子孙洁白"，位极显贵。结，结草。春秋时魏颗违背父亲遗命，遣父爱妾改嫁而没有殉葬。后魏颗和秦国杜回作战，见一老人结草绳绊倒杜回，魏颗获胜。夜梦老人来见，说他是妾的父亲。

神话与故事

但下官夫妇钟爱此女，娇养成性，所以不舍得出嫁。只怕司户少年气概，不相饶让，或致小有嫌隙，有伤下官夫妇之心。须是预先讲过，凡事容耐些，方敢赘入。"众人领命，又到司户处传话，司户无不依允。此时司户不比做秀才时节，一般用金花彩币为纳聘之仪，选了吉期，皮松骨痒，整备做转运使的女婿。

却说许公先教夫人与玉奴说："老相公怜你寡居，欲重赘一少年进士，你不可推阻。"玉奴答道："奴家虽出寒门，颇知礼数。既与莫郎结发，从一而终。虽然莫郎嫌贫弃贱，忍心害理，奴家各尽其道，岂肯改嫁以伤妇节！"言毕泪如雨下。夫人察他志诚，乃实说道："老相公所说少年进士，就是莫郎。老相公恨其薄幸，务要你夫妻再合，只说有个亲生女儿，要招赘一婿，却教众僚属与莫郎议亲，莫郎欣然听命，只今晚入赘吾家。等他进房之时，须是如此如此，与你出这口呕气。"玉奴方才收泪，重匀粉面，再整新妆，打点结亲之事。

到晚，莫司户冠带齐整，帽插金花，身披红锦，跨着雕鞍骏马，两班鼓乐前导，众僚属都来送亲。一路行来，谁不喝采！正是：

鼓乐喧阗白马来，风流佳婿实奇哉。
团头喜换高门眷，采石江边未足哀。

是夜，转运司铺毡结彩，大吹大擂，等候新女婿上门。莫司户到门下马，许公冠带出迎，众官僚都别去。莫司户直入私宅，新人用红帕覆首，两个养娘扶将出来。掌礼人在槛外喝礼，双双拜了天地，又拜了丈人、丈母，然后交拜礼毕，送归洞房做花烛筵席。莫司户此时心中如登九霄云里，欢喜不可形容，仰着脸，昂然而入。

才跨进房门，忽然两边门侧里走出七八个老妪、丫鬟，一个个手执篱竹细棒，劈头劈脑打将下来，把纱帽都打脱了，肩背上棒如雨下，打得叫喊不迭，正没想一头处。莫司户被打，慌做一堆蹭倒，只得叫声："丈人，丈母，救命！"只听房中娇声宛转分付道："休打杀薄情郎，且唤来相见。"众人方才住手。七八个老妪、丫鬟，扯耳朵，拽胳膊，好似六贼戏弥陀[1]一般，脚不点地，拥到新人面前。司户口中还说道："下官何罪？"开眼看时，画烛辉煌，照见上边端端正正坐着个新人，不是别人，正是故妻金玉奴。莫稽此时魂不附体，乱嚷道："有鬼！有鬼！"众人都笑起来。

只见许公自外而入，叫道："贤婿休疑，此乃吾采石江头所认之义女，非鬼也。"莫稽心头方才住了跳，慌忙跪下，拱手道："我莫稽知罪了，望大人包容之。"许公道："此事与下官无干，只吾女没说话就罢了。"玉奴唾其面，骂道："薄幸贼！你不记宋弘有言：'贫贱之交不可忘，糟糠之妻不下堂。'当初你空手赘入吾门，亏得我家资财，读书延誉，以致成名，侥幸今日。奴家亦望夫荣妻贵，何期你忘恩负本，就不念结发之情，恩将仇报，将奴推堕江心。幸然天天可怜，得遇恩爹提救，收为义女。倘然葬江鱼之腹，你别娶新人，于心何忍？今日有何颜面再与你完聚？"说罢，放声而哭，千薄幸，万薄幸，骂不住口。莫稽满面羞惭，闭口无言，只顾磕头求恕。

许公见骂得够了，方才把莫稽扶起，劝玉奴道："我儿息怒，如今贤婿悔罪，料然不敢轻慢你了。你两个虽然旧日夫妻，在我家只算新婚花烛，凡事看我之面，闲言闲语一笔都勾罢。"又对莫稽说道："贤婿，你自家不是，休怪别人。今宵只索忍耐，我教你丈母来解劝。"说罢，出房去。少刻夫人来到，又调停了许多说话，两个方才和睦。

次日许公设宴管待新女婿，将前日所下金花彩币依旧送还，道："一

---

[1]　六贼戏弥陀：佛经称色、声、香、味、触、法为六尘，也叫六贼。"六贼戏弥陀"是一种百戏的名称。

　　　　　　　　　　　　　　　　　神话与故事

女不受二聘，贤婿前番在金家已费过了，今番下官不敢重叠收受。"莫稽低头无语。许公又道："贤婿常恨令岳翁卑贱，以致夫妇失爱，几乎不终。今下官备员如何？只怕爵位不高，尚未满贤婿之意。"莫稽涨得面皮红紫，只是离席谢罪。有诗为证：

> 痴心指望缔高姻，谁料新人是旧人？
> 打骂一场羞满面，问他何取岳翁新？

自此莫稽与玉奴夫妇和好，比前加倍。许公共夫人待玉奴如真女，待莫稽如真婿，玉奴待许公夫妇亦与真爹妈无异。连莫稽都感动了，迎接团头金老大在任所，奉养送终。后来许公夫妇之死，金玉奴皆制重服，以报其恩。莫氏与许氏世世为通家兄弟，往来不绝。诗云：

> 宋弘守义[1]称高节，黄允休妻[2]骂薄情。
> 试看莫生婚再合，姻缘前定枉劳争。

说明

本篇选自明代冯梦龙《古今小说》，作品揭露、鞭挞富贵易妻、忘恩负义的无耻之徒，当时流传较广。冯梦龙编《情史类略》中的《绍兴士人》与此篇同。

---

[1] 宋弘守义：汉光武帝要把姊姊嫁给宋弘，宋因已有妻，予以拒绝。
[2] 黄允休妻：东汉黄允听到袁隗说：若能有像黄允这样的人当女婿就好了。黄允立即休掉原配妻子，以图高攀。

杜十娘怒沉百宝箱

　　扫荡残胡立帝畿，龙翔凤舞势崔嵬；左环沧海天一带，右拥太
行山万围。戈戟九边雄绝塞，衣冠万国仰垂衣；太平人乐华胥世，
永永金瓯共日辉。

　　这首诗，单夸我朝燕京建都之盛。说起燕都的形势，北倚雄关，南
压区夏，真乃金城天府，万年不拔之基。当先洪武爷扫荡胡尘，定鼎金
陵，是为南京。到永乐爷从北平起兵靖难，迁于燕都，是为北京。只因
这一迁，把个苦寒地面变作花锦世界。自永乐爷九传至于万历爷，此乃
我朝第十一代的天子。这位天子，聪明神武，德福兼全，十岁登基，在
位四十八年，削平了三处寇乱。那三处？

　　日本关白[1]平秀吉，西夏哱承恩，播州杨应龙。

平秀吉侵犯朝鲜，哱承恩、杨应龙是土官谋叛，先后削平。远夷莫不畏
服，争来朝贡。真个是：

　　一人有庆民安乐，四海无虞国太平。

　　话中单表万历二十年间，日本国关白作乱，侵犯朝鲜。朝鲜国王上

---

[1]　　关白：日本掌握军政大权的最高级大臣。

表告急，天朝发兵泛海往救。有户部官奏准：目今兵兴之际，粮饷未充，暂开纳粟入监之例。原来纳粟入监的，有几般便宜：好读书，好科举，好中，结末来又有个小小前程结果。以此宦家公子、富室子弟，到不愿做秀才，都去援例做太学生。自开了这例，两京太学生各添至千人之外。内中有一人，姓李名甲，字子先，浙江绍兴府人氏。父亲李布政所生三儿，惟甲居长，自幼读书在庠，未得登科，援例入于北雍。因在京坐监，与同乡柳遇春监生同游教坊司院内，与一个名姬相遇。那名姬姓杜名媺，排行第十，院中都称为杜十娘，生得：

> 浑身雅艳，遍体娇香，两弯眉画远山青，一对眼明秋水润。脸如莲萼，分明卓氏文君；唇似樱桃，何减白家樊素。可怜一片无瑕玉，误落风尘花柳中。

那杜十娘自十三岁破瓜，今一十九岁，七年之内，不知历过了多少公子王孙，一个个情迷意荡，破家荡产而不惜。院中传出四句口号来，道是：

> 坐中若有杜十娘，斗筲之量饮千觞；
> 院中若识杜老媺，千家粉面都如鬼。

却说李公子，风流年少，未逢美色，自遇了杜十娘，喜出望外，把花柳情怀，一担儿挑在他身上。那公子俊俏庞儿，温存性儿，又是撒漫的手儿，帮衬的勤儿，与十娘一双两好，情投意合。十娘因见鸨儿贪财无义，久有从良之志；又见李公子忠厚志诚，甚有心向他。奈李公子惧怕老爷，不敢应承。虽则如此，两下情好愈密，朝欢暮乐，终日相守，如夫妇一般，海誓山盟，各无他志。真个：

恩深似海恩无底，义重如山义更高。

再说杜妈妈，女儿被李公子占住，别的富家巨室，闻名上门，求一见而不可得。初时李公子撒漫用钱，大差大使，妈妈胁肩谄笑，奉承不暇。日往月来，不觉一年有余，李公子囊箧渐渐空虚，手不应心，妈妈也就怠慢了。老布政在家闻知儿子嫖院，几遍写字来唤他回去。他迷恋十娘颜色，终日延捱。后来闻知老爷在家发怒，越不敢回。古人云："以利相交者，利尽而疏。"那杜十娘与李公子真情相好，见他手头愈短，心头愈热。妈妈也几遍教女儿打发李甲出院，见女儿不统口[1]，又几遍将言语触突李公子，要激怒他起身。公子性本温克，词气愈和。妈妈没奈何，日逐只将十娘叱骂道："我们行户人家，吃客穿客，前门送旧，后门迎新，门庭闹如火，钱帛堆成垛。自从那李甲在此，混帐一年有余，莫说新客，连旧主顾都断了。分明接了个钟馗老，连小鬼也没得上门。弄得老娘一家人家，有气无烟，成什么模样！"

杜十娘被骂，耐性不住，便回答道："那李公子不是空手上门的，也曾费过大钱来。"妈妈道："彼一时，此一时，你只教他今日费些小钱儿，把与老娘办些柴米，养你两口也好。别人家养的女儿便是摇钱树，千生万活，偏我家晦气，养了个退财白虎！开了大门七件事，般般都在老身心上。到替你这小贱人白白养着穷汉，教我衣食从何处来？你对那穷汉说，有本事出几两银子与我，到得你跟了他去，我别讨个丫头过活却不好？"十娘道："妈妈，这话是真是假？"妈妈晓得李甲囊无一钱，衣衫都典尽了，料他没处设法，便应道："老娘从不说谎，当真哩。"十娘道：

---

[1]　不统口：不把话说出来。

"娘，你要他许多银子？"妈妈道："若是别人，千把银子也讨了。可怜那穷汉出不起，只要他三百两，我自去讨一个粉头代替。只一件，须是三日内交付与我。左手交银，右手交人。若三日没有银时，老身也不管三七二十一，公子不公子，一顿孤拐，打那光棍出去。那时莫怪老身！"十娘道："公子虽在客边乏钞，谅三百金还措办得来。只是三日忒近，限他十日便好。"妈妈想道："这穷汉一双赤手，便限他一百日，他那里来银子？没有银子，便铁皮包脸，料也无颜上门。那时重整家风，媺儿也没得话讲。"答应道："看你面，便宽到十日。第十日没有银子，不干老娘之事。"十娘道："若十日内无银，料他也无颜再见。只怕有了三百两银子，妈妈又翻悔起来。"妈妈道："老身年五十一岁了，又奉十斋[1]，怎敢说谎？不信时与你拍掌为定。若翻悔时，做猪做狗！"

　　从来海水斗难量，可笑虔婆意不良。
　　料定穷儒囊底竭，故将财礼难娇娘。

　　是夜，十娘与公子在枕边，议及终身之事。公子道："我非无此心。但教坊落籍，其费甚多，非千金不可。我囊空如洗，如之奈何！"十娘道："妾已与妈妈议定只要三百金，但须十日内措办，郎君游资虽罄，然都中岂无亲友可以借贷？倘得如数，妾身遂为君之所有，省受虔婆之气。"公子道："亲友中为我留恋行院，都不相顾。明日只做束装起身，各家告辞，就开口假贷路费，凑聚将来，或可满得此数。"起身梳洗，别了十娘出门。十娘道："用心作速，专听佳音。"公子道："不须分付。"

---

[1]　奉十斋：信佛。

公子出了院门，来到三亲四友处，假说起身告别，众人到也欢喜。后来叙到路费欠缺，意欲借贷。常言道："说着钱，便无缘。"亲友们就不招架。他们也见得是，道李公子是风流浪子，迷恋烟花，年许不归，父亲都为他气坏在家。他今日抖然要回，未知真假。倘或说骗盘缠到手，又去还脂粉钱，父亲知道，将好意翻成恶意，始终只是一怪，不如辞了干净。便回道："目今正值空乏，不能相济，惭愧！惭愧！"人人如此，个个皆然，并没有个慷慨丈夫，肯统口许他一十二十两。李公子一连奔走了三日，分毫无获，又不敢回决十娘，权且含糊答应。到第四日又没想头，就羞回院中。平日间有了杜家，连下处也没有了，今日就无处投宿。只得往同乡柳监生寓所借歇。

柳遇春见公子愁容可掬，问其来历。公子将杜十娘愿嫁之情，备细说了。遇春摇首道："未必，未必。那杜娘曲中第一名姬，要从良时，怕没有十斛明珠，千金聘礼。那鸨儿如何只要三百两？想鸨儿怪你无钱使用，白白占住他的女儿，设计打发你出门。那妇人与你相处已久，又碍却面皮，不好明言。明知你手内空虚，故意将三百两卖个人情，限你十日；若十日没有，你也不好上门。便上门时，他会说你笑你，落得一场褒渎，自然安身不牢，此乃烟花逐客之计。足下三思，休被其惑。据弟愚意，不如早早开交为上。"公子听说，半晌无言，心中疑惑不定。遇春又道："足下莫要错了主意。你若真个还乡，不多几两盘费，还有人搭救。若是要三百两时，莫说十日，就是十个月也难。如今的世情，那肯顾缓急二字的！那烟花也算定你没处告债，故意设法难你。"公子道："仁兄所见良是。"口里虽如此说，心中割舍不下。依旧又往外边东央西告，只是夜里不进院门了。

公子在柳监生寓中，一连住了三日，共是六日了。杜十娘连日不见公子进院，十分着紧，就教小厮四儿街上去寻。四儿寻到大街，恰好遇见公子。四儿叫道："李姐夫，娘在家里望你。"公子自觉无颜，回复道："今日不得功夫，明日来罢。"四儿奉了十娘之命，一把扯住，死也不放，道："娘叫咱寻你，是必同去走一遭。"李公子心上也牵挂着婊子，没奈何，只得随四儿进院，见了十娘，嘿嘿无言。十娘问道："所谋之事如何？"公子眼中流下泪来。十娘道："莫非人情淡薄，不能足三百之数么？"公子含泪而言，道出二句：

　　　　不信上山擒虎易，果然开口告人难。

一连奔走六日，并无铢两，一双空手，羞见芳卿，故此这几日不敢进院。今日承命呼唤，忍耻而来。非某不用心，实是世情如此。十娘道："此言休使虔婆知道。郎君今夜且住，妾别有商议。"十娘自备酒肴，与公子欢饮。睡至半夜，十娘对公子道："郎君果不能办一钱耶？妾终身之事，当如何也？"公子只是流涕，不能答一语。渐渐五更天晓。十娘道："妾所卧絮褥内藏有碎银一百五十两，此妾私蓄，郎君可持去。三百金，妾任其半，郎君亦谋其半，庶易为力。限只四日，万勿迟误！"十娘起身将褥付公子，公子惊喜过望。唤童儿持褥而去。径到柳遇春寓中，又把夜来之情与遇春说了。将褥拆开看时，絮中都裹着零碎银子，取出兑时果是一百五十两。遇春大惊道："此妇真有心人也。既系真情，不可相负。吾当代为足下谋之。"公子道："倘得玉成，决不有负。"当下柳遇春留李公子在寓，自出头各处去借贷。两日之内，凑足一百五十两交付公子道："吾代为足下告债，非为足下，实怜杜十娘之情也。"

　　李甲拿了三百两银子，喜从天降，笑逐颜开，欣欣然来见十娘，刚是第九日，还不足十日。十娘问道："前日分毫难借，今日如何就有一百五十两？"公子将柳监生事情，又述了一遍。十娘以手加额道："使吾二人得遂其愿者，柳君之力也！"两个欢天喜地，又在院中过了一晚。

　　次日十娘早起，对李甲道："此银一交，便当随郎君去矣。舟车之类，合当预备。妾昨日于姊妹中借得白银二十两，郎君可收下为行资也。"公子正愁路费无出，但不敢开口，得银甚喜。说犹未了，鸨儿恰来敲门叫道："嬢儿，今日是第十日了。"公子闻叫，启户相延道："承妈妈厚意，正欲相请。"便将银三百两放在桌上。鸨儿不料公子有银，嘿然变色，似有悔意。十娘道："儿在妈妈家中八年，所致金帛，不下数千金矣。今日从良美事，又妈妈亲口所订，三百金不欠分毫，又不曾过期。倘若妈妈失信不许，郎君持银去，儿即刻自尽。恐那时人财两失，悔之无及也。"鸨儿无词以对。腹内筹画了半晌，只得取天平兑准了银子，说道："事已如此，料留你不住了。只是你要去时，即今就去。平时穿戴衣饰之类，毫厘休想。"说罢，将公子和十娘推出房门，讨锁来就落了锁。此时九月天气，十娘才下床，尚未梳洗，随身旧衣，就拜了妈妈两拜。李公子也作了一揖。一夫一妇，离了虔婆大门：

　　　　鲤鱼脱却金钩去，摆尾摇头再不来。

　　公子教十娘且住片时："我去唤个小轿抬你，权往柳荣卿寓所去，再作道理。"十娘道："院中诸姊妹平昔相厚，理宜话别。况前日又承他借贷路费，不可不一谢也。"乃同公子到各姊妹处谢别。姊妹中惟谢月朗、徐素素与杜家相近，尤与十娘亲厚。十娘先到谢月朗家。月朗见十娘秃髻旧衫，惊问其故。十娘备述来因，又引李甲相见。十娘指月朗道："前日路资，是此位姐姐所贷，郎君可致谢。"李甲连连作揖。月朗便教十娘梳洗，一面去请徐素素来家相会。十娘梳洗已毕，谢、徐二美人各出所有，翠钿金钏，瑶簪宝珥，锦袖花裙，鸾带绣履，把杜十娘装扮得焕然一新，备酒作庆贺筵席。月朗让卧房与李甲、杜媺二人过宿。次日，又大排筵席，遍请院中姊妹。凡十娘相厚者，无不毕集，都与他夫妇把盏称喜。吹弹歌舞，各逞其长，务要尽欢，直饮至夜分。十娘向众姊妹一一称谢。众姊妹道："十姊为风流领袖，今从郎君去，我等相见无日。何日长行，姊妹们尚当奉送。"月朗道："候有定期，小妹当来相报。但阿姊千里间关，同郎君远去，囊箧萧条，曾无约束，此乃吾等之事。当相与共谋之，勿令姊有穷途之虑也。"众姊妹各唯唯而散。

　　是晚，公子和十娘仍宿谢家。至五鼓，十娘对公子道："吾等此去，何处安身？郎君亦曾计议有定着否？"公子道："老父盛怒之下，若知娶妓而归，必然加以不堪，反致相累。展转寻思，尚未有万全之策。"十娘道："父子天性，岂能终绝？既然仓卒难犯，不若与郎君于苏、杭胜地，权作浮居。郎君先回，求亲友于尊大人面前劝解和顺，然后携妾于归，彼此安妥。"公子道："此言甚当。"次日，二人起身辞了谢月朗，暂往柳监生寓中，整顿行装。杜十娘见了柳遇春，倒身下拜，谢其周全之德："异日我夫妇必当重报。"遇春慌忙答礼道："十娘钟情所欢，不以贫窭[1]易心，此乃女中豪杰。仆因风吹火，谅区区何足挂齿！"三人又饮了一日酒。次早，择了出行吉日，雇请轿马停当。十娘又遣童儿寄信，别谢月朗。临行之际，只见肩舆纷纷而至，乃谢月朗与徐素素拉众姊妹来送行。月朗道："十姊从郎君千里间关，囊中消索，吾等甚不能忘情。今合具薄赆[2]，十姊可检收，或长途空乏，亦可少助。"说罢，命从人挈一描金文具至前，封锁甚固，正不知什么东西在里面。十娘也不开看，也不推辞，但殷勤作谢而已。须臾，舆马齐集，仆夫催促起身。柳监生三杯别酒，和众美人送出崇文门外，各各垂泪而别。正是：

---

[1]　贫窭：贫陋。
[2]　薄赆：赆，临离别时赠的礼物。薄赆，少许礼物。

他日重逢难预必，此时分手最堪怜。

再说李公子同杜十娘行至潞河，舍陆从舟。却好有瓜州差使船转回之便，讲定船钱，包了舱口。比及下船时，李公子囊中并无分文余剩。你道杜十娘把二十两银子与公子，如何就没了？公子在院中嫖得衣衫蓝缕，银子到手，未免在解库中取赎几件穿着，又制办了铺盖，剩来只勾轿马之费。公子正当愁闷，十娘道："郎君勿忧，众姊妹合赠，必有所济。"乃取钥开箱。公子在傍自觉惭愧，也不敢窥觑箱中虚实。只见十娘在箱里取出一个红绢袋来，掷于桌上道："郎君可开看之。"公子提在手中，觉得沉重。启而观之，皆是白银，计数整五十两。十娘仍将箱子下锁，亦不言箱中更有何物。但对公子道："承众姊妹高情，不惟途路不乏，即他日浮寓吴、越间，亦可稍佐吾夫妻山水之费矣。"公子且惊且喜道："若不遇恩卿，我李甲流落他乡，死无葬身之地矣。此情此德，白头不敢忘也。"自此每谈及往事，公子必感激流涕，十娘亦曲意抚慰。一路无话。

不一日，行至瓜州，大船停泊岸口，公子别雇了民船，安放行李。约明日侵晨，剪江而渡。其时仲冬中旬，月明如水，公子和十娘坐于舟首。公子道："自出都门，困守一舱之中，四顾有人，未得畅语。今日独据一舟，更无避忌。且已离塞北，初近江南，宜开怀畅饮，以舒向来抑郁之气。恩卿以为何如？"十娘道："妾久疏谈笑，亦有此心，郎君言及，足见同志耳。"公子乃携酒具于船首，与十娘铺毡并坐，传杯交盏。饮至半酣，公子执卮对十娘道："恩卿妙音，六院[1]推首。某相遇之初，

[1]　六院：妓院的代称。

　　　　　　　　　　　　　　　　　　神话与故事

每闻绝调，辄不禁神魂之飞动。心事多违，彼此郁郁，鸾鸣凤奏，久矣不闻。今清江明月，深夜无人，肯为我一歌否？"十娘兴亦勃发，遂开喉顿嗓，取扇按拍，呜呜咽咽，歌出元人施君美《拜月亭》杂剧上"状元执盏与婵娟"一曲，名《小桃红》。真个：

> 声飞霄汉云皆驻，响入深泉鱼出游。

却说他舟有一少年，姓孙名富，字善赉，徽州新安人氏。家资巨万，积祖扬州种盐[1]。年方二十，也是南雍中朋友。生性风流，惯向青楼买笑，红粉追欢，若嘲风弄月，到是个轻薄的头儿。事有偶然，其夜亦泊舟瓜州渡口，独酌无聊，忽听得歌声嘹亮，凤吟鸾吹，不足喻其美。起立船头，伫听半晌，方知声出邻舟。正欲相访，音响倏已寂然。乃遣仆者潜窥踪迹，访于舟人。但晓得是李相公雇的船，并不知歌者来历。孙富想道："此歌者必非良家，怎生得他一见？"展转寻思，通宵不寐。捱至五更，忽闻江风大作。及晓，彤云密布，狂雪飞舞。怎见得，有诗为证：

> 千山云树灭，万径人踪绝。
> 扁舟蓑笠翁，独钓寒江雪。

因这风雪阻渡，舟不得开。孙富命艄公移船，泊于李家舟之傍。孙富貂帽狐裘，推窗假作看雪。值十娘梳洗方毕，纤纤玉手揭起舟傍短帘，自泼盂中残水。粉容微露，却被孙富窥见了，果是国色天香。魂摇心荡，

---

[1] 种盐：盐商。

迎眸注目，等候再见一面，杳不可得。沉思久之，乃倚窗高吟高学士《梅花诗》二句，道：

> 雪满山中高士卧，月明林下美人来。

李甲听得邻舟吟诗，舒头出舱，看是何人。只因这一看，正中了孙富之计。孙富吟诗，正要引李公子出头，他好乘机攀话。当下慌忙举手，就问："老兄尊姓何讳？"李公子叙了姓名乡贯，少不得也问那孙富。孙富也叙过了。又叙了些太学中的闲话，渐渐亲熟。孙富便道："风雪阻舟，乃天遣与尊兄相会，实小弟之幸也。舟次无聊，欲同尊兄上岸，就酒肆中一酌，少领清诲，万望不拒。"公子道："萍水相逢，何当厚扰？"孙富道："说那里话！'四海之内，皆兄弟也'。"喝教艄公打跳[1]，童儿张伞，迎接公子过船，就于船头作揖。然后让公子先行，自己随后，各各登跳上涯。

行不数步，就有个酒楼，二人上楼，拣一副洁净座头，靠窗而坐。酒保列上酒肴。孙富举杯相劝，二人赏雪饮酒。先说些斯文中套话，渐渐引入花柳之事。二人都是过来之人，志同道合，说得入港，一发成相知了。孙富屏去左右，低低问道："昨夜尊舟清歌者，何人也？"李甲正要卖弄在行，遂实说道："此乃北京名姬杜十娘也。"孙富道："既系曲中姊妹，何以归兄？"公子遂将初遇杜十娘，如何相好，后来如何要嫁，如何借银讨他，始末根由，备细述了一遍。孙富道："兄携丽人而归，固是快事，但不知尊府中能相容否？"公子道："贱室不足虑，所虑者，老父性严，尚费踌躇耳！"孙富将机就机，便问道："既是尊大人未必相容，兄所携丽人，何处安顿？亦曾通知丽人，共作计较否？"公子攒眉

---

[1]　打跳：搭上跳板。

而答道："此事曾与小妾议之。"孙富欣然问道："尊宠必有妙策。"公子道："他意欲侨居苏杭，流连山水。使小弟先回，求亲友宛转于家君之前。俟家君回嗔作喜，然后图归。高明以为何如？"孙富沉吟半晌，故作愀然之色，道："小弟乍会之间，交浅言深，诚恐见怪。"公子道："正赖高明指教，何必谦逊？"孙富道："尊大人位居方面[1]，必严帷薄[2]之嫌，平时既怪兄游非礼之地，今日岂容兄娶不节之人？况且贤亲贵友，谁不迎合尊大人之意者？兄枉去求他，必然相拒。就有个不识时务的进言于尊大人之前，见尊大人意思不允，他就转口了。兄进不能和睦家庭，退无词以回复尊宠。即使留连山水，亦非长久之计。万一资斧困竭，岂不进退两难！"

公子自知手中只有五十金，此时费去大半，说到资斧困竭，进退两难，不觉点头道是。孙富又道："小弟还有句心腹之谈，兄肯俯听否？"公子道："承兄过爱，更求尽言。"孙富道："疏不间亲，还是莫说罢。"公子道："但说何妨。"孙富道："自古道：'妇人水性无常。'况烟花之辈，少真多假。他既系六院名姝，相识定满天下；或者南边原有旧约，借兄之力，挈带而来，以为他适之地。"公子道："这个恐未必然。"孙富道："即不然，江南子弟，最工轻薄，兄留丽人独居，难保无逾墙钻穴之事。若挈之同归，愈增尊大人之怒。为兄之计，未有善策。况父子天伦，必不可绝。若为妾而触父，因妓而弃家，海内必以兄为浮浪不经之人。异日妻不以为夫，弟不以为兄，同袍不以为友，兄何以立于天地之间？兄今日不可不熟思也！"

公子闻言，茫然自失，移席问计："据高明之见，何以教我？"孙富道："仆有一计，于兄甚便。只恐兄溺枕席之爱，未必能行，使仆空费词

---

[1] 方面：即方面官，一省的最高级官吏。
[2] 帷薄：家庭内室之事。

说耳!"公子道:"兄诚有良策,使弟再睹家园之乐,乃弟之恩人也。又何惮而不言耶?"孙富道:"兄飘零岁余,严亲怀怒,闺阁离心,设身以处兄之地,诚寝食不安之时也。然尊大人所以怒兄者,不过为迷花恋柳,挥金如土,异日必为弃家荡产之人,不堪承继家业耳!兄今日空手而归,正触其怒。兄倘能割衽席之爱,见机而作,仆愿以千金相赠。兄得千金以报尊大人,只说在京授馆,并不曾浪费分毫,尊大人必然相信。从此家庭和睦,当无间言。须臾之间,转祸为福。兄请三思,仆非贪丽人之色,实为兄效忠于万一也!"李甲原是没主意的人,本心惧怕老子,被孙富一席话,说透胸中之疑,起身作揖道:"闻兄大教,顿开茅塞。但小妾千里相从,义难顿绝,容归与商之。得其心肯,当奉复耳!"孙富道:"说话之间,宜放婉曲。彼既忠心为兄,必不忍使兄父子分离,定然玉成兄还乡之事矣。"二人饮了一回酒,风停雪止,天色已晚。孙富教家僮算还了酒钱,与公子携手下船。正是:

逢人且说三分话,未可全抛一片心。

却说杜十娘在舟中,摆设酒果,欲与公子小酌,竟日未回,挑灯以待。公子下船,十娘起迎。见公子颜色匆匆,似有不乐之意,乃满斟热酒劝之。公子摇首不饮。一言不发,竟自床上睡了。十娘心中不悦,乃收拾杯盘,为公子解衣就枕,问道:"今日有何见闻,而怀抱郁郁如此?"公子叹息而已,终不启口。问了三四次,公子已睡去了。十娘委决不下,坐于床头而不能寐。到夜半,公子醒来,又叹一口气。十娘道:"郎君有何难言之事,频频叹息?"公子拥被而起,欲言不语者几次,扑簌簌掉下泪来。十娘抱持公子于怀间,软言抚慰道:"妾与郎君情好,已及二载,千辛万苦,历尽艰难,得有今日。然相从数千里,未曾哀戚。

今将渡江，方图百年欢笑，如何反起悲伤？必有其故。夫妇之间，死生相共，有事尽可商量，万勿讳也。"

公子再四被逼不过，只得含泪而言道："仆天涯穷困，蒙恩卿不弃，委曲相从，诚乃莫大之德也。但反复思之，老父位居方面，拘于礼法，况素性方严，恐添嗔怒，必加黜逐。你我流荡，将何底止？夫妇之欢难保，父子之伦又绝。日间蒙新安孙友邀饮，为我筹及此事，寸心如割！"十娘大惊道："郎君意将如何？"公子道："仆事内之人，当局而迷。孙友为我画一计颇善，但恐恩卿不从耳！"十娘道："孙友者何人？计如果善，何不可从？"公子道："孙友名富，新安盐商，少年风流之士也。夜间闻子清歌，因而问及。仆告以来历，并谈及难归之故，渠意欲以千金聘汝。我得千金，可借口以见吾父母，而恩卿亦得所耳。但情不能舍，是以悲泣。"说罢，泪如雨下。

十娘放开两手，冷笑一声道："为郎君画此计者，此人乃大英雄也！郎君千金之资既得恢复，而妾归他姓，又不致为行李之累，发乎情，止乎礼，诚两便之策也。那千金在那里？"公子收泪道："未得恩卿之诺，金尚留彼处，未曾过手。"十娘道："明早快快应承了他，不可挫过机会。但千金重事，须得兑足交付郎君之手，妾始过舟，勿为贾竖子所欺。"时已四鼓，十娘即起身挑灯梳洗道："今日之妆，乃迎新送旧，非比寻常。"于是脂粉香泽，用意修饰，花钿绣袄，极其华艳，香风拂拂，光采照人。装束方完，天色已晓。

孙富差家童到船头候信。十娘微窥公子，欣欣似有喜色，乃催公子快去回话，及早兑足银子。公子亲到孙富船中，回复依允。孙富道："兑银易事，须得丽人妆台为信。"公子又回复了十娘，十娘即指描金文具道："可便抬去。"孙富喜甚。即将白银一千两，送到公子船中。十娘亲自检看，足色足数，分毫无爽。乃手把船舷，以手招孙富。孙富一见，魂不附体。十娘启朱唇，开皓齿道："方才箱子可暂发来，内有李郎路引一纸，可检还之也。"孙富视十娘已为瓮中之鳖，即命家僮送那描金文具，安放船头之上。十娘取钥开锁，内皆抽替[1]小箱。十娘叫公子抽第一层来看，只见翠羽明珰，瑶簪宝珥，充牣[2]于中，约值数百金。十娘遽投之江中。李甲与孙富及两船之人，无不惊诧。又命公子再抽一箱，乃玉箫金管；又抽一箱，尽古玉紫金玩器，约值数千金。十娘尽投之于大江中。岸上之人，观者如堵。齐声道："可惜，可惜！"正不知什么缘故。最后又抽一箱，箱中复有一匣。开匣视之，夜明之珠约有盈把。其他祖母绿、猫儿眼，诸般异宝，目所未睹，莫能定其价之多少。众人齐声喝采，喧声如雷。十娘又欲投之于江。李甲不觉大悔，抱持十娘恸哭，那孙富也来劝解。

十娘推开公子在一边，向孙富骂道："我与李郎备尝艰苦，不是容易到此。汝以奸淫之意，巧为谗说，一旦破人姻缘，断人恩爱，乃我之仇人。我死而有知，必当诉之神明，尚妄想枕席之欢乎！"又对李甲道："妾风尘数年，私有所积，本为终身之计。自遇郎君，山盟海誓，白首不渝。前出都之际，假托众姊妹相赠，箱中韫藏百宝，不下万金。将润色郎君之装，归见父母，或怜妾有心，收佐中馈，得终委托，生死无憾。谁知郎君相信不深，惑于浮议，中道见弃，负妾一片真心。今日当众目之前，开箱出视，使郎君知区区千金，未为难事。妾椟中有玉，恨郎眼内无珠。命之不辰，风尘困瘁，甫得脱离，又遭弃捐。今众人各有耳目，共作证明，妾不负郎君，郎君自负妾耳！"于是众人聚观者，无不流涕，都唾骂李公子负心薄幸。公子又羞又苦，且悔且泣，方欲向十娘谢罪。十娘抱持宝匣，向江心一跳。众人急呼捞救，但见云暗江心，波涛滚滚，

---

[1]　抽替：即抽屉。
[2]　充牣：充满。

　　　　　　　　　　　　　神话与故事

杳无踪影。可惜一个如花似玉的名姬，一旦葬于江鱼之腹！

三魂渺渺归水府，七魄悠悠入冥途。

当时旁观之人，皆咬牙切齿，争欲拳殴李甲和那孙富。慌得李、孙二人手足无措，急叫开船，分途遁去。李甲在舟中，看了千金，转忆十娘，终日愧悔，郁成狂疾，终身不痊。孙富自那日受惊，得病卧床月余，终日见杜十娘在傍诉骂，奄奄而逝。人以为江中之报也。

却说柳遇春在京坐监完满，束装回乡，停舟瓜步。偶临江净脸，失坠铜盆于水，觅渔人打捞。及至捞起，乃是个小匣儿。遇春启匣观看，内皆明珠异宝，无价之珍。遇春厚赏渔人，留于床头把玩。是夜梦见江中一女子，凌波而来，视之，乃杜十娘也。近前万福，诉以李郎薄幸之事。又道："向承君家慷慨，以一百五十金相助，本意息肩之后，徐图报答。不意事无终始。然每怀盛情，悒悒未忘。早间曾以小匣托渔人奉致，聊表寸心，从此不复相见矣。"言讫，猛然惊醒，方知十娘已死，叹息累日。

后人评论此事，以为孙富谋夺美色，轻掷千金，固非良士；李甲不识杜十娘一片苦心，碌碌蠢才，无足道者。独谓十娘千古女侠，岂不能觅一佳侣，共跨秦楼之凤，乃错认李公子。明珠美玉，投于盲人，以致恩变为仇，万种恩情，化为流水，深可惜也！有诗叹云：

不会风流莫妄谈，单单情字费人参。

若将情字能参透，唤作风流也不惭。

说明

　　本篇选自明代冯梦龙《警世通言》。作品以明代宋懋澄所作《负情侬传》为蓝本改写成的。叙述教坊名姬杜十娘一心追求自由的幸福生活，对爱情执著不渝，却遭负情公子李甲的抛弃而投江自尽的悲剧故事，表现了她善良、纯洁和刚强不屈的性格。作品心理刻画、细节描写细腻深刻，人物个性鲜明，比宋元话本有进一步的发展。

一文钱小隙造奇冤

世上何人会此言，休将名利挂心田。

等闲倒尽十分酒，遇兴高歌一百篇。

物外烟霞为伴侣，壶中日月任婵娟。

他时功满归何处？直驾云车入洞天。

　　这八句诗，乃回道人所作。那道人是谁？姓吕名岩，号洞宾，岳州河东人氏。大唐咸通中应进士举，游长安酒肆，遇正阳子钟离先生，点破了黄粱梦，知宦途不足恋，遂求度世之术。钟离先生恐他立志未坚，十遍试过，知其可度。欲授以黄白秘方，使之点石成金，济世利物，然后三千功满，八百行圆。洞宾问道："所点之金，后来还有变异否？"钟离先生答道："直待三千年后，还归本质。"洞宾愀然不乐道："虽然遂我一时之愿，可惜误了三千年后遇金之人，弟子不愿受此方也。"钟离先生呵呵大笑道："汝有此好心，三千八百尽在于此。吾向蒙苦竹真君分付道：'汝游人间，若遇两口的，便是你的弟子。'遍游天下，从没见有两口之人，今汝姓吕，即其人也。"遂传以分合阴阳之妙。

　　洞宾修炼丹成，发誓必须度尽天下众生，方肯上升，从此混迹尘途，自称为回道人。"回"字也是二"口"，暗藏著"吕"字。尝游长沙，手持小小磁罐乞钱，向市上大言："我有长生不死之方，有人肯施钱满罐，便以方授之。"市人不信，争以钱投罐，罐终不满。众皆骇然。忽有一僧人推一车子钱从市东来，戏对道人说："我这车子钱共有千贯，你罐里能容之否？"道人笑道："连车子也推得进，何况钱乎？"那僧不以为然，想着："这罐子有多少大嘴，能容得车儿？明明是说谎。"道人见其沉吟，便道："只怕你不肯布施，若道个肯字，不愁这车子不进我罐儿里去。"此时众人聚观者极多，一个个肉眼凡夫，谁人肯信！都去撺掇那僧人。那僧人也道必无此事，便道："看你本事，我有何不肯？"道人便将罐子侧着，将罐口向着车儿，尚离三步之远，对僧人道："你敢道三声'肯'么？"僧人连叫三声："肯，肯，肯。"每叫一声"肯"，那车儿便近一步，到第三个"肯"字，那车儿却像罐内有人扯拽一般，一溜子滚入罐内去了。众人一个眼花，不见了车儿，发声喊，齐道："奇怪！奇怪！"都来张那罐口，只见里面黑洞洞地。那僧人就有不悦之意，问道："你那道人是神仙，还是幻术？"道人口占八句道：

> 非神亦非仙，非术亦非幻。
> 天地有终穷，桑田经几变。
> 此身非吾有，财又何足恋。
> 苟不从吾游，骑鲸腾汗漫。

那僧人疑心是个妖术，欲同众人执之送官。道人道："你莫非懊悔，不舍得这车子钱财么？我今还你就是。"遂索纸笔，写一道符，投入罐内，喝声："出，出！"众人千百只眼睛，看着罐口，并无动静。道人说道："这罐子贪财，不肯送将出来，待贫道自去讨来还你。"说声未了，耸身望罐口一跳，如落在万丈深潭，影儿也不见了。那僧人连呼："道人出来！道人快出来！"罐里并不则声。僧人大怒，提起罐儿，向地下一掷，其罐打得粉碎，也不见道人，也不见车儿，连先前众人布施的散钱并无一个，正不知那里去了。只见有字纸一幅，取来看时，题得有诗四句道：

寻真要识真，见真浑未悟。

一笑再相逢，驱车东平路。

　　众人正在传观，只见字迹渐灭，须臾之间，连这幅白纸也不见了。众人才信是神仙，一哄而散。只有那僧人失脱了一车子钱财，意气沮丧，忽想着诗中"一笑再相逢，驱车东平路"之语，急急回归，行到东平路上，认得自家车儿，车上钱物宛然分毫不动。那道人立于车旁，举手笑道："相待久矣！钱车可自收之。"又叹道："出家之人，尚且惜钱如此，更有何人不爱钱者？普天下无一人可度，可怜哉，可痛哉！"言讫腾云而去。那僧人惊呆了半晌，去看那车轮上，每边各有一"口"字，二"口"成"吕"，乃知吕洞宾也。懊悔无及。正是：

天上神仙容易遇，世间难得舍财人。

　　方才说吕洞宾的故事，因为那僧人舍不得这一车子钱，把个活神仙，当面挫过。有人论：这一车子钱，岂是小事，也怪那僧人不得，世上还有一文钱也舍不得的。依在下看来，舍得一车子钱，就从那舍得一文钱这一念推广上去；舍不得一文钱，就从那舍不得一车子钱这一念算计入来。不要把钱多钱少，看做两样。如今听在下说这一文钱小小的故事。列位看官们，各宜警醒，惩忿窒欲，且休望超凡入道，也是保身保家的正理。诗云：

不争闲气不贪钱，舍得钱时结得缘。

除却钱财烦恼少，无烦无恼即神仙。

话说江西饶州府浮梁县，有景德镇，是个马头去处。镇上百姓，都以烧造磁器为业，四方商贾，都来载往苏杭各处贩卖，尽有利息。就中单表一人，叫做丘乙大，是窑户家一个做手，浑家[1]杨氏，善能描画。乙大做就磁胚，就是浑家描画花草、人物，两口俱不吃空。住在一个冷巷里，尽可度日有余。那杨氏年三十六岁，貌颇不丑，也肯与人活动。只为老公利害，只好背地里偶一为之，却不敢明当做事。所生一子，名唤丘长儿，年一十四岁，资性愚鲁，尚未会做活，只在家中走跳。

忽一日杨氏患肚疼，思想椒汤吃，把一文钱教长儿到市上买椒。长儿拿了一文钱，才走出门，刚刚遇着东间壁一般做磁胚刘三旺的儿子，叫做再旺，也走出门来。那再旺年十三岁，比长儿到乖巧，平日喜的是撅钱耍子。怎的样撅钱？也有八个六个，撅出或字或背，一色的谓之浑成。也有七个五个，撅去一背一字间花儿去的，谓之背间。再旺和长儿闲常有钱时，多曾在巷口一个空阶头上耍过来。这一日巷中相遇，同走到常时耍钱去处，再旺又要和长儿耍子，长儿道："我今日没有钱在身边。"再旺道："你往那里去？"长儿道："娘肚疼，叫我买椒泡汤吃。"再旺道："你买椒，一定有钱。"长儿道："只有得一文钱。"再旺道："一文钱也好耍，我也把一文与你赌个背字，两背的便都赢去，两字便输，一字一背不算。"长儿道："这文钱是要买椒的，倘或输与你了，把什么去买？"再旺道："不妨事，你若赢了是造化，若输了时，我借与你，下次还我就是。"

长儿一时不老成，就把这文钱撅在地上。再旺在兜肚里也摸出一个钱丢下地来。长儿的钱是个背，再旺的是个字。这撅钱也有先后常规，

[1]　浑家：妻子。

神话与故事

该是背的先擲。长儿捡起两文钱，摊在第二手指上，把大拇指掐住，曲一曲腰，叫声："背。"擲将下去，果然两背。长儿赢了，收起一文，留一文在地。再旺又在兜肚里摸出一文钱来，连地下这文钱拣起，一般样，摊在第二手指上，把大拇指掐住，曲一曲腰，叫声："背。"擲将下去，却是两个字，又是再旺输了。长儿把两个钱都收起，和自己这一文钱，共是三个。长儿赢得顺溜，动了赌兴，问再旺："还有钱么？"再旺道："钱尽有，只怕你没造化赢得。"当下伸手在兜肚里摸出十来个净钱，捻在手里，啧啧夸道："好钱！好钱！"问长儿："还敢擲么？"又丢下一文来。长儿又擲了两背，第四次再旺擲，又是两字。一连擲了十来次，都是长儿赢了，共得了十二文，分明是掘藏一般。喜得长儿笑容满面，拿了钱便走。再旺那肯放他，上前拦住，道："你赢了我许多钱，走那里去？"长儿道："娘肚疼，等椒汤吃，我去去，闲时再来。"再旺道："我还有钱在腰里，你赢得时，都送你。"长儿只是要去，再旺发起喉急来，便道："你若不肯擲时，还了我的钱便罢。你把一文钱来骗了我许多钱，如何就去？"长儿道："我是擲得有采，须不是白夺你的。"再旺索性把兜肚里钱，尽数取出，约莫有二三十文，做一堆儿堆在地下道："待我输尽了这些钱，便放你走。"

长儿是小厮家，眼孔浅，见了这钱，不觉贪心又起，况且再旺抵死缠住，只得又擲。谁知风无常顺，兵无常胜。这番采头又轮到再旺了。照前擲了一二十次，虽则中间互有胜负，却是再旺赢得多。到结末来，这十二文钱，依旧被他复去。长儿刚刚原剩得一文钱。自古道：赌以气胜。初番长儿擲赢了一两文，胆就壮了，偶然有些采头，就连赢数次。到第二番又擲时，不是他心中所愿，况且着了个贪心，手下就觉有些矜持。到一连擲输了几文，去一个舍不得一个，又添了个吝字，气便索然。怎当再旺一股愤气，又且稍长胆壮，自然赢了。

大凡人富的好过，贫的好过，只有先富后贫的，最是难过。据长儿一文钱起手时，赢得一二文也是勾了，一连得了十二文钱，一拳头捻不住，就似白手成家，何等欢喜。把这钱不看做倘来之物，就认作自己东西，重复输去，好不气闷，痴心还想再像初次赢将转来。"就是输了，他原许下借我的，有何不可？"这一交，合该长儿撅了，忍不住按定心坎，再复一撅，又是二字，心里着忙，就去抢那钱，手去迟些，先被再旺抢到手中，都装入兜肚里去了。长儿道："我只有一文钱，要买椒的，你原说过赢时借我，怎的都收去了？"再旺怪长儿先前赢了他十二文钱就要走，今番正好出气。君子报仇，直待三年，小人报仇，只在眼前，怎么还肯把这文钱借他？把长儿双手挡开，故意的一跳一舞，跑入巷去了。急得长儿且哭且叫，也回身进巷扯住再旺要钱，两个扭做一堆厮打。

孙庞斗智谁为胜，楚汉争锋那个强？

却说杨氏专等椒来泡汤吃，望了多时，不见长儿回来。觉得肚疼定了，走出门来张看，只见长儿和再旺扭住厮打，骂道："小杀才！教你买椒不买，到在此寻闹，还不撒开！"两个小厮听得骂，都放了手。再旺就闪在一边。杨氏问长儿："买的椒在那里？"长儿含着眼泪回道："那买椒的一文钱，被再旺夺去了。"再旺道："他与我撅钱，输与我的。"杨氏只该骂自己儿子不该撅钱，不该怪别人。况且一文钱，所值几何，既输了去，只索罢休。单因杨氏一时不明，惹出一场大祸，展转的害了多少人的性命。正是：

事不三思终有悔，人能百忍自无忧。

杨氏因等候长儿不来，一肚子恶气，正没出豁，听说赢了他儿子的一文钱，便骂道："天杀的野贼种！要钱时，何不教你娘趁汉？却来骗我家小厮撅钱！"口里一头说，一头便扯再旺来打。恰正抓住了兜肚，凿下两个栗暴。那小厮打急了，把身子负命一挣，却挣断了兜肚带子，落下地来，索郎一声响，兜肚子里面的钱，撒做一地。杨氏道："只还我那一文便了。"长儿得了娘的口气，就势抢了一把钱，奔进自屋里去。再旺就叫起屈来。杨氏赶进屋里，喝教长儿还了他钱。长儿被娘逼不过，把钱望着街上一撒。再旺一头哭，一头骂，一头捡钱。捡起时，少了六七文钱，情知是长儿藏下，拦着门只顾骂。杨氏道："也不见这天杀的野贼种，恁地撒泼！"把大门关上，走进去了。

　　再旺敲了一回门，又骂了一回，哭到自屋里去。母亲孙大娘正在灶下烧火，问其缘故，再旺哭诉道："长儿抢了我的钱，他的娘不说他不是，到骂我天杀的野贼种，要钱时何不教你娘趁汉。"孙大娘不听时万事全休，一听了这句不入耳的言语，不觉：

　　　　怒从心上起，恶向胆边生。

　　原来孙大娘最痛儿子，极是护短，又兼性暴，能言快语，是个揽事的女都头。若相骂起来，一连骂十来日，也不口干，有名叫做绰板婆。他与丘家只隔得三四个间壁居住，也晓得杨氏平日有些不三不四的毛病，只为从无口面，不好发挥出来。一闻再旺之语，太阳里爆出火来，立在街头，骂道："狗泼妇，狗淫妇！自己瞒着老公趁汉子，我不管你罢了，到来谤别人。老娘人便看不像，却替老公争气。前门不进师姑，后门不进和尚，拳头上立得人起，臂膊上走得马过，不像你那狗淫妇，人硬货不硬，表壮里不壮，作成老公戴了绿帽儿，羞也不羞！还亏你老着脸在街坊上骂人。便腤贱时，也不是恁般做作！我家小厮年小，连头带脑，也还不勾与你补空，你休得缠他！腤发时还去寻那旧汉子，是多寻几遭，多养了几个野贼种，大起来好做贼！"一声泼妇，一声淫妇，骂一个路绝人稀。

杨氏怕老公，不敢揽事，又没处出气，只得骂长儿道："都是你那小天杀的不学好，引这长舌妇开口。"提起木柴，把长儿劈头就打，打得长儿头破血淋，嚎啕大哭。丘乙大正从窑上回来，听得孙大娘叫骂，侧耳多时，一句句都听在肚里，想道："是那家婆娘不秀气？替老公妆幌子，惹这绰板婆叫骂。"及至回家，见长儿啼哭，问起缘繇，到是自家家里招揽的是非。丘乙大是个硬汉，怕人耻笑，声也不喷，气忿忿地坐下。远远的听得骂声不绝，直到黄昏后，方才住口。

丘乙大吃了几碗酒，等到夜深人静，叫老婆来盘问道："你这贱人瞒着我干得好事！趁的许多汉子，姓甚名谁？好好招将出来，我自去寻他说话。"那婆娘原是怕老公的，听得这句话，分明似半空中响一个霹雳，战兢兢还敢开口？丘乙大道："泼贱妇，你有本事偷汉子，如何没本事说出来？若要不知，除非莫为。瞒得老公，瞒不得邻里，今日教我如何做人！你快快说来，也得我心下明白。"杨氏道："没有这事，教我说谁来？"丘乙大道："真个没有？"杨氏道："没有。"丘乙大道："既是没有时，他们如何说你，你如何凭他说，不则一声？显是心虚口软，应他不得。若是真个没有，是他们作说你时，你今夜吊死在他门上，方表你清白，也出脱了我的丑名，明日我好与他讲话。"

那婆娘怎肯走动，流下泪来，被丘乙大三两个巴掌，推出大门，把一条麻索丢与他，叫道："快死快死！不死便是恋汉子了。"说罢，关上门儿进来。长儿要来开门，被乙大一顿栗暴，打得哭了一场睡去了。乙大有了几分酒意，也自睡了。单撇杨氏在门外好苦，上天无路，入地无门。千不是，万不是，只是自家不是，除却死，别无良策。自悲自怨了多时，恐怕天明，慌慌张张的取了麻索，去认那刘三旺的门首。也是将死之人，失魂颠智，刘家本在东间壁第三家，却错走到西边去，走过了五六家，到第七家。见门面与刘家相像，忙忙的把几块乱砖衬脚，搭上麻索于檐下，系颈自尽。可怜伶俐妇人，只为一文钱斗气，丧了性命。正是：

地下新添恶死鬼，人间不见画花人。

却说西邻第七家，是个打铁的匠人门首。这匠人浑名叫做白铁，每夜四更，便起来打铁。偶然开了大门撒溺，忽然一阵冷风，吹得毛骨竦然，定睛看时，吃了一惊。

不是傀儡场中鲍老，也像秋千架上佳人。

檐下挂着一件物事，不知是那里来的，好不怕人！犹恐是眼花，转身进屋，点个亮来一照，原来是新缢的妇人，咽喉气断，眼见得救不活了。欲待不去照管他，到天明被做公的看见，却不是一场飞来横祸，辨不清的官司，思量一计："将他移在别处，与我便无干了。"耽着惊恐，上前去解这麻索。那白铁本来有些蛮力，轻轻的便取下挂来，背出正街，心慌意急，不暇致详，向一家门里撇下，头也不回，竟自归家，兀自连打几个寒噤，铁也不敢打了，复上床去睡卧，不在话下。

且说丘乙大黑蚤起来开门，打听老婆消息，走到刘三旺门前，并无动静，直走到巷口，也没些踪影，又回来坐地寻思："莫不是这贱妇逃走他方去了？"又想："他出门稀少，又是黑暗里，如何行动？"又想道：

"他若不死时，麻索必然还在。"再到门前看时，地下不见麻绳，"定是死在刘家门首，被他知觉，藏过了尸首，与我白赖。"又想："刘三旺昨晚不回，只有那绰板婆和那小厮在家，那有力量搬运？"又想道："虫蚁也有几只脚儿，岂有人无帮助？且等他开门出来，看他什么光景，见貌辨色，可知就里。"等到刘家开门，再旺出来，把钱去市心里买馍馍点心，并不见有一些惊慌之意。丘乙大心中委决不下，又到街前街后闲荡，打探一回，并无影响。回来看见长儿还睡在床上打齁，不觉怒起，掀开被，向腿上四五下，打得这小厮睡梦里直跳起来。丘乙大道："娘也被刘家逼死了，你不去讨命，还只管睡！"这句话，分明丘乙大教长儿去惹事，看风色。

长儿听说娘死了，便哭起来，忙忙的穿了衣服，带着哭，一径直赶到刘三旺门首，大骂道："狗娼根，狗淫妇！还我娘来！"那绰板婆孙大娘见长儿骂上门，如何耐得，急赶出来，骂道："千人射的野贼种，敢上门欺负老娘么？"便揪着长儿头发，却待要打，见丘乙大过来，就放了手。这小厮满街乱跳乱舞，带哭带骂讨娘。丘乙大已耐不住，也骂起来。绰板婆怎肯相让，旁边钻出个再旺来相帮，两下干骂一场，邻里劝开。

丘乙大教长儿看守家里，自去街上央人写了状词，赶到浮梁县告刘三旺和妻孙氏人命事情。大尹准了状词，差人拘拿原被告和邻里干证，到官审问。原来绰板婆孙氏平昔口嘴不好，极是要冲撞人，邻里都不欢喜，因此说话中间，未免偏向丘乙大几分，把相骂的事情，增添得重大了，隐隐的将这人命，射实在绰板婆身上。这大尹见众人说话相同，信以为实，错认刘三旺将尸藏匿在家，希图脱罪。差人搜检，连地也翻了转来，只是搜寻不出，故此难以定罪。且不用刑，将绰板婆拘禁，差人押刘三旺寻访杨氏下落，丘乙大讨保在外。这场官司好难结哩！有分教：

绰板婆消停口舌，磁器匠担误生涯。

这事且阁过不题。再说白铁将那尸首，却撇在一个开酒店的人家门首。那店主人王公，年纪六十余岁，有个妈妈，靠着卖酒过日。是夜睡至五更，只听得叩门之声，醒时又不听得。刚刚合眼，却又闻得呼呼声叩响。心中惊异，披衣而起，即唤小二起来，开门观看。只见街头上不横不直，挡着这件物事。王公还道是个醉汉，对小二道："你仔细看一看，还是远方人，是近处人？若是左近邻里，可叩他家起来，扶了去。"小二依言，俯身下去认看，因背了星光，看不仔细，见颈边拖着麻绳，却认做是条马鞭，便道："不是近边人，想是个马夫。"王公道："你怎么晓得他是个马夫？"小二道："见他身边有根马鞭，故此知得。"王公道："既不是近处人，由他罢！"

小二欺心，要拿他的鞭子，伸手去拾时，却拿不起，只道压在身底下，尽力一扯，那尸首直竖起来，把小二吓了一跳，叫道："阿呀！"连忙放手，那尸扑的倒下去了。连王公也吃一惊，问道："这怎么说？"小二道："只道是根鞭儿，要拿他的，不想却是缢死的人，颈下扣的绳子。"王公听说，慌了手脚，欲待叫破地方，又怕这没头官司惹在身上。不报地方，这事却是洗身不清，便与小二商议，小二道："不打紧，只教他离了我这里，就没事了。"王公道："说得有理，还是拿到那里去好？"小二道："撇他在河里罢。"当下二人动手，直抬到河下。远远望见岸上有人，打着灯笼走来，恐怕被他撞见，不管三七二十一，撇在河边，奔回家去了，不在话下。

且说岸上打灯笼来的是谁？那人乃是本镇一个大户叫做朱常，为人奸诡百出，变诈多端，是个好打官司的主儿。因与隔县一个姓赵的人家争田，这一蚤要到田头去割稻，同着十来个家人，拿了许多扁挑索子镰刀，正来下舡。那提灯的在前，走下岸来，只见一人横倒在河边，也认做是个醉汉，便道："这该死的贪这样脓血！若再一个翻身，却不滚在河里，送了性命？"内中一个家人，叫做卜才，是朱常手下第一出尖的帮手，他只道醉汉身边有些钱钞，就蹲倒身，伸手去摸他腰下，却冰一般冷，吓得缩手不迭，便道："原来死的了！"朱常听说是死人，心下顿生不良之念，忙叫："不要嚷！把灯来照看，是老的？是少的？"众人在灯下仔细打一认，却是个缢死的妇人。朱常道："你们把他颈里绳子快解掉了，扛下舱里去藏好。"众人道："老爹，这妇人正不知是甚人谋死的？我们如何却到去招揽是非？"朱常道："你莫管，我自有用处。"众人只得依他，解去麻绳，叫起看船的，扛上船，藏在舱里，将平基盖好。

朱常道："卜才，你回去，媳妇子叫五六个来。"卜才道："这二三十亩稻，勾什么砍，要这许多人去做甚？"朱常道："你只管叫来，我自有用处。"卜才不知是甚意见，即便提灯回去。不一时叫到，坐了一舡，解缆开舡。两人荡桨，离了镇上。众人问道："老爹载这东西去有甚用处？"朱常道："如今去割稻，赵家定来拦阻，少不得有一场相打，到告状结杀。如今天赐这东西与我，岂不省了打官司，还有许多妙处。"众人道："老爹怎见省了打官司？又有妙处？"朱常道："有了这尸首时，只消如此如此，这般这般，却不省了打官司，你们也有些财采。他若不见机，弄到当官，定然我们占个上风，可不好么！"众人都喜道："果然妙计！小人们怎省得？"正是：

算定机谋夸自己，安排圈套害他人。

这些人都是愚野村夫，晓得什么利害？听见家主说得都有财采，当做瓮中取鳖，手到擒来的事，乐极了，巴不得赵家的人，这时就到舡边来厮闹便好，银子心急，发狠荡起桨来，这舡恰像生了七八个翅膀一般，顷刻就飞到了。此时天色渐明，朱常教把舡歇在空阔无人居住之处，离田中尚有一箭之路。众人都上了岸，寻出一条一股连一股断的烂草绳，将舡缆在一颗草根上，止留一个人坐在艄上看守，众男女都下田割稻。朱常远远的站在岸上打探消耗。原来这地方叫做鲤鱼桥，离景德镇只有十里多远，再过去里许，又唤做太白村，乃南直隶徽州府婺源县所管。因是两省交界之处，人人错壤而居。与朱常争田这人名唤赵完，也是个大富之家，原是浮梁县人户，却住在婺源县地方。两县俱置得有田产。那争的田，止得三十余亩，乃赵完族兄赵宁的。先把来抵借了朱常银子，却又卖与赵完，恐怕出丑，就揽来佃种，两边影射了三四年。不想近日身死，故此两家相争。这稻子还是赵宁所种。

说话的，这田在赵完屋脚跟头，如何不先割了，却留与朱常来割？看官有所不知，那赵完也是个强横之徒，看得自己大了，道这田是明中正契买族兄的，又在他的左近；朱常又是隔省人户，料必不敢来割稻，所以放心托胆。那知朱常又是个专在虎头上做窠，要吃不怕死的魍魉，竟来放对，正在田中砍稻。蚤有人报知赵完。赵完道："这厮真是吃了大虫的心，豹子的胆，敢来我这里撩拨！想是来送死么！"儿子赵寿道："爹，自古道：'来者不惧，惧者不来。'也莫轻觑了他！"赵完问报人道："他们共有多少人在此？"答道："十来个男子，六七个妇人。"赵完道："既如此，也教妇人去。男对男，女对女，都拿回来，敲断他的孤拐子，连舡都拔他上岸，那时方见我的手段。"即便唤起二十多人，十来个妇人，一个个粗脚大手，裸臂揸拳，如疾风骤雨而来。赵完父子随后来看。

且说众人远远的望着田中，便喊道："偷稻的贼不要走！"朱常家人媳妇，看见赵家有人来了，连忙住手，望河边便跑。到得岸旁，朱常连叫快脱衣服。众人一齐卸下，堆做一处，叫一个妇人看守，复身转来，叫道："你来你来，若打输与你，不为好汉。"赵完家有个雇工人，叫做田牛儿，自恃有些气力，抢先飞奔向前。朱家人见他势头来得勇猛，两边一闪，让他冲将过来。才让他冲进时，男子妇人，一裹转来围住。田牛儿叫声："来的好！"提起升箩般拳头，拣着个精壮村夫面上，一拳打去，只指望先打倒了一个硬的，其余便如摧枯拉朽了。谁知那人却也来得，拳到面上时，将头略偏一偏，这拳便打个空，刚落下来，就顺手牵羊把拳留住。田牛儿摔脱不得，急起左拳来打，手尚未起，又被一人接住，两边扯开。田牛儿便施展不得。朱家人也不打他，推的推，扯的扯，到像八抬八绰一般，脚不点地竟拿上船。那烂草绳系在草根上，有甚勋骨，初踏上船就断了。艄上人已预先将篙拦住，众人将田牛儿纳在舱中乱打。

赵家后边的人，见田牛儿捉上舡去，蜂拥赶上船抢人。朱家妇女都四散走开，放他上去。说时迟，那时快，拦篙的人一等赵家男子妇人上齐舡时，急掉转篙，望岸上用力一点，那舡如箭一般，向河心中直荡开去。人众舡轻，三四幌便翻将转来。两家男女四十多人，尽都落水。这些妇人各自挣扎上岸，男子就在水中相打，纵横搅乱，激得水溅起来，恰如骤雨相似，把岸上看的人眼都耀花了，只叫莫打，有话上岸来说。正打之间，卜才就人乱中，把那缢死妇人尸首，直扷[1]过去，便喊起来道："地方救护，赵家打死我家人了！"朱常同那六七个妇人，在岸边接应，一齐喊叫，其声震天动地。赵家的妇人正绞挤湿衣，听得打死了人，带水而逃。水里的人，一个个吓得胆战心惊，正不知是那个打死的，巴不能捆脱逃走。被朱家人乘势追打，吃了老大的亏，挣上了岸，落荒逃奔，此时只恨父母少生了两只脚儿。

朱家人欲要追赶，朱常止住道："如今不是相打的事了，且把尸首收

---

[1] 扷（sǒng）：推。

拾起来，抬放他家屋里了再处。"众人把尸首拖到岸上，卜才认做妻子，假意啼啼哭哭。朱常又教捞起舡上篙桨之类，寄顿佃户人家，又对看的人道："列位地方邻里，都是亲眼看见，活打死的，须不是诬陷赵完。倘到官司时，少不得要相烦做个证见，但求实说罢了。"这几句是朱常引人来兜揽处和的话。此时内中若有个有力量的出来担当，不教朱常把尸首抬去赵家说和，这事也不见得后来害许多人的性命。只因赵完父子平日是个难说话的，恐怕说而不听，反是一场没趣。况又不晓得朱常心中是甚样个意儿，故此并无一人招揽。朱常见无人招架，教众人穿起衣服，把尸首用芦席卷了，将绳索络好，四人扛着，望赵完家来。看的人随后跟来，观看两家怎地结局？

　　铜盆撞了铁扫帚，恶人自有恶人磨。

　　且说赵完父子随后走来，远望着自家人追赶朱家的人，心中欢喜。渐渐至近，只见妇女家人，浑身似水，都像落汤鸡一般，四散奔走。赵完惊讶道："我家人多，如何反被他都打下水去？"急挪步上前，众人看见乱喊道："阿爹不好了！快回去罢。"赵寿道："你们怎地恁般没用？都被打得这模样！"众人道："打是小事，只是他家死了人却怎处？"赵完听见死了个人，吓得就酥了半边，两只脚就像钉子，半步也行不动。赵寿与田牛儿，两边挟着胳膊而行，扶至家中坐下，半响方才开言问道："如何就打死了人？"众人把相打翻舡的事，细说一遍，又道："我们也没有打妇人，不知怎地死了？想是淹死的。"赵完心中没了主意，只叫："这事怎好？"那时合家老幼，都丛在一堆，人人心下惊慌。正说之间，人进来报："朱家把尸首抬来了。"赵完又吃这一吓，恰像打坐的禅和子，急得身色一毫不动。

自古道："物极则反，人急计生。"赵寿忽地转起一念，便道："爹莫慌，我自有对付他的计较在此。"便对众人道："你们都向外边闪过，让他们进来之后，听我鸣锣为号，留几个紧守门口，其余都赶进来拿人，莫教走了一个。解到官司，见许多人白日抢劫，这人命自然从轻。"众人得了言语，一齐转身。赵完恐又打坏了人，分付："只要拿人，不许打人。"众人应允，一阵风出去。赵寿只留下一个心腹义孙赵一郎道："你且在此。"又把妇女妻小打发进去，分付："不要出来。"赵完对儿子道："虽则告他白日打抢，终是人命为重，只怕抵当不过。"赵寿走到耳根前，低低道："如今只消如此这般。"赵完听了大喜，不觉身子就健旺起来，乃道："事不宜迟，快些停当！"赵寿先把各处门户闭好，然后寻了一把斧头，一个棒棰，两扇板门，都已完备，方教赵一郎到厨下叫出一个老儿来。

那老儿名唤丁文，约有六十多岁，原是赵完的表兄，因有了个懒黄病，吃得做不得，却又无男无女，揆在赵完家烧火，博口饭吃。当下那老儿不知头脑，走近前问道："兄弟有甚话？"赵完还未答应，赵寿闪过来，提起棒棰，看正太阳，便是一下。那老儿只叫得声"阿呀"，翻身跌倒。赵寿赶上，又复一下，登时了帐。当下赵寿动手时，以为无人看见，不想田牛儿的娘田婆，就住在赵完宅后，听见打死了人，恐是儿子打的，心中着急，要寻来问个仔细，从后边走出，正撞着赵寿行凶。吓得蹲倒在地，便立不起身，口中念声："阿弥陀佛！青天白日，怎做这事！"赵完听得，回头看了一看，把眼向儿子一颠。赵寿会意，急赶近前，照顶门一棒棰打倒，脑浆鲜血一齐喷出。还怕不死，又向肋上三四脚，眼见得不能勾活了。只因这一文钱上起，又送了两条性命。正是：

耐心终有益，任意定生灾。

且说赵一郎起初唤丁老儿时，不道赵寿怀此恶念，蓦见他行凶，惊得直缩到一壁角边去。丁老儿刚刚完事，接脚又撞个田婆来凑成一对，他恐怕这第三棒槌轮到头上，心下着忙，欲待要走，这脚上却像被千百斤石头压住，那里移得动分毫。正在慌张，只见赵完叫道："一郎快来帮一帮。"赵一郎听见叫他相帮，方才放下肚肠，挣扎得动，向前帮赵寿拖这两个尸首，放在遮堂背后，寻两扇板门压好，将遮堂都起浮了窠臼。又分付赵一郎道："你切不可泄漏，待事平了，把家私分一股与你受用。"赵一郎道："小人靠阿爹洪福过日的，怎敢泄漏？"刚刚准备停当，外面人声鼎沸，朱家人已到了。赵完三人退入侧边一间屋里，掩上门儿张看。

　　且说朱常引家人媳妇，扛着尸首赶到赵家，一路打将进去。直到堂中，见四面门户紧闭，并无一个人影。朱常教："把尸首居中停下，打到里边去拿赵完这老王八出来，锁在死尸脚上。"众人一齐动手，乒乒乓乓将遮堂乱打，那遮堂已是离了窠臼的，不消几下，一扇扇都倒下去，尸首上又压上一层。众人只顾向前，那知下面有物。赵寿见打下遮堂，把锣筛起，外边人听见，发声喊，抢将入来。朱常听得筛锣，只道有人来抢尸首，急掣身出来，众人已至堂中，两下你揪我扯，搅做一团，滚做一块。里边赵完三人大喊："田牛儿，你母亲都被打死了，不要放走了人。"田牛儿听见，急奔来问："我母亲如何却在这里？"赵完道："他刚同丁老倌走来问我，遮堂打下，压死在内。我急走得快，方逃得性命，若迟一步儿，这时也不知怎地了！"田牛儿与赵一郎将遮堂搬开，露出两个尸首。田牛儿看娘时，头已打开，脑浆鲜血满地，放声大哭。朱常听见，只道是假的，急抽身一望，果然有两个尸首，着了忙，往外就跑。这些家人媳妇，见家主走了，各要撇脱逃走，一路揪扭打将出来。那知门口有人把住，一个也走不脱，都被拿住。赵完只叫："莫打坏了人。"故此朱常等不十分吃亏。赵寿取出链子绳索，男子妇女锁做一堂。田牛儿痛哭了一回，心中忿怒，跳起身道："我把朱常这狗王八，照依母亲打死罢了。"赵完拦住道："不可不可！如今自有官法治了，你打他做甚？"教众人扯过一边。此时已哄动远近村坊、地方邻里，无有不到赵家观看。赵完留到后边，备起酒饭款待，要众人具个"白昼劫杀"公呈。那些人都是赵完的亲戚佃户、雇工人等，谁敢不依。

赵完连夜装起四五只农舡，载了地邻干证人等，把两只将朱常一家人锁缚在舱里，行了一夜方到婺源县中，候大尹早衙升堂。地方人等先将呈子具上。这大尹展开观看一过，问了备细，即差人押着地方并尸亲赵完、田牛儿、卜才前去。将三个尸首盛殓了，吊来相验。朱常一家人都发在铺里羁候。那时朱常家中自有佃户报知。儿子朱太星夜赶来看觑，自不必说。

有句俗语道得好："官无三日急。"那尸棺便吊到了，这大尹如何就有工夫去相验？隔了半个多月，方才出牌，着地方备办登场法物。铺中取出朱常一干人都到尸场上。仵作人逐一看报道："丁文太阳有伤，周围二寸有余，骨头粉碎。田婆脑门打开，脑髓漏尽，右肋骨踢折三根。二人实系打死。卜才妻子，颈下有缢死绳痕，遍身别无伤损，此系缢死是实，"大尹见报，心中骇异，道："据这呈子上称说舡翻落水身死，如何却是缢死的？"朱常就禀道："爷爷，众耳众目所见，如何却是缢死的？这明明仵作人得了赵完银子，妄报老爷。"大尹恐怕赵完将别个尸首颠换了，便唤卜才："你去认这尸首，正是你妻子的么？"卜才上前一认，回复道："正是小人妻子。"大尹道："是昨日登时死的？"卜才道："是。"大尹问了详细，自走下来把三个尸首逐一亲验，仵作人所报不差，暗称奇怪。分付把棺木盖上封好，带到县里来审。

大尹在轿上，一路思想，心下明白，回县坐下，发众犯都跪在仪门外，单唤朱常上去，道："朱常，你不但打死赵家二命，连这妇人，也是你谋死的！须从实招来。"朱常道："这是家人卜才的妻子余氏，实被赵完打下水死的，地方上人，都是见的，如何反是小人谋死？爷爷若不信，只问卜才便见明白。"大尹喝道："胡说！这卜才乃你一路之人，我岂不晓得！敢在我面前支吾！夹起来。"众皂隶一齐答应上前，把朱常鞋袜去了，套上夹棍，便喊起来。那朱常本是富足之人，虽然好打官司，从不曾受此痛苦，只得一一吐实："这尸首是浮梁江口不知何人撇下的。"

　　大尹录了口词，叫跪在丹墀[1]下。又唤卜才进来，问道："死的妇人果是你妻子么？"卜才道："正是小人妻子。"大尹道："既是你妻子，如何把他谋死了，诈害赵完？"卜才道："爷爷，昨日赵完打下水身死，地方上人，都看见的。"大尹把手拍在桌上一连七八拍，大喝道："你这该死的奴才！这是谁家的妇人，你冒认做妻子，诈害别人！你家主已招称，是你把他谋死。还敢巧辩，快夹起来！"卜才见大尹像道士打灵牌一般，把手拍一片声乱拍乱喊，将魂魄都惊落了，又听见家主已招，只得禀道："这都是家主教小人认作妻子，并不干小人之事。"大尹道："你一一从实细说。"卜才将下舡遇见尸首，定计诈赵完前后事细说一遍，与朱常无二。

　　大尹已知是实，又问道："这妇人虽不是你谋死，也不该冒认为妻，诈害平人。那丁文、田婆却是你与家主打死的，这须没得说。"卜才道："爷爷，其实不曾打死，就夹死小人，也不招的。"大尹也教跪下丹墀，又唤赵完并地方来问，都执朱常扛尸到家，乘势打死。大尹因朱常造谋诈害赵完事实，连这人命也疑心是真，又把朱常夹起来。朱常熬刑不起，只得屈招。大尹将朱常、卜才各打四十，拟成斩罪，下在死囚牢里。其余十人，各打二十板，三个充军，七个徒罪，亦各下监。六个妇人，都是杖罪，发回原籍。其田断归赵完，代赵宁还原借朱常银两。又行文关

---

[1]　丹墀（chí）：台阶。

会浮梁县查究妇人尸首来历。

那朱常初念，只要把那尸首做个媒儿，赵完怕打人命官司，必定央人兜收私处，这三十多亩田，不消说起归他，还要扎诈一注大钱，故此用这一片心机。谁知激变赵寿做出没天理事来对付，反中了他计。当下来到牢里，不胜懊悔，想道："这蚤若不遇这尸首，也不见得到这地位！"正是：

<blockquote>蚤知更有强中手，却悔当初枉用心。</blockquote>

朱常料道："此处定难翻案。"叫儿子分付道："我想三个尸棺，必是钉稀板薄，交了春气，自然腐烂。你今先去会了该房，捺住关会文书。回去教妇女们，莫要泄漏这缢死尸首消息。一面向本省上司去告准，捱至来年四五月间，然后催关去审，那时烂没了缢死绳痕，好与他白赖。一事虚了，事事皆虚，不愁这死罪不脱。"朱太依着父亲，前去行事，不在话下。

却说景德镇卖酒王公家小二因相帮撇了尸首，指望王公些东西，过了两三日，却不见说起。小二在口内野唱，王公也不在其意。又过了几日，小二不见动静，心中焦躁，忍耐不住，当面明明说道："阿公，前夜那活儿，亏我把去出脱了还好，若没我时，到天明地方报知官司，差人出来相验，饶你硬挣，不使酒钱，也使茶钱。就拌上十来担涎吐，只怕还不得干净哩！如今省了你许多钱钞，怎么竟不说起谢我？"大凡小人度量极窄，眼孔最浅：偶然替人做件事儿，微幸得效，便道是天大功劳，就来挟制那人，责他厚报，稍不遂意，便把这事翻局来害。往往人家用错了人，反受其累。譬如小二不过一时用得些气力，便想要王公的银子。那王公若是个知事的，不拘多寡与他些也就罢了，谁知王公又是舍不得一文钱的悭吝老儿，说着要他的钱，恰像割他身上的肉，就面红颈赤起来了。

当下王公见小二要他银子，便发怒道："你这人忒没理！吃黑饭，护漆柱。吃了我家的饭，得了我的工钱，便是这些小事，略走得几步，如何就要我钱？"小二见他发怒，也就嚷道："嗜呀！就不把我，也是小事，何消得喉急？用得我着，方吃得你的饭，赚得你的钱，须不是白把我用的。还有一句话，得了你工钱，只做得生活，原不曾说替你拽死尸的。"王婆便走过来道："你这蛮子，真个惫懒！自古道：'茄子也让三分老。'怎么一个老人家，全没些尊卑，一般样与他争嚷！"小二道："阿婆，我出了力，不把银子与我，反发喉急，怎不要嚷？"王公道："什么！是我谋死的？要诈我钱！"小二道："虽不是你谋死，便是擅自移尸，也须有个罪名。"王公道："你到去首了我来。"小二道："要我首也不难，只怕你当不起这大门户。"王公赶上前道："你去首，我不怕。"望外劈颈就㧬。那小二不曾提防，捉脚不定，翻觔斗直跌出门外，磕碎脑后，鲜血直淌。小二跌毒了，骂道："老王八！亏了我，反打么！"就地下拾起一块砖来，望王公掷去。谁知数合当然，这砖不歪不斜，恰恰正中王公太阳，一跤跌倒，再不则声。王婆急上前扶时，只见口开眼定，气绝身亡，跌脚叫苦，便哭起天来。只因这一文钱上，又送一条性命。

　　　总为惜财丧命，方知财命相连。

小二见王公死了，爬起来就跑。王婆喊叫邻里，赶上拿转，锁在王公脚上。问王婆："因甚事起？"王婆一头哭，一头将前情说出，又道："烦列位与老身作主则个。"众人道："这厮原来恁地可恶！先教他吃些痛苦，然后解官。"三四个邻里走上前，一顿拳头脚尖，打得半死，方才住手。教王婆关闭门户，同到县中告状。此时纷纷传说，远近人都来观看。

且说丘乙大正访问妻子尸首不着，官司难结，心中气闷。这一日闻得小二打死王公的根繇，想道："这妇人尸首，莫不就是我妻子么？"急走来问，见王婆正锁门要去告状。丘乙大上前问了详细，计算日子，正是他妻子出门这夜，便道："怪道我家妻子尸首，当朝就不见踪影，原来却是你们撤掉了。如今有了实据，绰板婆却白赖不过了。我同你们见官去！"

当下一干人牵了小二，直到县里。次早大尹升堂，解将进去。地方将前后事细禀。大尹又唤王婆问了备细。小二料道情真难脱，不待用刑，从实招承。打了三十，问成死罪，下在狱中。丘乙大禀说妻子被刘三旺谋死正是此日，这尸首一定是他撤下的。证见已确，要求审结。此时婺源县知会文书未到，大尹因没有尸首，终无实据。原发落出去寻觅。再说小二，初时已被邻里打伤，那顿板子，又十分利害。到了狱中，没有使用，又遭一顿拳脚，三日之间，血崩身死。为这一文钱起，又送一条性命。

只因贪白镪，番自丧黄泉。

且说丘乙大从县中回家，正打白铁门首经过，只听得里边叫天叫地的啼哭。原来白铁自那夜担着惊恐，出脱这尸首，冒了风寒，回家上得床，就发起寒热，病了十来日，方才断命。所以老婆啼哭。眼见为这一文钱，又送一条性命。

化为阴府惊心鬼，失却阳间打铁人。

丘乙大闻知白铁已死，叹口气道："恁般一个好汉！有得几日，却又了账。可见世人真是没根的！"走到家里，单单止有这个小厮，鬼一般缩在半边，要口热水，也不能勾。看了那样光景，方懊悔前日逼勒老婆，做了这桩拙事，如今又弄得不尴不尬，心下烦恼，连生意也不去做，终日东寻西觅，并无尸首下落。

看看捱过残年，又蚤五月中旬。那时朱常儿子朱太已在按院告准状词，批在浮梁县审问，行文到婺源县关提人犯尸棺。起初朱太还不上紧，到了五月间，料得尸首已是腐烂，大大送个东道与婺源县该房，起文关解。那赵完父子因婺源县已经问结，自道没事，毫无畏惧，抱卷赴理。两县解子领了一干人犯，三具尸棺，直至浮梁县当堂投递。大尹将人犯羁禁，尸棺发置官坛候检，打发婺源回文，自不必说。

不则一日，大尹吊出众犯，前去相验。那朱太合衙门通买嘱了，要胜赵完。大尹到尸场上坐下，赵完将浮梁县案卷呈上。大尹看了，对朱常道："你借尸扎诈，打死二命，事已问结，如何又告？"朱常禀道："爷爷，赵完打余氏落水身死，众目共见；却买嘱了地邻仵作，妄报是缢死的。那丁文、田婆，自己情慌，谋害抵饰，硬诬小人打死。且不要论别件，但据小人主仆俱被拿住，赵完是何等势力，却容小人打死二命？况死的俱年七十多岁，难道恁地不知利害，只拣垂死之人来打？爷爷推详这上，就见明白。"大尹道："既如此，当时怎就招承？"朱常道："那赵完衙门情熟，用极刑拷逼，若不屈招，性命已不到今日了。"赵完也禀道："朱常当日倚仗假尸，逢着的便打，阖家躲避。那丁文、田婆年老奔走不及，故此遭了毒手。假尸缢死绳痕，是婺源县太爷亲验过的，岂是仵作妄报！如今日久腐烂，巧言诳骗爷爷，希图漏网反陷。但求细看招卷，曲直立见。"大尹道："这也难凭你说。"即教开棺检验。

天下有这等作怪的事，只道尸首经了许多时，已腐烂尽了，谁知都一毫不变，宛然如生。那杨氏颈下这条绳痕，转觉显明，倒教仵作人没做理会。你道为何？他已得了朱常钱财，若尸首烂坏了，好从中作弊，要出脱朱常，反坐赵完。如今伤痕见在，若虚报了，恐大尹还要亲验；实报了，如何得朱常银子？正在踌躇，大尹蚤已瞧破，就走下来亲验。那件作人被大尹监定，不敢隐匿，一一实报。朱常在傍暗暗叫苦。大尹把所报伤处，将卷对看，分毫不差，对朱常道："你所犯已实，怎么又往上司诳告？"朱常又苦苦分诉。大尹怒道："还要强辩！夹起来！快说这缢死妇人是那里来的？"朱常受刑不过，只得报出："本日蚤起，在某处河沿边遇见，不知是何人撇下？"那大尹极有记性，忽地想起："去年丘乙大告称，不见了妻子尸首；后来卖酒王婆告小二打死王公，也称是日抬尸首，撇在河沿上。起衅至今，尸首没有下落，莫不就是这个么？"暗记在心。当下将朱常、卜才都责三十，照旧死罪下狱，其余家人减徒召保。赵完等发落宁家，不题。

　　且说大尹回到县中，吊出丘乙大状词，并王小二那宗案卷查对，果然日子相同，撇尸地处一般，更无疑惑，即着原差，唤到丘乙大、刘三旺干证人等，监中吊出绰板婆孙氏，齐至尸场认看。此时正是五月天道，监中瘟疫大作，那孙氏刚刚病好，还行走不动，刘三旺与再旺扶挟而行。到了尸场上，仵作揭开棺盖，那丘乙大认得老婆尸首，放声号恸，连连叫道："正是小人妻子。"干证地邻也道："正是杨氏。"大尹细细鞫问致死情繇，丘乙大咬定："刘三旺夫妻登门打骂，受辱不过，以致缢死。"刘三旺、孙氏，又苦苦折辩。地邻俱称是孙氏起衅，与刘三旺无干。大尹喝教将孙氏拶[1]起。那孙氏是新病好的人，身子虚弱，又行走这番，劳碌过度，又费唇费舌折辩，渐渐神色改变。经着拶子，疼痛难忍，一口气收不来，翻身跌倒，呜呼哀哉！只因这一文钱上起，又送一条性命。正是：

---

[1]　拶（zǎn）：旧时用拶子夹手指的一种酷刑。

阴府又添长舌鬼，相骂今无绰板声。

大尹看见，即令放拶。刘三旺向前叫喊，喊破喉咙，也唤不转，再旺在旁哀哀啼哭，十分凄惨。大尹心中不忍，向丘乙大道："你妻子与孙氏角口而死，原非刘三旺拳手相交。今孙氏亦亡，足以抵偿。今后两家和好，尸首各自领归埋葬，不许再告；违者定行重治。"众人叩首依命，各领尸首埋葬，不在话下。

再说朱常、卜才下到狱中，想起枉费许多银两，反受一场刑杖，心中气恼，染起病来，却又沾着瘟气，二病夹攻，不勾数日，双双而死。只因这一文钱上起，又送两条性命。

未诈他人，先损自己。

说话的，我且问你：朱常生心害人，尚然得个丧身亡家之报；那赵完父子活活打死无辜二人，又诬陷了两条性命，他却漏网安享，可见天理原有报不到之处。看官，你可晓得，古老有几句言语么？是那几句？古语道：

善有善报，恶有恶报。不是不报，时辰未到。

那天公算子，一个个记得明白。古往今来，曾放过那个？这赵完父子漏网受用，一来他的顽福未尽，二来时候不到，三来小子只有一张口，没有两副舌，说了那边，便难顾这边，少不得逐节儿还你个报应。闲话休题。且说赵完父子又胜了朱常，回到家中，亲戚邻里，齐来作贺。吃了好几日酒。又过数日，闻得朱常、卜才，俱已死了，一发喜之不胜。田牛儿念着母亲暴露，领归埋葬不题。

时光迅速，不觉又过年余。原来赵完年纪虽老，还爱风月，身边有个偏房，名唤爱大儿。那爱大儿生得四五分颜色，乔乔画画，正在得趣之时。那老儿虽然风骚，到底老人家，只好虚应故事，怎能勾满其所欲？看见义孙赵一郎身材雄壮，人物乖巧，尚无妻室，倒有心看上了。常常走到厨房下，捱肩擦背，调嘴弄舌。你想世间能有几个坐怀不乱的鲁男子，妇人家反去勾搭，可有不肯之理！两下眉来眼去，不则一日，成就了那事。彼此俱在少年，犹如一对饿虎，那有个饱期，捉空就闪到赵一郎房中，偷一手儿。那赵一郎又有些本领，弄得这婆娘体酥骨软，魄散魂销，恨不时刻并做一块。约莫串了半年有余。

一日，爱大儿对赵一郎说道："我与你虽然快活了这几多时，终是碍人耳目，心忙意急，不能勾十分尽兴。不如悄地逃往远处，做个长久夫妻。"赵一郎道："小娘子若真心肯跟我，就在此，可以做得夫妻，何必远去！"爱大儿道："你便是我心上人了，有甚假意？只是怎地在此就做得夫妻！"赵一郎道："向年丁老倌与田婆，都是老爹与大官人自己打死诈赖朱家的，当时教我相帮扛抬，曾许事完之日，分一份家私与我。那个棒椎，还是我藏好。一向多承小娘子相爱，故不说起。你今既有此心，我与老爹说，先要了那一份家私，寻个所在住下，然后再央人说，要你为配，不怕他不肯。他若舍不得，那时你悄地径自走了出来，他可敢道个不字么？设或不达时务，便报与田牛儿同去告官，教他性命也自难保。"爱大儿闻言，不胜欢喜，道："事不宜迟，作速理会。"说罢，闪出房去。

次日赵一郎探赵完独自个在堂中闲坐，上前说道："向日老爹许过事平之后，分一股家私与我。如今朱家了账已久，要求老爹分一股儿，自去营运。"赵完答道:"我晓得了。"再过一日,赵一郎转入后边,遇着爱大儿,递个信儿道:"方才与老爹说了,娘子留心察听,看可像肯的。"爱大儿点头会意,各自开去不题。

且说赵完叫赵寿到一间厢房中去,将门掩上,低低把赵一郎说话,学与儿子,又道:"我一时含糊应了他,如今还是怎地计较?"赵寿道:"我原是哄他的甜话,怎么真个就做这指望?"老儿道:"当初不合许出了,今若不与他些,这点念头,如何肯息?"赵寿沉吟了一回,又生起歹念,乃道:"若引惯了他,做了个月月红,倒是无了无休的诈端。想起这事,止有他一个晓得,不如一发除了根,永无挂虑。"那老儿若是个有仁心的,劝儿子休了这念,胡乱与他些小东西,或者免得后来之祸,也未可知。千不合,万不合,却说道:"我也有这念头,但没有个计策。"赵寿道:"有甚难处,明日去买些砒霜,下在酒中,到晚灌他一醉,怕道不就完事。外边人都晓得平日将他厚待的,决不疑惑。"赵完欢喜,以为得计。

他父子商议,只道神鬼不知,那晓得却被爱大儿瞧见,料然必说此事,悄悄走来覆在壁上窥听。虽则听着几句,不当明白,恐怕出来撞着,急闪入去。欲要报与赵一郎,因听得不甚真切,不好轻事重报。心生一计,到晚间,把那老儿多劝上几杯酒,吃得醉熏熏,到了床上,爱大儿反抱定了那老儿撒娇撒痴,淫声浪语。这老儿迷魂了,乘着酒兴,未免做些没正经事体。方在酣美之时,爱大儿道:"有句话儿要说,恐气坏了你,不好开口,若不说,又气不过。"这老儿正顽得气喘吁吁,借那句话头,就停住了,说道:"是那个冲撞了你?如此着恼!"爱大儿道:"叵耐一郎这厮,今早把风话撩拨我,我要扯他来见你,倒说:'老爹和大官人,性命都还在我手里,料道也不敢难为我。'不知有甚缘故,说这般满话。倘在外人面前,也如此说,必疑我家做甚不公不法勾当,可不坏了名声？那样没上下的人，不如寻个计策摆布死了，也省了后患。"那老儿道："原来这厮恁般无礼！不打紧，明晚就见功效了。"爱大儿道："明晚怎地就见功效？"那老儿也是合当命尽，将要药死的话，一五一十说出。

那婆娘得了实信，次早闪来报知赵一郎。赵一郎闻言，吃那惊不小，想道："这样反面无情的狠人！倒要害我性命，如何饶得他过？"摸了棒棰，锁上房门，急来寻着田牛儿，把前事说与。田牛儿怒气冲天，便要赶去厮闹。赵一郎止住道："若先嚷破了，反被他做了准备，不如竟到官司，与他理论。"田牛儿道："也说得是。还到那一县去？"赵一郎道："当初先在婺源县告起，这大尹还在，原到他县里去。"

那太白村离县止有四十余里，二人拽开脚步，直跑至县中。恰好大尹早堂未退，二人一齐喊叫。大尹唤入，当厅跪下，却没有状词，只是口诉。先是田牛儿哭禀一番，次后赵一郎将赵寿打死丁文、田婆，诬陷朱常、卜才情繇细诉，将行凶棒棰呈上。大尹看时，血痕虽干，鲜明如昨，乃道："既有此情，当时为何不首？"赵一郎道："是时因念主仆情分，不忍出首。如今恐小人泄漏，昨日父子计议，要在今晚将毒药鸩害小人，故不得不来投生。"大尹道："他父子计议，怎地你就晓得？"赵一郎急遽间，不觉吐出实话，说道："亏主人偏房爱大儿报知，方才晓得。"大尹道："你主人偏房，如何肯来报信？想必与你有奸么？"赵一郎被道破心事，脸色俱变，强词抵赖。大尹道："事已显然，不必强辩。"即差人押二人去拿赵完父子并爱大儿前来赴审。到得太白村，天已昏黑，田牛儿留回家歇宿，不题。

且说赵寿早起就去买下砒霜，却不见了赵一郎，问家中上下，都不知道。父子虽然有些疑惑，那个虑到爱大儿泄漏。次日清晨，差人已至，一索捆翻，拿到县中。赵完见爱大儿也拿了，还错认做赵一郎调戏他不从，因此牵连在内，直至赵一郎说出，报他谋害情由，方知向来有奸，

　　　　　　　　　　　　　　　　　　　　　　　　神话与故事

懊悔失言。两下辩论一番，不肯招承。怎当严刑锻炼，疼痛难熬，只得一一细招。大尹因害了四命，情理可恨，赵完父子，各打六十，依律问斩。赵一郎奸骗主妾，背恩反噬；爱大儿通同奸夫，谋害亲夫，各责四十，杂犯死罪，齐下狱中。田牛儿发落宁家。一面备文申报上司，具疏题请。不一日，刑部奉旨，倒下号札，四人俱依拟，秋后处决。只因这一文钱上，又送了四条性命。虽然是冤各有头，债各有主，若不因那一文钱争闹，杨氏如何得死？没有杨氏的死尸，朱常这诈害一事，也就做不成了。总为这一文钱起，共害了十三条性命。这段话叫做《一文钱小隙造奇冤》。奉劝世人，舍财忍气为上。有诗为证：

相争只为一文钱，小隙谁知奇祸连！
劝汝舍财兼忍气，一生无事得安然。

说明

本篇选自明代冯梦龙《醒世恒言》。作品撷取日常生活琐事敷衍成文。写因一文钱而酿起祸端，牵连进许多人家，发展成一场两姓大争斗，前后断送了十三条性命。这则公案故事波澜迭起，情节曲折，揭露了当时社会的种种丑恶现象和人与人之间的尔虞我诈、贪心残酷。

转运汉遇巧洞庭红　波斯胡指破鼋龙壳

词云：

> 日日深杯酒满，朝朝小圃花开。自歌自舞自开怀，且喜无拘无碍。
>
> 青史几番春梦，红尘多少奇才？不须计较与安排，领取而今现在！

这首词乃宋朱希真所作，词寄《西江月》，单道着人生功名富贵，总有天数，不如图一个见前[1]快活。试看往古来今，一部十七史中，多少英雄豪杰，该富的不得富，该贵的不得贵；能文的倚马千言，用不着时，几张纸盖不完酱瓿；能武的穿杨百步，用不着时，几竿箭煮不熟饭锅。最是那痴呆懵懂，生来有福分的，随他文学低浅，也会发科发甲；随他武艺庸常，也会大请大受[2]，真所谓时也，运也，命也。俗语有两句道得好：

> 命若穷，掘得黄金化作铜；命若富，拾着白纸变成布。

总来只听掌命司颠之倒之。所以吴彦高又有词云：

> 造化小儿无定据，翻来覆去，倒横直竖，眼见都如许！

---

[1]　见前：眼前。
[2]　大请大受：领取很高的俸禄。

僧晦庵亦有词云：

> 谁不愿黄金屋？谁不愿千钟粟？算五行[1]不是这般题目。枉使心机闲计较，儿孙自有儿孙福。

苏东坡亦有词云：

> 蜗角虚名，蝇头微利，算来着甚干忙？事皆前定，谁弱又谁强！

这几位名人说来说去，都是一个意思。总不如古语云：

> 万事分已定，浮生空自忙。

说话的，依你说来，不须能文善武，懒惰的也只消天掉下前程；不须经商立业，败坏的也只消天挣与家缘。却不把人间向上的心都冷了？看官有所不知，假如人家出了懒惰的人，也就是命中该贱；出了败坏的人，也就是命中该穷。此是常理。却又自有转眼贫富，出人意外，把眼前事分毫算不得准的哩！

且听说一人，乃是宋朝汴京人氏，姓金，双名维厚，乃是经纪行中人，少不得朝晨起早，晚夕眠迟，睡醒来，千思想、万算计，拣有便宜的才做。后来家事挣得从容了，他便思想一个久远方法，手头用来用去的，只是那散碎银子。若是上两块头好银，便存着不动，约得百两，便

---

[1]　算五行：此指命运所规定的意思。

熔成一大锭，把一综红线，结成一绺，系在锭腰，放在枕边。夜来摩弄一番，方才睡下。积了一生，整整熔成八锭，以后也就随来随去，再积不成百两，他也罢了。

金老生有四子。一日，是他七十寿旦，四子置酒上寿。金老见了四子跻跻跄跄，心中喜欢，便对四子说道："我靠皇天覆庇，虽则劳碌一生，家事尽可度日。况我平日留心，有熔成八大锭银子，永不动用的，在我枕边，见将绒线做对儿结着。今将拣个好日子，分与尔等，每人一对，做个镇家之宝。"四子喜谢，尽欢而散。

是夜金老带些酒意，点灯上床，醉眼模糊，望去八个大锭，白晃晃排在枕边。摸了几摸，哈哈地笑了一声，睡下去了。

睡未安稳，只听得床前有人行走脚步响，心疑有贼。又细听看，恰象欲前不前相让一般。床前灯火微明，揭帐一看，只见八个大汉，身穿白衣，腰系红带，曲躬而前曰："某等兄弟，天数派定，宜在君家听令。今蒙我翁过爱，抬举成人，不烦役使，珍重多年，冥数将满。待翁归天后，再觅去向。今闻我翁目下将以我等分役诸郎君，我等与诸郎君，原无前缘，故此先来告别，往某县某村王姓某者投托，后缘未尽，还可一面。"语毕，回身便走。金老不知何事，吃了一惊。翻身下床，不及穿鞋，赤脚赶去。远远见八人，出了房门。金老赶得性急，绊了房槛，扑的跌倒，飒然惊醒，乃是南柯一梦。急起挑灯明亮，点照枕边，已不见了八个大锭。细思梦中所言，句句是实。叹了一口气，哽咽了一会，道："不信我苦积一世，却没分与儿子每[1]受用，到是别人家的！明明说有地方姓名，且慢慢跟寻下落则个。"一夜不睡。

次早起来，与儿子每说知。儿子中也有惊骇的，也有疑惑的。惊骇

---

[1] 每：们。

的道："不该是我们手里东西，眼见得作怪。"疑惑的道："老人家欢喜中说话，失许了我们，回想转来，一时间就不割舍得分散了，造此鬼话，也未见得。"

金老看见儿子们疑信不等，急急要验个实话。遂访至某县某村，果有王姓某者。叩门进去，只见堂前灯烛荧煌，三牲福物[1]，正在那里献神。金老便开口问道："宅上有何事如此？"家人报知，请主人出来。主人王老儿见金老揖坐了，问其来因。金老道："老汉有一疑事，特造上宅来问消息。今见上宅正在此献神，必有所谓，敢乞明示。"王老道："老拙偶因寒荆小恙买卜，先生道：'移床即好。'昨寒荆病中，恍惚见八个白衣大汉，腰系红束，对寒荆道：'我等本在金家，今在彼缘尽，来投身宅上。'言毕，俱钻入床下。寒荆惊出了一身冷汗，身体爽快了。及至移床，灰尘中得银八大锭，多用红绒系腰，不知是那里来的？此皆神天福佑，故此买福物酬谢。今老丈来问，莫非晓得些来历么？"金老跌跌脚道："此老汉一生所积。因前日也做了一梦，就不见了。梦中也道出老丈姓名居址的确，故得访寻到此。可见天数已定，老汉也无怨处。但只求取出一看，也完了老汉心事。"王老道："容易。"笑嘻嘻地走进去，叫安童四人，托出四个盘来。每盘两锭，多是红绒系束，正是金家之物。金老看了，眼睁睁无计所奈，不觉扑簌簌吊下泪来，抚摩一番道："老汉直如此命薄！消受不得。"王老虽然叫安童仍旧拿了进去，心里见金老如此，老大不忍。另取三两零银封了，送与金老作别。

金老道："自家的东西尚无福，何须尊惠？"再三谦让，必不肯受。王老强纳在金老袖中，金老欲待摸出还了，一时摸个不着，面儿通红，又被王老央不过，只得作揖别了。直至家中，对儿子们一一把前事说了，

---

[1]　三牲福物：祭神的物品。三牲，原指牛、羊、豕，这里可能指鸡、鱼、肉。

话　本　　　　　　　　　　　　　　　　　　　　　　　　　235

大家叹息了一回。因言王老好处，临行送银三两，满袖摸遍，并不见有，只说路中掉了。却原来金老推逊时，王老往袖里乱塞，落在着外面一层袖中。袖有断线处，在王老家摸时，已自在脱线处落出在门槛边了。客去扫门，仍旧是王老拾得。可见一饮一啄，莫非前定。不该是他的东西，不要说八百两，就是三两，也得不去。该是他的东西，不要说八百两，就是三两也推不出。原有的到无了，原无的到有了，并不由人计较。

而今说一个人，在实地上行，步步不着，极贫极苦的；却在渺渺茫茫、做梦不到的去处，得了一主没头没脑钱财，变成巨富。从来稀有，亘古新闻，有诗为证。

诗曰：

> 分内功名匣里财，不关聪慧不关呆。
> 果然命是财官格，海外犹能送宝来。

话说国朝成化年间，苏州府长洲县阊门外有一人，姓文名实，字若虚。生来心思慧巧，做着便能，学着便会。琴棋书画，吹弹歌舞，件件粗通。幼年间，曾有人相他有巨万之富，他亦自恃才能，不十分去营求生产。坐吃山空，将祖上遗下千金家事，看看消下来。以后晓得家业有限，看见别人经商图利的，时常获利几倍，便也思量做些生意，却又百做百不着。

一日，见人说北京扇子好卖，他便合了一个伙计，置办扇子起来。上等金面精巧的，先将礼物求了名人诗画，免不得是沈石田、文衡山、祝枝山，搨[1]了几笔，便值上两数银子；中等的，自有一样乔人[2]，一只

---

[1]　搨（tà）：在刻铸文字、图像的器物上，蒙一层纸，捶打后使凹凸分明，涂上墨，显出文字、图像来。
[2]　乔人：狡狯的人。

神话与故事

手学写了这几家字画，也就哄得人过，将假当真的买了，他自家也兀自做得来的；下等的，无金无字画，将就卖几十钱，也有对合利钱[1]，是看得见的。拣个日子，装了箱儿，到了北京。岂知北京那年自交夏来，日日淋雨不晴，并无一毫暑气，发市甚迟。交秋早凉，虽不见及时，幸喜天色却晴，有妆晃[2]子弟，要买把苏做的扇子，袖中笼着摇摆。来买时，开箱一看，只叫得苦。原来北京历渗[3]，却在七八月，更加日前雨湿之气，斗着扇上胶墨之性，弄做了个"合而言之"[4]，揭不开了。用力揭开，东粘一层，西缺一片，但是有字有画值价钱者，一毫无用。止剩下等没字白扇，是不坏的，能值几何？将就卖了，做盘费回家，本钱一空。

频年做事，大概如此。不但自己折本，但是搭他作伴，连伙计也弄坏了，故此人起他一个混名叫"倒运汉"。不数年，把个家事乾圆洁净了，连妻子也不曾娶得。终日间靠着些东涂西抹，东挨西撞，也济不得甚事。但只是嘴头子诌得来，会说会笑，朋友家喜欢他有趣，游耍去处少他不得，也只好趁口[5]，不是做家的。况且他是大模大样过来的，帮闲行里又不十分入得队。有怜他的，要荐他坐馆教学，又有诚实人家嫌他是个杂板令。高不凑，低不就，打从帮闲的、处馆的两项人见了他，也就做鬼脸，把"倒运"两字笑他，不在话下。

一日，有几个走海泛货的邻近，做头的无非是张大、李二、赵甲、钱乙一班人，共四十余人，合了伙将行。他晓得了，自家思忖道："一身落魄，生计皆无。便附了他们航海，看看海外风光，也不枉人生一世。

---

[1]　对合利钱：赚一倍的钱。
[2]　妆晃：装门面。
[3]　历渗：疑指北京雨季的潮湿发霉现象。
[4]　合而言之：粘在一起的意思。
[5]　趁口：类似糊口的意思。

况且他们定是不却我的，省得在家忧柴忧米，也是快活。"

正计较间，恰好张大踱将来。原来这个张大名唤张乘运，专一做海外生意，眼里认得奇珍异宝，又且秉性爽慨，肯扶持好人，所以乡里起他一个混名叫张识货。文若虚见了，便把此意一一与他说了。张大道："好，好。我们在海船里头，不耐烦寂寞。若得兄去，在船中说说笑笑，有甚难过的日子？我们众兄弟料想多是喜欢的。只是一件，我们多有货物将去，兄并无所有，觉得空了一番往返，也可惜了。待我们大家计较，多少凑些出来，助你将就置些东西去也好。"文若虚便道："多谢厚情，只怕没人如兄肯周全小弟。"张大道："且说说看。"一竟自去了。

恰遇一个瞽目先生，敲着报君知走将来。文若虚伸手顺袋里，摸了一个钱，扯他一卦，问问财气看。先生道："此卦非凡，有百十分财气，不是小可。"文若虚自想道："我只要搭去海外耍耍，混过日子罢了，那里是我做得着的生意？要甚么资助？就资助得来，能有多少？便直恁地财爻动？这先生也是混帐。"只见张大气忿忿走来，说道："说着钱，便无缘，这些人好笑！说道你去，无不喜欢；说到助你，没一个则声。今我同两个好的弟兄，拼凑得一两银子在此，也办不成甚货，凭你买些果子，船里吃罢。口食之类，是在我们身上。"若虚称谢不尽，接了银子。张大先行，道："快些收拾，就要开船了。"若虚道："我没甚收拾，随后就来。"手中拿了银子，看了又笑，笑了又看，道："置得甚货么？"信步走去，只见满街上篾篮内盛着卖的：

> 红如喷火，巨若悬星。皮未鞟，尚有余酸；霜未降，不可多得。元殊苏井[1]诸家树，亦非李氏千头奴[2]。较广似曰"难兄"，比福亦云"具体"。

---

[1] 苏井：《神仙传》中讲，苏耽以枯叶井水，救乡里之病。
[2] 李氏千头奴：汉李衡种橘千树，号千头木奴。

　　　　　　　　　　　　　神话与故事

乃是太湖中有一洞庭山，地暖土肥，与闽广无异，所以广橘福橘，播名天下，洞庭有一样橘树，绝与他相似，颜色正同，香气亦同。止是初出时，味略少酸，后来熟了，却也甜美，比福橘之价十分之一，名曰"洞庭红"。若虚看见了，便思想道："我一两银子买得百斤有余，在船可以解渴，又可分送一二，答众人助我之意。"买成，装上竹篓，雇一闲的，并行李挑了下船。众人都拍手笑道："文先生宝货来也！"文若虚羞惭无地，只得吞声上船，再也不敢提起买橘的事。

开得船来，渐渐出了海口，只见：

银涛卷雪，雪浪翻银。湍转则日月似惊，浪动则星河如覆。

三五日间，随风漂去，也不觉过了多少路程。忽至一个地方，舟中望去，人烟凑聚，城郭巍峨，晓得是到了甚么国都了。舟人把船撑入藏风避浪的小港内，钉了桩橛，下了铁锚，缆好了。船中人多上岸，打一看，原来是来过的所在，名曰吉零国。原来这边中国货物拿到那边，一倍就有三倍价。换了那边货物，带到中国，也是如此。一往一回，却不便有八九倍利息？所以人都拼死走这条路。众人多是做过交易的，各有熟识经纪、歇家、通事人等，各自上岸找寻，发货去了。只留文若虚在船中看船——路径不熟，也无走处。

正闷坐间，猛可想起道："我那一篓红橘，自从到船中，不曾开看，莫不人气蒸烂了？趁着众人不在，看看则个。"叫那水手在舱板底下，翻将起来，打开了篓看时，面上多是好好的。放心不下，索性搬将出来，都摆在舲板[1]上面。也是合该发迹，时来福凑。摆得满船红焰焰的，远远

---

[1] 舲板：船板。

望来，就是万点火光，一天星斗。岸上走的人都拢将来，问道："是甚么好东西呀？"文若虚只不答应，看见中间有个把一点头的[1]，拣了出来，掐破就吃。岸上看的一发多了。惊笑道："原来是吃得的！"就中有个好事的，便来问价，"多少一个？"文若虚不省得他们说话，船上人却晓得，就扯个谎哄他，竖起一个指头，说："要一钱一颗。"那问的人揭开长衣，露出那兜罗绵红裹肚来，一手摸出银钱一个来，道："买一个尝尝。"文若虚接了银钱，手中擛擛看，约有两把重。心下想道："不知这些银子，要买多少？也不见秤秤，且先把一个与他看样。"拣个大些的、红得可爱的，递一个上去。只见那个人接上手，擛了一擛道："好东西呀！"扑地就劈开来，香气扑鼻，连旁边闻着的许多人，大家喝一声采。那买的不知好歹，看见船上吃法，也学他去了皮，却不分囊，一块塞在口里，甘水满咽喉，连核都不吐，吞下去了。哈哈大笑道："妙哉！妙哉！"又伸手在裹肚里，摸出十个银钱来，说："我要买十个进奉去。"文若虚喜出望外，拣十个与他去了。那看的人见那人如此买去了，也有买一个的，也有买两个、三个的，都是一般银钱。买了的，都千欢万喜去了。

原来彼国以银为钱，上有文采，有等龙凤文的最贵重；其次人物，又次禽兽，又次树木，最下通用的是水草。却都是银铸的，分两不异。适才买橘的都是一样水草文的，他道是把下等钱买了好东西去了，所以欢喜，也只是要小便宜肚肠，与中国人一样。须臾之间，三停[2]里卖了二停。有的不带钱在身边的，老大懊悔，急忙取了钱转来，文若虚已此[3]剩不多了，拿一个班[4]道："而今要留着自家用，不卖了。"其人情愿再增一个钱，四个钱买了二颗。口中晓晓说："悔气！来得迟了。"旁边人见他

---

[1]　一点头的：指橘子将坏时出现的白点子。

[2]　停：同份。

[3]　已此：已是。

[4]　拿一个班：即拿班，北方话"拿跻"的意思。

　　　　　　　　　　　　　　　　　神话与故事

增了价，就埋怨道："我每还要买个，如何把价钱增长了他的？"买的人道："你不听得他方才说兀自不卖了？"

正在议论间，只见首先买十颗的那一个人，骑了一匹青骢马，飞也似奔到船边，下了马，分开人丛，对船上大喝道："不要零卖！不要零卖！是有的，俺多要买。俺家头目要买去进克汗¹哩。"看的人听见这话，便远远走开，站住了看。

文若虚是伶俐的人，看见来势，已自瞧科²在眼里，晓得是个好主顾了，连忙把篓里尽数倾出来，止剩五十余颗。数了一数，又拿起班来，说道："适间讲过，要留着自用，不得卖了。今肯加些价钱，再让几颗去罢。适间已卖出两个钱一颗了。"其人在马背上拖下一大囊，摸出钱来，另是一样树木纹的，说道："如此钱一个罢了。"文若虚道："不情愿，只照前样罢了。"那人笑了一笑，又把手去摸出一个龙凤纹的来道："这样的一个如何？"文若虚又道："不情愿，只要前样的。"那人又笑道："此钱一个抵百个，料也没得与你，只是与你要。你不要俺这一个，却要那等的，是个傻子！你那东西肯都与俺了，俺就加你一个那等的，也不打紧。"文若虚数了一数，有五十二颗，准准的要了他一百五十六个水草银钱。那人连竹篓都要了，又丢了一个钱，把篓拴在马上，笑吟吟地一鞭去了。看的人见没得卖了，一哄而散。

文若虚见人散了，到舱里把一个钱秤一秤，有八钱七分多重。秤过数个都是一般，总数一数，共有一千个差不多。把两个赏了船家，其余收拾在包里了。笑一声道："那盲子好灵卦也！"欢喜不尽，只等同船人来对他说笑则个。

说话的，你说错了！那国里银子这样不值钱，如此做买卖？那久惯

---

[1]　克汗：即可汗，这里指君主。
[2]　瞧科：看出来。

漂洋的，带去多是绫罗缎匹，何不多卖了些银子回来，一发百倍了？看官有所不知，那国里见了绫罗等物，都是以货交兑，我这里人也只是要他货物，才有利钱。若是卖他银钱时，他都把龙凤、人物的来交易，作了好价钱，分量也只得如此，反不便宜。如今是买吃口东西，他只认做把低钱交易，我却只管分两，所以得利了。说话的，你又说错了。依你说来，那航海的，何不只买吃口东西，只换他低钱，岂不有利？用着重本钱置他货物怎地？看官，又不是这话。也是此人偶然有此横财，带去着了手，若是有心第二遭再带去，三五日不遇巧，等得希烂。那文若虚运未通时，卖扇子就是榜样。扇子还是放得起的，尚且如此，何况果品？是这样执一论不得的。

闲话休提。且说众人领了经纪主人到船发货，文若虚把上头事说了一遍，众人都惊喜道："造化！造化！我们同来，到是你没本钱的先得了手也！"张大便拍手道："人都道他倒运，而今想是运转了！"便对文若虚道："你这些银钱，此间置货，作价不多，除是转发在伙伴中，回[1]他几百两中国货物，上去打换些土产珍奇，带转去有大利钱，也强如虚藏此银钱在身边，无个用处。"文若虚道："我是倒运的，将本求财，从无一遭不连本送的。今承诸公挈带，做此无本钱生意，偶然侥幸一番，真是天大造化了！如何还要生利钱，妄想甚么？万一如前，再做折了，难道再有洞庭红这样好卖不成？"众人多道："我们用得着的是银子，有的是货物。彼此通融，大家有利，有何不可？"文若虚道："一年吃蛇咬，三年怕草索。说着货物，我就没胆气了。只是守了这些银钱回去罢。"众人齐拍手道："放着几倍利钱不取，可惜！可惜！"随同众人一齐上去，到了店家，交货明白，彼此兑换。约有半月光景，文若虚眼中看过了若

---

[1]　回：相当于北方话"匀"的意思。

干好东好西，他已自志得意满，不放在心上。

众人事体完了，一齐上船，烧了神福，吃了酒，开洋。行了数日，忽然间天变起来。但见：

> 乌云蔽日，黑浪掀天。蛇龙戏舞起长空，鱼鳖惊惶潜水底。艨艟泛泛，只如栖不定的数点寒鸦；岛屿浮浮，便似没不煞[1]的几双水鹈。舟中是方扬的米簁，舷外是正熟的饭锅。总因风伯太无情，以致篙师多失色。

那船上人见风起了，扯起半帆，不问东西南北，随风势漂去。隐隐望见一岛，便带住篷脚，只看着岛边使来，看看渐近，恰是一个无人的空岛。但见：

> 树木参天，草莱遍地。荒凉径界，无非些兔迹狐踪；坦迤土壤，料不是龙潭虎窟。混茫内，未识应归何国辖？开辟来，不知曾否有人登？

船上人把[2]船后抛了铁锚，将桩橛泥犁上岸去钉停当了，对舱里道："且安心坐一坐，候风势则个。"那文若虚身边有了银子，恨不得插翅飞到家里，巴不得行路，却如此守风呆坐，心里焦躁。对众人道："我且上岸去岛上望望则个。"众人道："一个荒岛，有何好看？"文若虚道："总是闲着，何碍？"众人都被风颠得头晕，个个是呵欠连天，都不肯同去。文若虚便自一个抖擞精神，跳上岸来。只因此一去，有分交：

---

[1]　没不煞：淹不死。
[2]　把：在。

千年败壳精灵显，一介穷神富贵来。

若是说话的同年生，并时长，有个未卜先知的法儿，便双脚走不动，也拄个拐儿，随他同去一番，也不枉的。

却说文若虚见众人不去，偏要发个狠，扳藤附葛，直走到岛上绝顶。那岛也苦不甚高，不费甚大力，只是荒草蔓延，无好路径。到得上边，打一看时，四望漫漫，身如一叶，不觉凄然吊下泪来。心里道："想我如此聪明，一生命蹇。家业消亡，剩得只身，直到海外。虽然侥幸有得千来个银钱在囊内，知他命里是我的不是我的？今在绝岛中间，未到实地，性命也还是与海龙王合着的哩。"

正在感怆，只见望去远远草丛中一物突高。移步往前一看，却是床大一个败龟壳。大惊道："不信天下有如此大龟！世上人那里曾看见？说也不信的。我自到海外一番，不曾置得一件海外物事，今我带了此物去，也是一件希罕的东西，与人看看，省得空口说着，道是苏州人会调谎。又且一件：锯将开来，一盖一板，各置四足，便是两张床，却不奇怪？"遂脱下两只裹脚，接了，穿在龟壳中间，打个扣儿，拖了便走。

走至船边，船上人见他这等模样，都笑道："文先生那里又跎了纤¹来？"文若虚道："好教列位得知，这就是我海外的货了。"众人抬头一看，却便似一张无柱有底的硬脚床，吃惊道："好大龟壳！你拖来何干？"文若虚道："也是罕见的，带了他去。"众人笑道："好货不置一件，要此何用？"有的道："也有用处。有甚么天大的疑心事，灼他一卦，只没有这样大龟药。"又有的道是："医家要煎龟膏，拿去打碎了煎

---

[1]　跎了纤：把绳子放在肩上拉着走的意思。

244

起来，也当得几百个小龟壳。"文若虚道："不要管有用没用，只是希罕。又不费本钱，便带了回去。"当时叫个船上水手，一抬抬下舱来。初时山下空阔，还只如此；舱中看来，一发大了。若不是海船，也着不得这样狼犺[1]东西。

众人大家笑了一回，说："到家时有人问，只说文先生做了偌大的乌龟买卖来了。"文若虚道："不要笑，我好歹有一个用处，决不是弃物。"随他众人取笑，文若虚只是得意，取些水来内外洗一洗净，抹干了，却把自己钱包行李都塞在龟壳里面，两头把绳一绊，却当了一个大皮箱子。自笑道："兀的不眼前就有用处了？"众人都笑将起来道："好算计！好算计！文先生到底是个聪明人。"

当夜无词。次日风息了，开船一走。不数日，又到了一个去处，却是福建地方了。才住定了船，就有一伙惯伺候接海客的小经纪牙人攒将拢来，你说张家好，我说李家好，拉的拉，扯的扯，嚷个不住。海船上众人拣一个一向熟识的跟了去，其余的也就住了。众人到了一个波斯胡人店中坐定。里面主人见说海客到了，连忙先发银子，唤厨户整办酒席几十桌。分付停当，然后踱将出来。

这主人是个波斯国里人，姓个古怪姓，是玛瑙的"玛"字，叫名玛宝哈，专一与海客兑换珍宝货物，不知有多少万数本钱。众人走海过的，都是熟主熟客，只是文若虚不曾认得。抬眼看时，原来波斯胡住得在中华久了，衣帽言动都与中华不大分别，只是剃眉剪须，深眼高鼻，有些古怪。出来见了众人，行宾主礼，坐定了。两杯茶罢，站起身来，请到一个大厅上。只见酒筵多完备了，且是摆得齐楚。原来，旧规海舡[2]一到，主人家先折过这一番款待，然后发货讲价。

---

[1]　狼犺：形容东西大。
[2]　舡：船。

主人家手执着一付法琅菊花盘盏，拱一拱手道："请列位货单一看，好定坐席。"看官，你道这是何意？原来波斯胡以利为重，只看货单上有奇珍异宝值得上万者，就送在首席。余者看货轻重，挨次坐去，不论年纪，不论尊卑，一向做下的规矩。舡上众人，货物贵的贱的，多的少的，你知我知，各自心照，差不多领了酒杯，各自坐了。单单剩得文若虚一个，呆呆站在那里。主人道："这位老客长不曾会面，想是新出海外的，置货不多了。"众人道："这是我们好朋友，到海外耍去的。身边有银子，却不曾肯置货。今日没奈何，只得屈他在末席坐了。"文若虚满面羞惭，坐了末位，主人坐在横头。

饮酒中间，这一个说道我有猫儿眼[1]多少，那一个说道我有祖母绿[2]多少，你夸我逞。文若虚一发嘿嘿无言，自心里也微微有些懊悔道："我前日该听他们劝，置些货来的是。今枉有几百银子在囊中，说不得一句说话。"又自叹了口气道："我原是一些本钱没有的，今已大幸，不可知足。"自思自忖，无心发兴吃酒。众人却猜拳行令，吃得狼藉。主人是个积年[3]，看出文若虚不快活的意思来，不好说破，虚劝了他几杯酒。众人都起身道："酒勾了，天晚了，趁早上船去。明日发货罢。"别了主人去了。主人撤了酒席，收拾睡了。

明日起个清早，先走到海岸船边，来拜这伙客人。主人登舟，一眼瞅去，那舱里狼狼狈狈这件东西，早先看见了。吃了一惊，道："这是那一位客人的宝货？昨日席上并不曾见说起，莫不是不要卖的？"众人都笑指道："此敝友文兄的宝货。"中有一人衬道："又是滞货。"主人看了文若虚一看，满面挣得通红，带了怒色，埋怨众人道："我与诸公相处

***

[1]　猫儿眼、祖母绿：宝石名。
[2]　猫儿眼、祖母绿：宝石名。
[3]　积年：指经历过世面而有待人接物经验。

多年，如何恁地作弄我？教我得罪于新客，把一个末座屈了他，是何道理？”一把扯住文若虚对众客道：“且慢发货，容我上岸谢过罪着。”众人不知其故，有几个与文若虚相知些的，又有几个喜事的，觉得有些古怪，共十余人赶了上来，重到店中，看是如何。

只见主人拉了文若虚，把交椅整一整，不管众人好歹，纳他头一位坐下了，道：“适间得罪得罪，且请坐一坐。”文若虚心中镬铎[1]，忖道：“不信此物是宝贝，这等造化不成？”

主人走了进去，须臾出来，又拱众人到先前吃酒去处，又早摆下几桌酒。为首一桌，比先更齐整。主人向文若虚一揖，就对众人道：“此公正该坐头一席。你每枉自一船的货，也还赶他不来。先前失敬失敬。”众人看见，又好笑，又好怪，半信不信的，一带儿坐了。酒过三杯，主人就开口道：“敢问客长，适间此宝可肯卖否？”文若虚是个乖人，趁口答应道：“只要有好价钱，为甚不卖？”那主人听得肯卖，不觉喜从天降，笑逐颜开，起身道：“果然肯卖，但凭分付价钱，不敢吝惜。”文若虚其实不知值多少，讨少了，怕不在行；讨多了，怕吃笑。忖了一忖，面红耳热，颠倒讨不出价钱来。

张大便向文若虚丢个眼色，将手放在椅子背后，竖着三个指头，再把第二个指空中一撒，道：“索性讨他这些。”文若虚摇头，竖一指道：“这些我还讨不出口在这里。”却被主人看见道：“果是多少价钱？”张大捣一个鬼道：“依文先生手势，敢像要一万哩。”主人呵呵大笑道：“这是不要卖，哄我而已。此等宝物，岂止此价钱！”众人见说，大家目睁口呆，都立起了身来，扯文若虚去商议道：“造化！造化！想是值得多哩。我们实实不知如何定价，文先生不如开个大口，凭他还罢。”文若虚

---

[1]　镬铎：疑惑，不明白。

终是碍口识羞，待说又止。众人道："不要不老气！"主人又催道："实
说说何妨。"文若虚只得讨了五万两。主人还摇头道："罪过，罪过。没
有此话。"扯着张大，私问他道："老客长们海外往来，不是一番了。人
都叫你张识货，岂有不知此物就里的？必是无心卖他，奚落小肆罢了。"
张大道："实不瞒你说，这个是我的好朋友，同了海外顽耍的，故此不曾
置货。适间此物，乃是避风海岛，偶然得来，不是出价置办的，故此不
识得价钱。若果有这五万与他，勾他富贵一生，他也心满意足了。"主人
道："如此说，要你做个大大保人，当有重谢，万万不可翻悔！"遂叫店
小二拿出文房四宝来，主人家将一张供单绵料纸折了一折，拿笔递与张
大道："有烦老客长做主，写个合同文契，好成交易。"张大指着同来一
人道："此位客人褚中颖写得好。"把纸笔让与他。褚客磨得墨浓，展好
纸，提起笔来写道：

> 立合同议单张乘运等。今有苏州客人文实，海外带来大龟壳一
> 个，投至波斯玛宝哈店，愿出银五万两买成。议定立契之后，一家
> 交货，一家交银，各无翻悔。有翻悔者，罚契上加一。合同为照。

一样两纸，后边写了年月日，下写张乘运为头，一连把在坐客人十来个
写去。褚中颖因自己执笔，写了落末。年月前边，空行中间，将两纸凑
着，写了骑缝一行，两边各半，乃是"合同议约"四字，下写"客人文
实，主人玛宝哈"，各押了花押。单上有名，从后头写起，写到张乘运，
道："我们押字钱重些，这买卖才弄得成。"主人笑道："不敢轻，不敢
轻。"写毕，主人进内，先将银一箱抬出来道："我先交明白了用钱，还
有说话。"众人攒将拢来。主人开箱，却是五十两一包，共总二十包，整
整一千两，双手交与张乘运道："凭老客长收明，分与众位罢。"众人起

初吃酒写合同时，大家撺哄捣乱，心下还有些不信的意思，如今见他拿出精晃晃白银来做用钱，方知是实。

文若虚恰象梦里醉里，话都说不出来，呆呆地看。张大扯他一把道："这用钱如何分散？也要文兄主张。"文若虚方说一句道："且完了正事慢处。"只见主人笑嘻嘻地对文若虚道："有一事要与客长商议。价银见在里面阁儿上，都是向来兑过的，一毫不少，只消请客长一两位进去，将一包过一过目，兑一兑为准，其余多不消兑得。却又一说，此银数不少，搬动也不是一时功夫。况且文客官是个单身，如何好将下船去？又要泛海回还，有许多不便处。"文若虚想了一想道："见教得极是。而今却待怎么？"主人道："依着愚见，文客官目下回去未得。小弟此间有个缎匹铺，有本三千两在内。其前后大小厅屋楼房，共百余间，也是个大所在，价值二千两，离此半里之地。愚见就把本店货物及房屋文契作了五千两，尽行交与文客官，就留文客官在此住下了，做此生意。其银也做几遭搬了过去，不知不觉。日后文客官要回去，这里可以托心腹伙计看守，便可轻身往来。不然，小店交出不难，文客官收贮却难也。愚意如此。"说了一遍，说得文若虚与张大跌足道："果然是客纲客纪，句句有理。"文若虚道："我家里原无家小，况且家业已尽了，就带了许多银子回去，没处安顿。依了此说，我就在这里，立起个家园来，有何不可？此番造化，一缘一会，都是上天作成的，只索随缘做去。便是货物房产价钱，未必有五千，总是落得的。"便对主人说："适间所言，诚是万全之算，小弟无不从命。"主人便领文若虚进去阁上看，又叫张、褚二人："一同来看，其余列位不必了，请略坐一坐。"他四人去了。众人不进去的，个个伸头缩颈，你三我四说道："有此异事！有此造化！早知这样，懊悔岛边泊船时节也不去走走，或者还有宝贝也未见得。"有的道："这是天大的福气，撞将来的，如何强得？"

正欣羡间，文若虚已同张、褚二客出来了。众人都问："进去如何了？"张大道："里边高阁是个土库，放银两的所在，都是桶子盛着。适间进去看了十个大桶，每桶四千；又五个小匣，每个一千，共是四万五千，已将文兄的封皮记号封好了，只等交了货，就是文兄的了。"主人出来道："房屋文书、缎匹账目，俱已在此，凑足五万之数了。且到船上取货去。"一拥都到海船来。

文若虚于路对众人说："船上人多，切勿明言！小弟自有厚报。"众人也只怕船上人知道，要分了用钱去，各各心照。文若虚到了船上，先向龟壳中，把自己包裹被囊取出了，手摸一摸壳，口里暗道："侥幸，侥幸。"主人便叫店内后生二人来抬此壳，分付道："好生抬进去，不要放在外边。"船上人见抬了此壳去，便道："这个滞货也脱手了。不知卖了多少？"文若虚只不做声，一手提了包裹，往岸上就走。这起初同上来的几个，又赶到岸上，将龟壳从头至尾，细细看了一遍，又向壳内张了一张，挦了一挦，面面相觑道："好处在那里？"

主人仍拉了这十来个一同上去，到店里说道："而今且同文客官看了房屋铺面来。"众人与主人，一同走到一处，正是闹市中间，一所好大房子！门前正中是个铺子，傍有一弄，走进转个弯，是两扇大石板门。门内大天井，上面一所大厅，厅上有一匾，题曰："来琛堂"。堂旁有两楹侧屋，屋内三画有橱，橱内都是绫罗各色缎匹，以后内房楼房甚多。文若虚暗道："得此为住居，王侯之家不过如此矣。况又有缎铺营生，利息无尽，便做了这里客人罢了，还思想家里做甚？"就对主人道："好却好，只是小弟是个孤身，毕竟还要寻几房使唤的人才住得。"主人道："这个不难，都在小弟身上。"

文若虚满心欢喜，同众人走归本店来。主人讨茶来吃了，说道："文客官今晚不消船里去，就在铺中住下了。使唤的人，铺中现有，逐渐再

250

讨便是。"众客人多道:"交易事已成,不必说了。只是我们毕竟有些疑心,此壳有何好处,价值如此?还要主人见教一个明白。"文若虚道:"正是,正是。"主人笑道:"诸公枉了海上走了多遭,这些也不识得!列位岂不闻说龙有九子乎?内有一种是鼍龙,其皮可以幪鼓,声闻百里,所以谓之鼍鼓。鼍龙万岁,到底蜕下此壳成龙。此壳有二十四肋,按天上二十四气,每肋中间节内有大珠一颗。若是肋未完时节,成不得龙,蜕不得壳。也有生捉得他来,只好将皮幪鼓,其肋中也未有东西。直待二十四肋,肋肋完全,节节珠满,然后蜕了此壳,变龙而去。故此,是天然蜕下,气候俱到,肋节俱完的,与生擒活捉、寿数未到的不同,所以有如此之大。这个东西,我们肚中虽晓得,知他几时蜕下?又在何处地方守得他着?壳不值钱,其珠皆有夜光,乃无价宝也!今天幸遇巧,得之无心耳。"

　　众人听罢,似信不信。只见主人走将进去了一会,笑嘻嘻地走出来,袖中取出一西洋布的包来,说道:"请诸公看看。"解开来,只见一团绵裹着寸许大一颗夜明珠,光彩夺目。讨个黑漆的盘,放在暗处,其珠滚一个不定,闪闪烁烁,约有尺余亮处。众人看了,惊得目睁口呆,伸了舌头,收不进来。主人回身转来,对众客逐个致谢道:"多蒙列位作成了。只这一颗,拿到咱国中,就值方才的价钱了。其余多是尊惠。"众人个个心惊,却是说过的话,又不好翻悔得。主人见众人有些变色,收了珠子,急急走到里边,又叫抬出一个缎箱来。除了文若虚,每人送与缎子二端,说道:"烦劳了列位,做两件道袍穿穿,也见小肆中薄意。"袖中又摸出细珠十数串,每送一串道:"轻鲜,轻鲜。备归途一茶罢了。"文若虚处另是粗些的珠子四串,缎子八匹,道是:"权且做几件衣服。"文若虚同众人欢喜作谢了。主人就同众人送了文若虚到缎铺中,叫铺里伙计后生们,都来相见。说道:"今番是此位主人了。"

主人自别了去，道："再到小店中去去来。"只见须臾间数十个脚夫扛了好些扛来，把先前文若虚封记的十桶五厘都发来了。文若虚搬在一个深密谨慎的卧房里头去处，出来对众人道："多承列位挈带，有此一套意外富贵，感谢不尽。"走进去把自家包裹内所卖"洞庭红"的银钱，倒将出来，每人送他十个，止有张大与先前出银助他的两三个，分外又是十个。道："聊表谢意。"

此时文若虚把这些银钱，看得不在眼里了。众人却是快活，称谢不尽。文若虚又拿出几十个来对张大说道："有烦老兄将此分与船上同行的人，每位一个，聊当一茶。小弟住在此间，有了头绪，慢慢到本乡来。此时不得同行，就此为别了。"张大道："还有一千两用钱，未曾分得，却是如何？须得文兄分开，方没得说。"文若虚道："这到忘了。"就与众人商议，将一百两散与船上众人，余九百两照现在人数，另外添出两股，派了股数，各得一股。张大为头的，褚中颖执笔的，多分一股。

众人千欢万喜，没有说话。内中一人道："只是便宜了这回回，文先生还该起个风，要他些不敷才是。"文若虚道："不要不知足。看我一个倒运汉，做着便折本的，造化到来，平空地有此一主财爻。可见人生分定，不必强求。我们若非这主人识货，也只当得废物罢了。还亏他指点晓得，如何还好昧心争论？"众人都道："文先生说得是。存心忠厚，所以该有此富贵。"大家千恩万谢，各各赍了所得东西，自到船上发货。

从此文若虚做了闽中一个富商，就在那边娶了妻小，立起家业。数年之间，才到苏州走一遭，会会旧相识，依旧去了。至今子孙繁衍，家道殷富不绝。正是：

> 运退黄金失色，时来顽铁生辉。
> 莫与痴人说梦，思量海外寻龟。

说明

　　本篇选自明代凌濛初《初刻拍案惊奇》。作品叙述苏州人文若虚本来破落背时；后乘船出海，以福橘"洞庭红"获得一笔钱财，又于荒岛得龟壳致富的传奇故事。该故事见《泾林续记》。"胡人寻宝"的故事屡有流传，唐代段成式《西阳杂俎续集》卷五《塔寺记》记载有胡人寻"宝骨"事与此类似。唐代张读撰的《宣室志》中记载"消面虫"一事也属此类。作品刻画细致，情节跌宕，堪为传奇佳作。

民　歌

弹[1]歌

断竹[2]，续竹[3]；
飞土[4]，逐肉[5]。

（赵晔《吴越春秋》）

说明

这首歌相传是远古时候的作品。语言古拙精练，仅八个字就概括了"弹"的制作过程及用途，传神地表达了初民用"弹"打猎的喜悦心情。

---

[1] 弹：一种利用弹力发射的武器。
[2] 断竹：截断竹子。
[3] 续竹：用弦线连接竹竿的两头制成弹弓。
[4] 飞：发出。土：指泥制的弹丸。
[5] 逐：追赶，猎取。肉：指鸟兽。

伊耆氏蜡¹辞

土反其宅²！
水归其壑³！
昆虫毋作⁴！
草木归其泽⁵！

（《礼记·郊特牲》）

说明

（唐）徐坚《初学记》引《玉烛宝典》曰："腊者祭先祖，蜡者报百神，同日异祭也。又《礼记》曰，天子大蜡八，伊耆氏始为蜡，蜡也者，索也，岁十二月合聚万物而索飨之也。"《礼记》郑氏注："此蜡祝辞也，若辞同则祭同处可知矣。"初民为确保农业的丰收，祀求百神福佑，表达了劳动人民和大自然斗争的强烈愿望和要求。

---

[1] 伊耆（qí）氏：古代传说中的氏族部落的酋长，有人以为就是神农氏。蜡（zhà）：远古年终为了祈求农业丰收而举行的祭祀百神的祭奠，相传是从伊耆氏时开始的。
[2] 土：这里指"坊"，即堤防。反：归，归于。宅：安。意为巩固。全句为：堤防要巩固。
[3] 壑（hè）：低凹的地方。全句为，水要流向低凹的地方，不要泛滥成灾。
[4] 昆虫：这里专指害虫。毋：不要。作：发生。
[5] 木：丛生的灌木。泽：沼泽。水草交杂的地方。全句意思是：草木要在沼泽里生长。

爻辞[1]四首

贲如[2]，皤如[3]，
白马翰如[4]。
匪寇[5]，婚媾[6]。

（《易经·贲六四》）

说明

这是一首反映远古社会族外婚形态——抢亲的一个场景：抢亲队伍人马装饰得很华丽，他们正行进在途中，马蹄声声，马头高昂，他们自称不是去抢劫，而是为了婚姻。

屯如[7]，邅如，
乘马班如[8]。

---

[1] 爻（yáo）辞：解释爻意义的文辞。《易经》有六十四卦，每一卦有六爻。爻辞多数押韵，也就是上古的民歌。
[2] 贲（bì）如：装饰华美的样子。贲，华美。如，形容词的词尾，表示状态。
[3] 皤：同"蹯"（fán）字，本意指兽足横行，这里指马蹄声。
[4] 翰如：马昂着头的样子。
[5] 匪：同"非"字，不是。寇：抢劫。
[6] 婚媾：婚姻。
[7] 屯：卦名。屯如与下面的"邅（zhān）如"都是形容马走得很慢的样子。
[8] 乘马：骑着马。班（pán）如：徘徊不前的样子。

匪寇，婚媾。

（《易经·屯六二》）

说明

　　这首写抢亲队伍接近女家时，怕惊动对方，一路上停停走走，小心谨慎的场景。

　　乘马班如，
　　泣血涟如[1]。

（《易经·屯上六》）

说明

　　这首写抢亲队伍在归途中，被抢女子不肯就范，竭力挣扎，连血都哭出来了。

　　女承筐[2]，无实[3]；
　　士刲羊[4]，无血[5]。

（《易经·归妹上六》）

---

[1]　涟如：流泪的样子。
[2]　承：捧着。筐：盛物的竹器。
[3]　无实：（筐里）没有东西。
[4]　士：古代对男子的称呼。刲（kuī）：刺，割。
[5]　血：（祭神用的）牲畜的血。

　　　　　　　　　　　　　　　　神话与故事

说明

　　这首写处在底层的劳动者的愤怒呼声。女的筐中无自己的东西，男的在杀羊，可却连祭神的羊血都没有。

击壤歌

日出而作 [1]，日入而息；
凿井而饮，耕田而食。
帝力于我何有哉 [2]？

（《古诗源》卷一）

说明

这首歌生动展示了远古农耕社会自耕自足的情景。清代著名诗人，《古诗源》作者沈德潜认为，这首歌谣是"帝王世纪，帝尧之世，天下太和，百姓无事，有老人击壤而歌"，并认为古诗以《击壤歌》为始。

---

[1]　作：劳作，劳动。
[2]　帝力：皇帝的统治。何有：有什么相干。

　　　　　　　　　　　　　　　　　　　　　　　　神话与故事

南风歌

南风之薰兮[1]，可以解吾民之愠兮[2]；
南风之时兮，可以阜吾民之财兮[3]。

（《古诗源》卷一）

说明

《古诗源》说："舜弹五弦之琴，歌南风之诗。"如果把"吾"理解成舜，这首诗是可以解释通的。

这首诗可能是早期的民歌，诗中的"吾"可以理解成民歌咏唱者。我在南风和暖之时，看到植物渐荣，动物蛰起，心情无比愉悦，于是唱《南风歌》以抒怀遣兴，表现对宁静、富裕生活的赞颂。

---

[1]　薰：和暖。
[2]　愠：怨恨，烦恼。
[3]　阜：盛多。

麦秀歌

麦秀渐渐兮[1]，禾黍油油。
彼狡童兮[2]，不与我好兮。

（《古诗源》卷一）

说明

《古诗源》云："《史记》：箕子朝周，过故殷墟，感宫室毁坏生禾
黍，箕子伤之，欲哭则不可，欲泣为近妇人，乃作麦秀之诗以歌之。"诗
的前两句描绘殷墟内"麦秀渐渐，禾黍油油"的景象，然后以"狡童"、
"不与我好"表示自己的愿望破灭，事情的发展乖违自己所设想，即商朝
败灭，故国为墟，诗中寄托了箕子怀念故国、伤痛往事的悲凉心情。

---

[1] 秀：茂盛。
[2] 狡童：姣美的少年。狡，通"姣"。

白云谣

白云在天，丘陵自出。
道里悠远，山川间亡。
将子无死，尚复能来。

（《古诗源》卷一）

说明

　　《古诗源》说："《穆天子传》：乙丑，天子觞西王母于瑶池之上，西王母为天子谣。"在这首歌谣中，表现了神仙家追求长生不死的思想。前两句描写了瑶池的景象，白云高浮在上，丘陵山川格外挺拔。中间两句叙说的是周穆王来瑶池路途遥远，山重水阻。后两句是歌谣的重心所在，希望周穆王修仙有成，长生不死，再来瑶池相会。

关雎

关关雎鸠 [1]，在河之洲 [2]。窈窕淑女 [3]，君子好逑 [4]。

参差荇菜 [5]，左右流之 [6]。窈窕淑女，寤寐求之 [7]。

求之不得，寤寐思服 [8]。悠哉悠哉 [9]，辗转反侧 [10]。

参差荇菜，左右采之。窈窕淑女，琴瑟友之 [11]。

参差荇菜，左右芼之 [12]。窈窕淑女，钟鼓乐之 [13]。

说明

　　这是一首歌咏青年男女真挚爱情的民间情歌。全诗以关雎、荇菜起兴，以物喻人，借景抒情，并以重章叠句反复咏吟，表现了男女恋爱的倾心和憧憬与心上人结成美满婚姻的幸福情景。

---

[1]　关关：禽鸟雌雄相和鸣的声音。雎鸠（jū jiū）：水鸟名，又名王雎，即鱼鹰。
[2]　河：古代专称黄河。洲：水中的陆地。
[3]　窈窕（yǎo tiǎo）：幽静美丽。
[4]　君子：小人的反义词，指位居上层的男性。这儿指成年男子。好逑：匹俦，配偶。
[5]　参差：长短不齐的样子。荇菜：即莕菜，俗名金银莲儿，可食。
[6]　流：采摘。
[7]　寤寐（wù mèi）：醒时叫寤，睡时叫寐。
[8]　思服：想念。
[9]　悠哉：想念的样子。
[10]　辗转反侧：翻来覆去睡不着觉。
[11]　琴瑟：弦乐器，琴五弦或七弦，瑟十五弦。友：这里作动词，亲爱。
[12]　芼（mào）：取。
[13]　钟鼓：打击乐器，多用于祭祀和庆贺。乐：动词，使快乐。

然而，历代对《关雎》的解读可谓众说纷纭，《毛诗序》说它是咏"后妃之德"；《三家诗》认为它讽刺"康王宴起"，即所谓"周室衰而《关雎》作"；清代学者方玉润指出：《关雎》"盖周邑之咏初婚者"；新中国成立后，人们多从阶级论观点出发，认为它是奴隶主贵族梦想找到理想对象的咏怀诗；20世纪80年代又出现《关雎》是求贤诗的新说。其实，《关雎》作为民歌，与后世的民间情歌有许多共通之处，如果作纵向考察，更能清晰地把握这首诗的原貌。

芣苢

采采芣苢 [1]，薄言采之 [2]。采采芣苢，薄言有之 [3]。
采采芣苢，薄言掇之 [4]。采采芣苢，薄言捋之 [5]。
采采芣苢，薄言袺之 [6]。采采芣苢，薄言襭之 [7]。

说明

　　一般认为，这是妇女在劳动中集体采摘车前草所唱的诗篇。它轻快活泼，节奏明快，只换六个字就把采集芣苢的劳动过程生动地表现出来了。

　　为什么要采芣苢呢？有一种说法认为，芣苢能致孕，治妇女难产，在采集中唱此歌，可以忘忧，可以助兴。这样说来，《芣苢》带有原始乞子仪式的巫术色彩。

　　还有人认为，它是古代妇女采集劳动的间隙，斗草为戏时所唱的歌谣。它反复的句式，轻松的韵律，明快的节奏，边做游戏边歌唱，能起到很好的放松休息和娱乐作用。

[1]　采采：青绿色的。又说"采了又采"。芣苢（fú yǐ）：植物名，俗称车前子，入药。
[2]　薄言：赶快地。又说认为是动词词头。
[3]　有：采收。
[4]　掇（duō）：拾取。
[5]　捋：顺茎往上抹取。
[6]　袺（jié）：手持衣襟来装东西。
[7]　襭（xié）：把衣襟掖在带间来兜东西。

君子于役

君子于役 [1]，不知其期。曷至哉 [2]？鸡栖于埘 [3]，日之夕矣，羊牛下来 [4]。君子于役，如之何勿思 [5]！

君子于役，不日不月 [6]。曷其有佸 [7]？鸡栖于桀 [8]，日之夕矣，羊牛下括 [9]。君子于役，苟无饥渴 [10]！

说明

思念丈夫的妻子，最难捱过的是黄昏时刻，鸡归窝，牛羊归圈，然而丈夫没有回来。丈夫在哪里呢？他远在千里之外，行踪难定，生死未卜。妻子在家，每思及此，忧心忡忡，甚至为丈夫饥渴之类的事都在焦虑，可见她对丈夫思念之深，同时产生了对无尽头的服役制度的怨恨。

历代学者对这首诗的解说大同小异。《诗序》云："《君子于役》，刺平王也。君子于役无期度，大夫思其危难以风焉。"指出此诗作者是周

[1]　君子：这里指丈夫。于役：在外服役。
[2]　曷至哉：何时才到家。曷，何时。至，到家。
[3]　埘（shí）：凿土墙为巢。
[4]　下来：自山野回来。
[5]　如之何：怎么能。勿思，不思念。
[6]　不日不月：无年无月，没完没了。
[7]　曷其有佸（huó）：哪儿有见面的机会。佸，会面。
[8]　桀：木桩。
[9]　括（kuò）：至。
[10]　苟无：难道没有，岂无。

王室大夫，他以女子口吻作诗的目的在于讽刺周平王行役无期。朱熹的《诗集传》说："大夫久役于外，其室家思而赋之。"这样，"君子"就成了大夫，作者为大夫之妻。余冠英《诗经选》说："这诗写丈夫久役，妻在家怀念之情。"马持盈《诗经今注今译》说："这是妇人怀念其行役丈夫之诗。"高亨《诗经今注》说："这首诗抒写了妻子怀念在外服役的丈夫的心情。"

玄鸟

天命玄鸟[1]，降而生商[2]，

宅殷土芒芒[3]。

古帝命武汤[4]，正域彼四方[5]。

方命厥后[6]，奄有九有[7]。

商之先后[8]，受命不殆[9]，

在武丁孙子[10]。

武丁孙子，武王靡不胜。

龙旂十乘[11]，大糦是承[12]。

邦畿千里[13]，维民所止[14]。

---

[1]　玄鸟：燕子，因身黑，故称玄鸟。或谓玄鸟为凤凰。
[2]　商：上古神话，有娀之女简狄吞玄鸟之卵而生契，契助大禹治水有功，封于商。契是商的
　　　祖先。
[3]　宅：居住。殷土：地名，在今商丘附近，与盘庚迁都于殷（今河南安阳小屯）不同。芒芒：
　　　同"茫茫"，辽阔广大的样子。
[4]　古帝：往昔的天帝。武汤：成汤，因灭夏建商的武功，故称"武汤"。
[5]　正：治理。域：邦国。这里指邦国界限。
[6]　方：通"旁"，普遍。后：君，指各地的部落酋长。
[7]　九有：有是"域"的假借字，九有即九域，也就是九州。
[8]　先后：先君。
[9]　殆：同"怠"，懈怠。
[10]　武丁：连同下句"武了"，都当作"武王"。武王，有威武之德的商王，指成汤。孙子：指
　　　　后裔。
[11]　龙旂：绘刺有两条蟠龙相绕的旗帜。乘（shèng）：量词，指四马拉的车。
[12]　大糦：指黍稷，酒食。承：奉献。
[13]　畿：王都及周围地区。
[14]　所止：居住的地方。

肇域彼四海 [1]。

四海来假 [2]，来假祁祁 [3]。

景运维河 [4]，殷受命咸宜，

百禄是何 [5]。

说明

这是殷商后代祭祀高祖武丁的乐歌。诗词带有史诗的特征，其中又夹杂神话的成分。如"天命玄鸟，降而生商"，带有强烈的神话倾向。这也反映了殷商人的上古祖先以鸟为氏族图腾，将玄鸟视为祖宗的原始信仰。

这首祭歌叙述了殷商始祖契的诞生，成汤立国，以及武丁中兴，追忆了祖先的光荣。对祖先的崇拜是一种宗教信仰形式，它产生于母系氏族社会晚期，盛行于父系氏族社会。在父系氏族社会中，被崇拜的都是男性祖先，后来一直流行于奴隶社会，甚至封建社会。在这首祭歌中所追述的三位殷商祖先契、相、成汤等，都是男性。

[1] 肇：开始。兆的假借字，兆与域同义，同指疆域，这里用作动词，是划分疆域的意思。
[2] 来假：来朝，来贡。假，到。
[3] 祁祁：众多的样子。
[4] 景运维河：意思是大运应归何人。河：通"何"。
[5] 何：同"荷"，担负，承受。

越人歌

今夕何夕兮，搴洲中流[1]？
今日何日兮，得与王子同舟[2]？
蒙羞被好兮[3]，不訾诟耻[4]。
心几烦而不绝兮[5]，得知王子。
山有木兮木有枝[6]，
心说君兮君不知[7]。

（《古诗源》卷一）

说明

  传说春秋时期，楚国贵族鄂君子晳在乐声伴奏下乘舟游于河中，音乐停后，摇船的越女就唱起这首抒发自己爱情的歌。歌中表露了摇船越女对鄂君子晳的爱慕之情。这首楚辞体歌谣流行于春秋战国时的楚国。

---

[1]　搴洲：又作"搴舟"，划船。
[2]　同舟：一起泛舟。
[3]　蒙羞：承受羞涩。被，通"披"，领受。
[4]　訾：毁谤非议。诟：骂。
[5]　绝：断绝，绝望。
[6]　枝："知"的谐音。这个句子兼有比兴和双关。
[7]　说：同"悦"，喜爱。

三秦¹民谣

武功、太白²，去天三百³。
孤云、两角⁴，去天一握。
山水险阻，黄金，子午⁵。
蛇盘、乌栊⁶，势与天通⁷。

（杨慎《风雅逸篇》引《三秦记》）

说明

　　这首民歌运用夸张手法描绘了关中地区到西南地区山高谷深、险阻重重的旅途。它可能是从秦地出发远征西外夷的戍卒，在征途中嗟叹行路的艰难险阻时，集体唱出来的。从"去天三百"到"去天一握"以至"势与天通"，道路愈走愈高、愈险，写出了征途的高峻危险。

---

[1]　三秦：指今陕西中部和北部。项羽破秦入关后，三分秦关中之地，故关中称"三秦"。
[2]　武功、太白：两山相连，皆在今陕西周至、兴平县一带。
[3]　去：距离。三百：指三百尺。
[4]　孤云、两角：两山相连，在今陕西南郑县一带。
[5]　黄金、子午：两山谷名，处于川陕要道。
[6]　蛇盘、乌栊：皆云南一带山名，具体地点不详。
[7]　势与天通：山势与天相连，可以通天。

子产歌

我有子弟，子产诲之¹。
我有田畴²，子产殖之³。
子产而死，谁其嗣之⁴？

（《左传》襄公三十年）

说明

　　子产在郑国推行改革，经历了巨大的曲折，经三年才获得成功。改革初时，遭到郑国人的普遍反对，人们唱的歌是这样的"取我衣冠而褚之，取我田畴而伍之，孰杀子产，吾其与之。"三年之后，人们在改革中得到好处，对子产由恨转爱。这首民谣就是在这种情况下产生的，它是人们拥护子产，支持改革的历史证据。

---

[1]　子产：春秋时期郑国政治家，曾推行改革，为郑国带来新气象。诲：教育。
[2]　田畴：田地，耕地。
[3]　殖：种植。
[4]　嗣（sì）：继承。

赤眉谣

宁逢赤眉[1]，不逢太师[2]。
太师尚可，更始杀我[3]。

（班固《汉书·王莽传》）

说明

　　西汉末年，王莽篡汉后对百姓残酷掠夺，再加上天灾不断，造成连年饥荒，农民起义蜂起。樊崇领导的赤眉起义是最重要的一支义军，建立了以泰山为根据地的起义军控制地区。王莽派太师王匡、更始将军廉丹率十万官兵镇压赤眉义军。官军腐败无比，所到之处烧杀奸淫，无所不为，百姓痛恨官军，欢迎义军，于是编了这首歌谣。

---

[1]　赤眉：西汉末樊崇领导的农民起义，为与敌人区别将眉毛染红，因称"赤眉"。
[2]　太师：指王匡，王莽的太师，曾镇压赤眉起义。
[3]　更始：指廉丹，王莽的更始将军，与王匡一起镇压赤眉起义。

桓灵时童谣

举秀才¹，不知书；
察孝廉²，父别居。
寒素清白浊如泥³，
高第⁴良将怯如鸡。

（《抱朴子·审举》）

说明

　　东汉末年桓帝、灵帝时期，宫廷内外戚与宦官的争权斗争异常激烈，他们各自结党，卖官鬻爵，官场腐败到了极点。当时选举人才的制度遭到破坏，只要加入他们的私党，或者只要出钱，就可以捞取"秀才"、"孝廉"的名位，得到一官半职。所谓选举人才不过是官场交易的一种手段而已。这首童谣运用正反对比的手法，辛辣地讽刺了人才选举中出现的种种反常现象。

---

[1]　举：推举。秀才：当时选举人才的科目之一，文才出众者方可入选。
[2]　察：选拔。孝廉：选举人才的科目之一，孝敬父母，人品出众的人方能入选。
[3]　清白：当时选举人才的科目有"清白敦厚"，出身"寒素"的人方能当选。
[4]　高第：豪门大族。当时将官多系将相子弟担任，而这些人怯懦如鸡。

城中谣

城中好高髻[1]，四方高一尺[2]。
城中好广眉[3]，四方且半额[4]。
城中好大袖，四方全匹帛[5]。

（《后汉书·马援传附马廖传》）

说明

　　这是曾在西汉京城长安城内流行的歌谣，用夸张手法描写京城风尚习俗对全国各地的影响。"高髻"、"广眉"、"大袖"都是京城里的时髦打扮，各地纷纷仿效，且有过之而无不及。这是城市文化辐射功能的一种表现，也是统治者好恶褒贬对社会风尚影响的表现。这种影响早在春秋战国时就有民谣："吴王好剑客，百姓多创瘢；楚王好细腰，宫中多饿死。"上行下效，乡随城动，是一些社会风俗形成的重要因素。

---

[1]　城中：指西汉都城长安城内。高髻：梳得很高的发髻。
[2]　四方：京城以外各地。
[3]　广眉：画得很宽阔的眉毛。
[4]　且：将要。
[5]　全匹帛：用整一匹帛来做袖子。

有所思

有所思，乃在大海南[1]。

何用问遗君[2]？双珠玳瑁簪[3]，

用玉绍缭之[4]。

闻君有他心，拉杂摧烧之[5]。

摧烧之，当风扬其灰。

从今以往，勿复相思！

相思与君绝？

鸡鸣狗吠，兄嫂当知之[6]。

妃呼狶[7]！

秋风肃肃晨风飔[8]，东方须臾高知之[9]。

（郭茂倩《乐府诗集·鼓吹曲辞·汉铙歌》）

---

[1]　所思：想念的人。大海南：指遥远的地方。

[2]　问遗（wèi）：赠送。遗，赠。

[3]　玳瑁：海洋中龟类动物，甲壳可制成装饰品。

[4]　绍缭：缠绕。

[5]　拉杂：折碎。摧烧：毁坏，烧掉。

[6]　鸡鸣狗吠，兄嫂当知之：这两句是回想当初与情人偷偷相会时惊动鸡犬，哥哥嫂嫂可能已经发现了。

[7]　妃呼狶：乐曲中表示嗟叹声音的词语。

[8]　飔（sī）：快速。

[9]　东方须臾高：东方不一会儿就发白。高，同"皓"，白。

说明

本篇是一首情诗。一位女子要把"双珠玳瑁簪"赠给情人，后来听说爱人变了心，激愤异常，又将它烧掉扬灰以示决绝。然而，回想起过去的恋爱情景时，却又迟疑难决，进退维谷。

全诗可分三部分。第一部分写女子"爱之深"。少女坦诚地表达了对爱人的似火痴爱，并以赠物表达自己极深极纯的爱情。第二部分写少女"闻君有他心"后的"恨之切"。忽闻爱人负心，少女不是自伤自怜，而是暴烈、愤激，将珍贵的馈赠礼物"拉杂摧烧之。摧烧之，当风扬其灰"，表现了少女泼辣率直的性格。陈本礼在《汉诗统笺》中说："不如此描写，不足以见女子一时憨恨之态。"第三层写女子回想起当初与情人幽会的情景，痴情难断，辗转思虑，彻夜不寐。这种矛盾心情使诗的色彩由单纯明快转而扑朔迷离，女子的形象也更丰满起来。

神话与故事

上邪

上邪[1]！我欲与君相知[2]，长命无绝衰[3]！
山无陵[4]，江水为竭，
冬雷震震，夏雨雪[5]，
天地合：乃敢与君绝！

（郭茂倩《乐府诗集·鼓吹曲辞·汉铙歌》）

说明

　　这是女子自誓之辞。清人庄述祖在《汉铙歌句解》中认为："《上邪》与《有所思》当为一篇，……叙男女相谓之言。"闻一多、余冠英也认为二者当为一篇，且认为两篇皆为女子之言，前篇考虑是否决裂，后篇则是打定主意后更加坚定的誓言。

　　《上邪》一诗古朴奔放，五个设喻一气呵成，不假雕饰，在一反一正之中更见炽烈奔放不可变更的真挚深情。沈德潜《古诗源》中称此诗"山无陵下其五事，重叠言之，而不见其排……何笔力之横也"。胡应麟也赞此诗"上邪言情，短章中神品"。

------

[1]　上邪：天啊。邪，同"耶"。
[2]　相知：相爱。
[3]　命：使。
[4]　陵：山峰。
[5]　雨雪：下雪。

江南

江南可采莲，莲叶何田田[1]！
鱼戏莲叶间：
鱼戏莲叶东，鱼戏莲叶西，
鱼戏莲叶南，鱼戏莲叶北。

（郭茂倩《乐府诗集·相和歌辞·相和曲》）

说明

这首汉代乐府古辞一向被认为是描写江南水乡图景和男女青年采莲的欢乐劳动情景。《乐府题解》说："《江南》古辞，盖美其芳晨丽景，嬉游得也。"游国恩也认为它是一首表现与劳动相结合的情歌。近年来，有人据民歌的暗喻性特征认为，此诗中的"莲"乃是女子之喻，"鱼"乃是男子之喻。"鱼戏莲叶间"等句，实乃男女性爱描写，是男女相爱和谐、快乐的情景的隐喻描写。

---

[1]　田田：荷叶茂盛，光泽鲜艳的样子。

陌上桑

日出东南隅[1]，照我秦氏楼。

秦氏有好女[2]，自名为罗敷[3]。

罗敷喜蚕桑，采桑城南隅。

青丝为笼系[4]，桂枝为笼钩[5]。

头上倭堕髻[6]，耳中明月珠[7]；

缃绮为下裙[8]，紫绮为上襦[9]。

行者见罗敷[10]，下担捋髭须；

少年见罗敷，脱帽着帩头[11]；

耕者忘其犁，锄者忘其锄。

来归相怨怒，但坐观罗敷[12]。

---

[1]　东南隅：东方。东南，偏义复辞，这里指东。隅，方。

[2]　好女：美女。

[3]　自名：本名。罗敷：古代民歌中常用的美女名字。

[4]　笼系：系竹篮的绳子。笼，竹篮。

[5]　笼钩：篮上的挂钩。

[6]　倭堕髻：当时流行的一种发髻。

[7]　明月珠：宝珠名。

[8]　缃绮：杏黄色的绸子。

[9]　上襦：短袄。

[10]　行者：过路的人。

[11]　帩（qiào）头：古代男子包头发的纱巾。

[12]　坐：因为。

使君¹从南来，五马立踟蹰²。

使君遣吏往，"问是谁家姝³？"

"秦氏有好女，自名为罗敷。"

"罗敷年几何？"

"二十尚不足，十五颇有余。"

"使君谢罗敷⁴，宁可共载否⁵？"

罗敷前置辞⁶："使君一何愚⁷！

使君自有妇，罗敷自有夫。

东方千余骑⁸，夫婿居上头⁹。

何用识夫婿¹⁰？白马从骊驹¹¹。

青丝系马尾，黄金络马头¹²；

腰中鹿卢剑¹³，可值千万余。

十五府小吏¹⁴，二十朝大夫¹⁵；

---

[1]　使君：汉朝对太守、刺史的称呼。

[2]　踟蹰（chí chú）：欲走又停的样子。

[3]　姝（shū）：美女。

[4]　谢：问，告。

[5]　宁可：可以不可以。共载：同乘一辆车。意思是要罗敷一同走。

[6]　前置辞：上前答话。前，走上前。

[7]　一何：怎么这样。

[8]　骑（jì）：骑马的人。

[9]　上头：队伍的前头。

[10]　何用：凭什么。识：辨认。

[11]　骊驹：纯黑色的马。

[12]　黄金络马头：意思是马头上戴着镶金的笼头。

[13]　鹿卢剑：古代剑名。

[14]　府小吏：太守府中的小职员。

[15]　朝大夫：朝廷上的大夫。

　　　　　　　　　　　　　　　　　　　　神话与故事

三十侍中郎 [1]，四十专城居 [2]。

为人洁白皙 [3]，鬖鬖 [4] 颇有须。

盈盈公府步 [5]，冉冉府中趋 [6]。

坐中数千人，皆言夫婿殊 [7]。"

（郭茂倩《乐府诗集·相和歌辞·相和曲》）

说明

  这首民间叙事诗叙述了采桑女子秦罗敷严词拒绝太守的调戏，表现了罗敷的美丽、坚贞和勇敢，揭露了太守的无赖和无耻。

  这首诗可分为三个部分。第一部分描写了采桑女子罗敷的惊人之美，其中不乏夸饰之辞。第二部分写罗敷拒绝太守的无礼要求，并谴责"使君一何愚"。最后一部分是罗敷夸夫，揶揄心怀邪念的太守，表现了罗敷的机智勇敢。

  这首诗爱与憎都用铺张扬厉的方法加以发挥。沈德潜《古诗源》中说："末段盛称夫婿，若有章法，若无章法，是古人入神处。"

  这首诗多处描写罗敷的用物、服饰的华美，比较集中地体现了民歌中经常运用的衬托人物的表现方法，文辞飞扬，具有动人的艺术效果。

---

[1] 侍中郎：侍中是汉朝在原官上特加的一种荣誉官衔。

[2] 专城居：治理一城的长官。

[3] 皙（xī）：皮肤白。

[4] 鬖鬖（lián lián）：胡须疏而长的样子。

[5] 盈盈：从容不迫的样子。公府步：官步。

[6] 冉冉：迟缓庄重的样子。趋：快走。

[7] 殊：与众不同。

上山采蘼芜

上山采蘼芜[1]，下山逢故夫。

长跪问故夫[2]：“新人复何如[3]？”

“新人虽言好，未若故人姝[4]。

颜色类相似，手爪不相如[5]。”

“新人从门入，故人从阁去[6]。”

“新人工织缣[7]，故人工织素[8]。

织缣日一匹[9]，织素五丈余。

将缣来比素，新人不如故。”

（徐陵《玉台新咏·古诗》）

说明

　　这首诗写一位弃妇在“上山采蘼芜”之后回家的途中与“故夫”相

---

[1]　蘼芜（mí wú）：一种香草。

[2]　长跪：古人席地而坐，坐时两膝着地，臀部压在脚跟上，挺起腰就是长跪。这里表示恭敬。

[3]　新人：新娶的妇人。

[4]　故人：指休弃的妇人。姝：美好。

[5]　手爪：指手艺。

[6]　阁（gé）：旁门。

[7]　工：擅长。缣（jiān）：带黄色的绢。

[8]　素：白色的生绢，价钱比缣贵。

[9]　日一匹：每天织一匹。一匹为四丈。

遇的一番问答，反映了封建社会女子的卑贱地位和不幸遭遇。余冠英先生说此诗是弃妇之言。

　　此诗含蓄、生动而简洁，犹如一场独幕话剧。前两句交待了事情的时间、背景。接下来是"故妇"的动作语言，"长跪问故夫，新人复何如"，表明她惦念旧夫之心眷眷。旧夫的回答则显示了他对故妇的切切之情。旧夫一方面夸她美丽，更夸她勤劳工巧胜于新妇。而她的怨词"新人从门入，故人从阁去"也增加了诗歌的感情色调。诗中没有说明他们离异的原因，有人认为"蘼芜"乃治不孕之药，断定"故妇"不能生子可能是她被休弃的原因，但尚需进一步考证。

吴孙皓初童谣

宁饮建业水 [1]，不食武昌鱼 [2]。
宁还建业死，不止武昌居 [3]。

（陈寿《三国志·吴书·陆凯传》）

说明

　　孙皓是三国时期吴国的末代皇帝，他即位的第二年就以建业的宫殿破旧为借口，下令迁都武昌。当时，长江下游的苏州、扬州是经济发达，物质供应充足的地区，他迁都武昌后，下游百姓逆江南上，运输财物供他挥霍。他又是个专横残暴、奢侈荒淫的暴君，老百姓对他的统治十分不满。这首歌谣运用对比手法，表现了溯江而上为孙皓运送财物的船民的怨恨和抗议。

[1]　建业：吴国都城，今南京市。宁：宁可。
[2]　武昌：今湖北省鄂城县。
[3]　止：停留。

子夜歌¹三首

始欲识郎时，两心望如一。

理丝入残机²，何悟不成匹³！

郎为傍人取⁴，负侬非一事⁵。

摛门不安横⁶，无复相关意⁷。

夜长不得眠，明月何灼灼⁸。

想闻欢唤声⁹，虚应空中诺¹⁰。

（郭茂倩《乐府诗集·清商曲辞·吴声歌曲》）

说明

　　这里选摘的三首《子夜歌》都是写女子的相思之情。在手法上，都

[1] 子夜歌：南朝时期流行于长江下游的民歌，相传是晋朝一个名叫子夜的女子创作的。
[2] 理丝：丝与"思"谐音，这里是相思的意思。
[3] 悟：明白。匹：织布成匹，这里的匹还有"匹配"的意思。
[4] 取：夺取。
[5] 负：负心，负情。侬：吴语，我。
[6] 摛（lǐ）：张开。横：门闩。
[7] 关：关闭，这里暗指的是"关心"之意。
[8] 灼灼：明亮的样子。
[9] 欢：爱人。
[10] 虚应：凭空答应。诺：答应的声音。

运用谐音词和双关语的修辞方法，如"丝"与"思"谐音，布匹的"匹"与匹配的"匹"双关，关门的"关"与关心的"关"双关等等。这也是这类民歌的重要特色。

第一首写的是一位女子失恋后的痛苦哀叹。当初与情郎相识，满怀期望能和他两心合一，白头偕老。然而，思念之情没有回报，这时才明白，当初的渴求不过是徒然，两人难以匹配成为恩爱夫妇。

第二首唱的是对负心汉的怨艾。头两句首先点明郎负心的情况，后两句以比寓事，反复渲染，表现自己不被关心的伤感。感情深沉，催人泪下。

第三首写女子思念爱人的焦急心情。明月长夜，思念情人不能入眠，忽然在想象中仿佛听到了爱人的呼唤声，痴情的女子不禁向空中应答起来。

华山畿四首¹

未敢便相许，
夜闻侬家论²，不持侬与汝。

啼着曙³，
泪落枕将浮，身沉被流去。

华山畿⁴，君既为侬死，独生为谁施⁵？
欢若见怜时，棺木为侬开。

奈何许⁶，
天下人何限，慊慊只为汝⁷。

（郭茂倩《乐府诗集·清商曲辞·吴声歌曲》）

---

[1]　华山畿：南朝时期流行于长江下游的民歌。相传为一女子在哀悼为她殉情而死的爱人时唱的
　　　一首歌，首句是"华山畿"，后来就用此为歌调的名称。
[2]　论：商议。
[3]　啼着曙：哭泣到天亮。
[4]　华山：在今江苏省镇江市和丹阳县之间。畿：山边，附近的地方。
[5]　施：用。
[6]　奈何许：怎么办啊。许，语尾助词。
[7]　慊慊：不满足的样子。

说明

　　《华山畿》民歌多表现女子对爱情的坚贞不渝的态度。关于它的由来，有一个动人的传说。相传有一书生因爱上一女子相思生病，后竟至于死。这位女子在哀悼死去的爱人时，唱了一首歌（即第三首），开头一句是"华山畿"，后来就用它作为歌调的名称。

　　第一首写女子的爱情受到家庭的阻挠。第二首用夸张的手法写这位女子因失去爱人而伤心痛哭，悲痛欲绝。第三首是传说中的女子为哀悼殉情的爱人而唱的一首情歌，表现了该女子愿为爱情而抛弃一切乃至于生命的挚诚态度。第四首写沉醉于爱情之中无法摆脱的烦恼。

　　这四首《华山畿》都以婚姻恋爱为题材，表现了女子的真诚爱情和执著追求。

神话与故事

那呵滩二首 [1]

闻欢下扬州，相送江津湾。
愿得篙橹折，交郎到头还 [2]。

篙折当更觅，橹折当更安。
各自是官人 [3]，那得到头还？

（郭茂倩《乐府民歌·清商曲辞·西曲歌》）

说明

　　这两首民歌是一对青年男女在江上的对唱，真切地描绘了官家徭役给船工带来的离别痛苦。

　　第一首是女子所唱。这个女子看到情人摇船渐渐离去，难以忍受离别的痛楚，顿时产生了篙折橹断后情人便留住的天真想法。后一首是男子所唱。对痴情女的天真想法，男子给了正面的回答：篙折橹断都不能留下，因为自己是官家所使的人，身不由己，只得如此。一问一答，形式别致，把男女间的离愁别恨淋漓尽致地表现出来了。

---

[1]　那呵滩：南朝时期流行于长江中游及汉水流域的民歌。那呵（nuó hē）：滩名。
[2]　交：同"教"。到头：倒转船头。到，同"倒"。
[3]　官人：指为官家服役的人。

西洲曲 [1]

忆梅下西洲 [2]，折梅寄江北 [3]。

单衫杏子红，双鬓鸦雏色 [4]。

西洲在何处？两桨桥头渡。

日暮伯劳飞 [5]，风吹乌臼树 [6]。

树下即门前，门中露翠钿 [7]。

开门郎不至，出门采红莲。

采莲南塘秋，莲花过人头。

低头弄莲子，莲子青如水。

置莲怀袖中，莲心彻底红 [8]。

忆郎郎不至，仰首望飞鸿 [9]。

鸿飞满西洲，望郎上青楼 [10]。

楼高望不见，尽日栏杆头。

栏杆十二曲，垂手明如玉。

---

[1] 西洲曲：有人认为这首《西洲曲》是江淹所作，也有人认为是梁武帝所作。但从这首诗的格调及词句的工巧来看，应是经文人加工过的南朝民歌。

[2] 梅下：梅花飘落。西洲：诗中女子过去和爱人相会的地方，可能在今武汉市附近。

[3] 江北：女子爱人所在的地方。

[4] 鸦雏色：小乌鸦羽毛的颜色。

[5] 伯劳：四五月里开始鸣叫的一种鸟，习惯于单独栖宿。

[6] 乌臼树：即乌桕树，落叶乔木，夏天开黄色小花。

[7] 翠钿：用翠玉镶成的首饰。钿，金花。

[8] 莲心：与"怜心"双关。怜心，爱郎之心。

[9] 飞鸿：古代有鸿雁传书的说法。望飞鸿，这里有盼望书信的意思。

[10] 青楼：指女子居住的地方。

卷帘天自高 [1]，海水摇空绿 [2]。

海水梦悠悠，君愁我亦愁。

南风知我意，吹梦到西洲。

（郭茂倩《乐府诗集·杂曲歌辞》）

说明

这首诗是一位痴情女子的心灵独白，她巧妙地将自己的服饰、举止、神情、思绪与西洲的四时景物配合起来，相映相衬，唱出一支色彩鲜明、感情细腻的西洲咏叹调。

前人对这首民歌的评论是"声情摇曳而纡回"（钟惺、谭元春《古诗归》），"续续相生，连跗接萼，摇曳无穷，情味愈出"（沈德潜《古诗源》）。此诗非只内容丰富多彩，且感情表达婉约细腻；不仅语言节奏徐纡，且章法结构巧妙。诗中写西洲一带春夏秋冬四季景物，动植物有梅、乌桕树、莲花、伯劳、飞鸿等；物什有桥、楼、栏杆、窗帘等；近到置入怀袖的红莲，远到茫茫苍穹，全都包罗诗中。从色彩上看，有红梅、红莲、绿水，青莲子、杏黄衣、玉白手、翠钿等，可谓是绚丽多彩。这些景物描写有动有静，与女主人公的相思紧密配合，充满感情，生活气息浓厚，抒情含蓄，多处运用双关。它可以说是南朝民歌中很有代表性的优秀作品。

---

[1]　这句的意思是说，卷起帘子望爱人时，却看到天特别高远。

[2]　海水：指与天相接、浩渺无边的江水。摇空绿：绿波摇荡，一片清空。

折杨柳歌辞三首

上马不捉鞭[1]，反折杨柳枝。
蹀坐吹长笛[2]，愁杀行客儿[3]。

腹中愁不乐，愿作郎马鞭。
出入擐郎臂[4]，蹀坐郎膝边。

遥看孟津河[5]，杨柳郁婆娑。
我是虏家儿，不解汉儿歌。

说明

《折杨柳歌辞》原本是北朝乐歌，故歌辞中有"我是虏家儿，不解汉儿歌"的句子。这些民歌能够很好地反映北方人民粗犷、豪放的马背生活。

第一首写北方人民送别的情景。这位男子上马不提马鞭，反而折取杨柳枝，为什么呢？这是我国古代送别礼俗，"柳"与"留"谐音，是表

[1] 捉鞭：握鞭。
[2] 蹀坐：行和坐。这里指行者和坐者。
[3] 行客儿：远行的人。
[4] 擐（huàn）：穿，套。
[5] 孟津：黄河古渡口之一，在今河南孟津县东北，孟县西南一带。

示挽留的意思。"行客儿"折取杨柳枝，与亲人依依惜别，当听到送别的幽咽笛声时，心中就更加重了离愁别绪。第二首写女子天真的愿望。她舍不得情郎离开，于是想到不离开郎的马鞭，自己若能变为马鞭，岂不也能够出入都系在情郎的手臂上了吗？第三首写北方"虏家儿"马背驰骋，直抵黄河，遥看黄河南岸，时闻汉家歌谣又"不解汉儿歌"的粗犷性格，也反映了黄河南北"胡"汉民族生活的不同。

敕勒歌

敕勒川 [1]，阴山下 [2]。天似穹庐 [3]，笼盖四野。
天苍苍，野茫茫，风吹草低见牛羊 [4]。

（郭茂倩《乐府诗集·杂歌谣辞》）

说明

这首歌谣是流行于敕勒族中的民歌，展现了塞北草原雄奇的风光，与南朝民歌相对比，更有一种雄浑苍茫的气势。

《乐府诗集》引《乐府广题》说，此诗乃北齐高欢命斛律金所作，"其歌本鲜卑语，易为齐语，故其句长短不齐。"它以遒劲的笔力绘染了阴山下的敕勒川，天高地远，草长风疾，牛羊肥壮的恢宏景象。元好问在《论诗绝句》中特赞此诗："慷慨歌谣绝不传，穹庐一曲本天然。中州万古英雄气，也到阴山敕勒川。"胡应麟《诗薮》也对此诗作高度评价："金（斛律金）武人，自不知书，此歌成于信口，咸谓宿根。不知此歌之妙，正在不能文者以无意发之，所以浑朴苍莽。"其实，从文字风格、内容分析，此歌作者并非就是斛律金，应当是当时流行的民歌。

---

[1]　敕勒川：指敕勒族放牧的平原地带。川，平原。
[2]　阴山：山脉名，绵亘于内蒙古中西部地区，与内兴安岭相接。
[3]　穹庐：即蒙古包，用毡布搭成的帐篷。
[4]　见：同"现"，显现。

木兰诗

唧唧复唧唧[1]，木兰当户织[2]。

不闻机杼声[3]，唯闻女叹息。

问女何所思？问女何所忆？

"女亦无所思，女亦无所忆。

昨夜见军帖[4]，可汗大点兵[5]。

军书十二卷[6]，卷卷有爷名。

阿爷无大儿，木兰无长兄。

愿为市鞍马[7]，从此替爷征。"

东市买骏马[8]，西市买鞍鞯[9]，

南市买辔头[10]，北市买长鞭。

旦辞爷娘去，暮宿黄河边。

不闻爷娘唤女声，但闻黄河流水鸣溅溅[11]。

旦辞黄河去，暮至黑山头[12]。

[1]　唧唧：织机声。
[2]　当户：对着门户。
[3]　机杼：织布机。杼，织机上的梭子。
[4]　军帖：征兵的文书，名册。下文"军书"同。
[5]　可汗：古代西北部少数民族对其君主的称呼，此处指北朝的皇帝。大点兵：大规模征兵。
[6]　十二卷：和下文的"十二转"、"十二年"中的"十二"都表示多数，并非确指。
[7]　市：买。鞍马：马鞍和马匹，指出征用的装备。
[8]　骏马：好马。
[9]　鞍鞯（jiān）：马鞍和马鞯。马鞯，马鞍下的垫子。
[10]　辔（pèi）头：拴牲口的笼头和缰绳。
[11]　溅溅（jiān jiān）：水流的声音。
[12]　黑山：山名。一说是北京市昌平县北的天寿山；一说即杀虎山，在今呼和浩特市东南百里。

不闻爷娘唤女声，但闻燕山胡骑声啾啾[1]。

万里赴戎机[2]，关山度若飞[3]。
朔气传金柝[4]，寒光照铁衣。
将军百战死，壮士十年归[5]。

归来见天子，天子坐明堂[6]。
策勋十二转[7]，赏赐百千强[8]。
可汗问所欲，"木兰不用尚书郎[9]。
愿借明驼千里足[10]，送儿还故乡。"
爷娘闻女来，出郭相扶将[11]。
阿姊闻妹来，当户理红妆[12]。
小弟闻姊来，磨刀霍霍向猪羊[13]。

---

[1] 燕山：山名。一说为今河北境内的燕山山脉；一说即燕然山，在今蒙古国境内的杭爱山。胡骑：当时北方少数民族的骑兵。啾啾：马鸣叫声。
[2] 戎机：军机，指战争。
[3] 关：关隘要塞。此句意思是飞越一道道要塞和一重重高山。
[4] 朔气：北方的寒气。金柝：即刁斗，一种像锅的军用铜器，有脚，也有柄，白天煮饭，晚上用于打更。
[5] 壮士：指的是木兰。十年：虚指，表示多年。
[6] 明堂：古代帝王举行重大典礼的场所。
[7] 策勋：记功。十二转：这里指木兰战功很多，官爵可以连升十二级。转，古代以军功授爵，军功加一等，爵高一等，谓之一转。
[8] 强：有余。
[9] 尚书郎：尚书省侍郎。这里指朝廷的高级官员。
[10] 明驼：一种日行千里的骆驼。
[11] 出郭：出城到郊外。郭，外城。扶将：搀扶。
[12] 理红妆：梳妆打扮。
[13] 霍霍：急速的磨刀声。

开我东阁门，坐我西阁床[1]。

脱我战时袍，着我旧时裳。

当窗理云鬓[2]，对镜帖花黄[3]。

出门看伙伴[4]，伙伴皆惊惶：

"同行十二年，不知木兰是女郎。"

雄兔脚扑朔[5]，雌兔眼迷离[6]。

双兔傍地走[7]，安能辨我是雄雌[8]？

（郭茂倩《乐府诗集·横吹曲辞·梁鼓角横吹曲》）

说明

《木兰诗》最早见于南朝的《古今乐录》，后《乐府诗集》收入《梁鼓角横吹曲》。这首诗可能产生于南北朝时期的北朝，但也有经过唐代文人润饰的痕迹。它主要写木兰女扮男装代父从军，塑造了一位英勇善战、淳朴善良的巾帼英雄的光辉形象。

全诗可以分为六段。第一段写木兰经过痛苦的抉择，决定代父从军。

---

[1]　阁：古时女子的卧房也称阁。床：古代卧具、坐具皆称床。

[2]　云鬓：卷曲如云的头发。

[3]　帖花黄：六朝时期，妇女流行的一种装饰，即用金黄纸剪成星、月、花的形状，贴在额上，或在额上涂上黄色，叫"贴花黄"。帖，同"贴"。

[4]　伙伴：原作"火伴"。古代军人十人为一火，同一灶火吃饭，谓之"同火者"。

[5]　扑朔：跳跃的样子。

[6]　迷离：眼睛眯起的样子。

[7]　傍地走：贴着地面跑。

[8]　我：明指的是兔，暗指的是木兰。

第二段写木兰打点行装，辞别双亲，抵达战地。第三段写木兰的十年征战，凯旋归来。第四段写木兰不愿领受高官厚禄，只愿回到自己的故乡。第五段写木兰回家的欢乐场景，同时，伙伴们吃惊地发现她原来是个女子。最后一段以雌兔与雄兔难以区别作比喻，指出木兰女扮男装不易被发现，赞美了木兰的机智和勇敢。这是一首现实主义和浪漫主义完美结合的优秀叙事诗，故事奇特（正如清代学者沈德潜所指出的"奇"一样），扑朔迷离。木兰的形象是中国妇女优秀品质的集中体现。

赤日炎炎似火烧

赤日炎炎[1]似火烧，野田禾稻半枯焦。
农夫心内如汤[2]煮，公子王孙[3]把扇摇。

（施耐庵《水浒传》）

说明

　　这首民谣流传于宋元之间，后被施耐庵写进《水浒传》中，为白胜卖酒时唱的歌。通过鲜明对比，反映了封建社会农民和地主阶级的尖锐矛盾。开头两句写景，描写了盛夏酷暑的旱象，接着借景抒情，用对比手法，勾勒了两幅不同的画面：农夫面对禾苗枯焦，收成无望，焦心如焚；而王孙公子们却视若无睹，根本不关心旱灾，只是悠闲地摇扇取凉。一面是劳动者的痛苦、艰辛，一面是地主阶级的安乐、闲逸。以朴实的语言深刻揭示了社会的矛盾。

---

[1]　炎炎：形容阳光灼热。
[2]　汤：滚开的水。
[3]　公子王孙：贵族子弟、王侯后裔。

凤阳花鼓

说凤阳，道凤阳[1]，凤阳本是好地方。

自从出了朱皇帝[2]，十年倒有九年荒。

三年水淹三年旱，三年蝗虫闹灾殃。

大户人家卖骡马，小户人家卖儿郎；

奴家[3]没有儿郎卖，身背花鼓走四方。

（《安徽歌谣》）

说明

明朝中叶以后，大地主兼并土地不断加剧，苛捐杂税多如牛毛，社会矛盾激增。并且连年遭灾，农村经济冷落萧条，农民贫困交加，被迫离乡背井。明宪宗成化年间（1465—1487）仅荆、襄一带就有"流民百万"。天灾人祸使百姓卖儿卖女，到处是哀鸿遍野、饿殍填壑的悲惨景象。凤阳花鼓正是产生于那个凄风苦雨的年代。用民间花鼓的活泼形式，哀怨的调子，猛烈抨击和揭露了明王朝的最高统治者——皇帝，揭示出这一切灾祸均是剥削和掠夺人民的统治者。

---

[1] 说凤阳，道凤阳："说"、"道"什么，是花鼓开头固定的形式。凤阳，今安徽凤阳县，是明太祖朱元璋的家乡。凤阳花鼓正是流行在这一带的一种民间艺人的表演唱。演出时，男的敲锣，女的打腰鼓，边演边唱。

[2] 朱皇帝：指朱元璋，明朝第一个皇帝。

[3] 奴家：封建社会妇女的谦称。

菩萨蛮

枕前发尽千般愿，

要休且待青山烂。

水面上秤锤浮，

直待[1]黄河彻底枯。

白日参辰[2]现，

北斗[3]，

回南面。

休即未能休，

且待三更见日头。

(《敦煌曲子词》)

说明

　　1900 年，敦煌鸣沙山藏经洞被打开，发现了大批珍贵文献，其中有数百首词曲。从敦煌卷子中清理出来的唐五代词曲，就称为敦煌曲子词，或称为敦煌歌辞。它们绝大多数是民间作品，内容丰富，保持着民间文学的特色。这首唐代无名氏所作的《菩萨蛮》是一首感情热烈的爱情誓

---

[1]　直待：意为必须等到。

[2]　参（shēn）辰：即参、商二星。辰为商星，见《左传》昭公元年。参星在东方，商星在西方，此出彼没，永不同时出现，更不必说同时现于白天了。

[3]　北斗：星座名，位于天空西北方。

词，通过逆向想象，列举一系列不可能出现的自然现象来比喻爱情的坚贞不变，表现了火一般的热情，作者一口气举出六件不可能的事发愿，反复强调，气势压人，突起骤止，展示了主人公翻腾不平的内心世界，感情奔放热烈，大胆直率，表现了民间词的显著特色。这首可与汉乐府民歌中的《上邪》相媲美，二者有惊人的相似之处，都给人以强烈的心灵震撼。

牛女

闷来时，独自个儿在星月下过。
猛抬头，看见了一条天河。
牛郎星织女星俱在两边坐。
南无阿弥陀佛，那星宿也犯着孤。
星宿不得成双也，何况他与我！

（明·冯梦龙《挂枝儿》）

说明

　　自古以来以"牛郎织女"为题材的诗作颇多，大都借牛女写人间别离的凄楚无奈。这首民歌借牛女抒发自己孤身独处、夫妻离别的幽怨、无奈，但颇具新意，不是正面哀诉离别之苦，而是采用委曲法，分明是离别孤寂，却偏自我安慰：看天上的星宿都有离别，何况人间的我们呢？这样以反说的技法委婉陈情，文意幽远，更耐人回味。

笑

东南风起打¹斜来，好朵鲜花叶上开。
后生²娘子家没要³嘻嘻笑，
多少私情笑里来！

（明·冯梦龙《山歌》卷一私情四句）

说明

　　冯梦龙编的《山歌》大多是吴中山歌，采自民间百姓的"矢口成言"，是真性情的流露。冯氏称"但有假诗文，无假山歌"，山歌是"天地间自然之文"。本首是《山歌》的首篇，以质朴的语言，描绘出一幅少男少女们在春日里相遇嬉戏，以"笑"传情的画面，清新真纯，谐趣益然。前两句写景起兴，兴中兼比，用"鲜花"比喻少男少女，情窦初开的少男少女在春光明媚的时节欢笑传情，相游相伴，一派纯真天然的风情。紧接第三句又照应前两句，将暗示、象征的虚写化为现实，再现了青年男女欢笑相伴、互诉衷情的情景，于是自然转为第四句的慨叹。虽然礼教重重束缚，但真挚的感情、纯真的天性毕竟闭锁不住，它终化为笑声飞荡在春光里，这无疑是对真挚情感自然流露的直率赞美。本诗亦庄亦谐，活泼大胆，用笔直率，文意却有深婉之致。

---

[1]　打：从。
[2]　后生：年轻的男子。
[3]　没要：莫要，不要。

看星

姐儿¹推窗看个天上星，
阿娘姨认道约私情。
好似漂白布衫落在油缸里。
晓夜淋灰²洗弗清。

（明·冯梦龙《山歌》卷一私情四句）

说明

本诗写一个少女因推窗遥望天上星，被她母亲看见，指责她是在约私情，因而委屈诉苦。全篇语言朴实无华，以日常俗语娓娓道来，虽为诉怨却无愤激之词，给人平静无波澜的印象。但细细品味，即可于表面的平静中感受到深潜的怨愤，是对封建礼教的严重抗议。少女的一言一行都受到礼教的严格约束，家长的严密监视，不得有丝毫的自由。本诗对少女所处生活环境的描写，是对封建礼教扼杀人性的控诉。

---

[1]　姐儿：女孩子的俗称。
[2]　淋灰：洗灰，洗衣服。

月子¹弯弯

月子弯弯照九州，几家欢乐几家愁！
几家夫妇同罗帐²，几家飘散在他州³！

（明·冯梦龙《山歌》卷五杂歌四句）

说明

这首山歌在宋人话本《京本通俗小说》卷十六《冯玉梅团圆》里曾引用，并说"此歌出自我宋建炎年间（1127—1130），述民间离乱之苦"。明代叶盛《水东日记》卷五、田汝成《西湖游览志余》卷二十五等书也曾引录，流传颇广，至今传唱，约是现存最早的吴中山歌了。当时正值南宋初年，金兵占领了北方大片土地，南宋朝廷南逃，不思收复失地，许多百姓流离失所，四处漂泊。这首歌唱出了百姓骨肉分离、飘零无依的怨愤。首句"月子弯弯"起兴，烘托凄凉景象，后面三句重章叠句，一咏三叹，给人以强烈的感染。

---

[1]　月子：月亮。
[2]　同罗帐：指夫妻团聚。
[3]　他州：异乡客地。

　　　　　　　　　　　　　　　　　神话与故事

三元里 [1] 民歌

一声炮响，二律 [2] 没城 [3]，
三元里顶住，四方炮台打烂，
伍紫垣 [4] 顶上，六百万讲和，
七钱银兑足 [5]，八千斤大炮未烧 [6]，
久久 [7] 打几下，十足输晒 [8]。

（《广东三元里人民的抗英斗争》）

说明

　　这首歌谣以对比手法，写出了三元里人民的英勇斗争精神与奕山、伍紫垣等民族败类的投降行径，揭露清统治者的腐朽无能，热情歌颂了人民群众的伟大力量。语言上，采用数字顺序相连的衔接方式，增强了诗歌的幽默、诙谐、嘲讽意味。

---

[1]　三元里：地名，在广州北郊。
[2]　二律：广州方言。"二"、"义"同音，即义律，英国在华商务监督，鸦片战争前期的英国侵略军头子。
[3]　没城：没，临近。即临近广州城。
[4]　伍紫垣：当时广州的大买办，洋奴。清政府派往广州指挥同英军作战的奕山，卖国投降，献赎城费六百万元，求得英军不入广州。伍紫垣为讨好英军和奕山，出钱最多。所以称"顶上"，意谓凑合了过去。
[5]　七钱银兑足：指每元折银七钱，六百万元折合银子四百二十万两。
[6]　未烧：没有燃放。
[7]　久久：即九九，广州方言，时不时的意思。
[8]　输晒：广州方言，输光的意思

好一朵茉莉花

好[1]一朵茉莉花，
好一朵茉莉花，
满园花香赛不过他。
奴[2]有心采朵戴，
又怕栽花的人儿骂。

（清·无名氏《江南情歌》）

说明

这首诗歌通过女子对茉莉花的喜爱之情间接赞叹了花之可爱，同时，少女与花的形象相映相衬，既写花又写人，少女与花融为一体，构思新颖，令人回味悠长。

---

[1]　好：这里作美丽、美好解，起加重语气作用。江南地区的民间习惯用语。
[2]　奴：女子的谦称。

梁山伯

古时有个梁山伯，
常¹共英台在学堂，
同学²读书同结愿，
夜间同宿象牙床³。

（清·李调元《粤风·粤歌》）

说明

　　《梁山伯与祝英台》最早是汉民族的民间传说，描述了梁祝生死相依的爱情故事，歌颂他们对爱情的坚贞执著，揭露封建婚姻制度对青年男女身心的摧残。这一传说后来在南方壮、瑶、毛南、仫佬、苗等各民族间广泛流传，出现了表现这一故事内容的各种艺术形式。这首短歌属于"梁祝"题材的散歌，只叙述了其中一个片段。却给人留下颇深的悬念和无限的回味余地。

---

[1]　　常：曾经。
[2]　　同学：一起学习。
[3]　　象牙床：指花纹精美的床。

图书在版编目(CIP)数据

神话与故事/陈勤建,常峻,黄景春编著.—上海:
上海人民出版社,2017
(中华经典诗文之美/徐中玉主编)
ISBN 978-7-208-14695-2

Ⅰ.①神… Ⅱ.①陈… ②常… ③黄… Ⅲ.①神话-
作品集-中国-古代②民间故事-作品集-中国-古代
Ⅳ.①I276

中国版本图书馆 CIP 数据核字(2017)第 175914 号

特约编辑　时润民
责任编辑　楼岚岚
封面设计　高　熹

· 中华经典诗文之美 ·
徐中玉　主编
神话与故事
陈勤建　常　峻　黄景春 编著
世 纪 出 版 集 团
上 海 人 人 大 版 社 出版
(200001　上海福建中路 193 号　www.ewen.co)
世纪出版集团发行中心发行　　常熟市新骅印刷有限公司印刷
开本 890×1240　1/32　印张 10.25　插页 2　字数 247,000
2017 年 8 月第 1 版　2017 年 8 月第 1 次印刷
ISBN 978-7-208-14695-2/I·1655
定价 36.00 元